满族口头遗产传统说部丛书

兴安野叟传

富育光 讲述

曹保明 整理

吉林人民出版社

图书在版编目（CIP）数据

兴安野叟传 / 富育光讲述；曹保明整理 . -- 长春：
吉林人民出版社，2019.5
（满族口头遗产传统说部丛书）
ISBN 978-7-206-16868-0

Ⅰ . ①兴… Ⅱ . ①富… ②曹… Ⅲ . ①满族—民间故
事—中国 Ⅳ . ① I277.3

中国版本图书馆 CIP 数据核字（2019）第 293307 号

出 品 人：常　宏
产品总监：赵　岩
统　　筹：陆　雨　李相梅
责任编辑：任广州　刘　学　郭　威
装帧设计：赵　谦

兴安野叟传
XING'AN YESOU ZHUAN

讲　　述：富育光　　　　　整　　理：曹保明
出版发行：吉林人民出版社（长春市人民大街 7548 号　邮政编码：130022）
咨询电话：0431-85378007
印　　刷：吉林省优视印务有限公司
开　　本：720mm×1000mm　　1/16
印　　张：13　　　　　　　字　　数：210 千字
标准书号：ISBN 978-7-206-16868-0
版　　次：2019 年 5 月第 1 版　　印　　次：2019 年 5 月第 1 次印刷
定　　价：50.00 元

出 版 说 明

满族口头遗产传统说部是具有较高社会价值和文化价值的满族文化的百科全书。整理发掘满族说部的项目工作被文化部列为中国民族民间文化保护工作试点项目，并被国务院批准列入第一批国家级非物质文化遗产名录。

"满族口头遗产传统说部丛书"是千百年来满族各氏族对祖先英雄事迹和生存经验的传述，一代一代口耳相传，保留下来的珍贵的满族遗存资料。经过近三十年抢救整理，从二〇〇七年到二〇一七年的十年间，根据整理文本的先后，我社分四次陆续出版了五十部说部和三本研究专著。此套丛书无论从社会价值和文化价值来看，都是一套极具资料性、科研性和阅读性融为一体的满族文化的百科全书。

此次出版对以下两个方面做了调整：

一、在听取各方专家建议的基础上，对原丛书进行了筛选，选取最有价值、最有代表性的四十三部说部，删去原版本中与文本关系不紧密的彩插，对文本做了大幅的编辑校订，统一采用章回体表述方式，并按照内容分为讲述萨满史诗的"窝车库乌勒本"、讲述家族内英雄人物的"包衣乌勒本"、讲述英雄和历史人物的"巴图鲁乌勒本"、讲述说唱故事的"给孙乌春乌勒本"等，突出了说部的版本特色。

二、保留研究专著《满族说部乌勒本概论》，作为本丛书的引领，新增考古发掘的图片和口述整理的手稿彩色影印件。

特此说明。

古林人民山版社

编　委　会

主　　编：谷长春

副 主 编：杨安娣　富育光　吴景春
　　　　　荆文礼　常　宏

编　　委：（以姓氏笔画为序）
　　　　　于　敏　王少君　王宏刚
　　　　　王松林　朱立春　刘国伟
　　　　　孙桂林　陈守君　苑　利
　　　　　金旭东　赵东升　赵　岩
　　　　　曹保明　傅英仁

序

冯骥才

　　任何民族的文学都包括两大部分。一是个人用文字创作的、以书面传播的文学，一是民间集体口头创作的、口口相传的文学。后一部分文学是前一部分文学的源头，是根性的文学。中国作为东方文明的古国，口头文学的历史去之遥远。就像西方文学始于古希腊罗马的神话故事，我国文学史上第一部作品是《诗经》，即民间口头文学集，这表明口头文学是一个民族文学的源头。在漫长的历史中，这两部分文学一直同根并存，相互滋育，各自发展，共同构成一个民族文化与精神的极为重要的支撑。

　　中华民族有着巨大文学想象力和原创力。数千年间，各族人民以口头文学作为自己精神理想和生活情感最喜爱和最擅长的表达方式，创作出海量和样式纷繁的民间文学。口头文学包括史诗、神话、故事、传说、歌谣、谚语、谜语、笑话、俗语等。数千年来，像缤纷灿烂的花覆盖山河大地；如同一种神奇的文化的空气在我们的生活中无所不在；且代代相传，口口相传，直到今天。

　　我们的一代代先人就用这种文学方式来传承精神，表达爱憎，教育后代，传播知识，娱悦生活，抚慰心灵；农谚指导我们生产，故事教给我们做人，神话传说是节日的精神核心，史诗记录文字诞生前民族史的源头。它最鲜明和最直接地表现中华民族的精神向往、人间追求、道德准则和价值取向。中国人的气质、智慧、审美、灵气、想象力和创造力，充分彰显在这种口头的文学创造中。

　　这种无形地流动在民众口头间的口头文学，本来就是生生灭灭的。在社会转型期间，很容易被忽略，从而流失。

特别是在这个现代化、城市化飞速推进的信息时代，前一个历史阶段的文明必定要瓦解。口头文学是最脆弱、最易消亡。一个传说不管多么美丽，只要没人再说，转瞬即逝，而且消失得不知不觉和无影无踪，所以联合国教科文组织把口头传统和表现形式，包括作为非物质文化遗产媒介的语言列为非物质文化遗产之一。

在中国，有史诗留存的民族并不很多，此前发现的有藏族史诗《格萨尔王传》、蒙古族史诗《江格尔》、柯尔克孜族史诗《玛纳斯》、苗族史诗《亚鲁王》。作为满族民族历史和文化传统的重要载体——"说部"，是满族及其先民世代相传的极其宝贵的精神财富。它最初用"乌勒本"（满语 ulabun，为传或传记之意）指称，后受汉文化影响，改称为"说部"或"满族书""英雄传"。说部最初用满语讲述，至清末满语渐废，改用汉语并夹杂一些满语讲述。在漫长的历史进程中，满族各氏族都凝结和积累了精彩的"乌勒本"传本，如数家珍，口耳相传，代代承袭，保有民族的、地域的、传统的、原生的形态，从未形成完整的文本，是民间的口碑文学。"满族说部迥异于其他文类，不仅涵盖了口头传统，也吸纳了民俗学中多种民间文艺样式，包容性极强。"

我以为，对于无形地保留在人们记忆与口口相传中的口头文学，抢救比研究更重要。它是当下"非遗"工作的重中之重，要清醒地认识到文化和文明于人类的意义。当社会过于功利的时候，文化良知就要成为强音，专家学者要在抢救非物质文化遗产中勇于承担责任，走进民间帮助艺人传承与弘扬民间艺术，这也是知识分子的时代担当。

让人感到欣喜的是，经过吉林省的专家学者近三十年的抢救、发掘和整理，在保持满族传统说部的原创性、科学性、真实性，保持讲述人的讲述风格、特点，保持口述史的原汁原味的基础上，将巨量的无形的动态的口头存在，转化为确定的文本。作为"人类表达文化之根"的满族说部，受东北地域与多族群文化的影响，内容庞杂，传承至今已逾千万字。此次出版的《满族口头遗产传统说部丛书》为四十三部说部和一本概论。"说部"分为讲述萨满史诗的"窝车库乌勒本"、讲述家族内英雄人物的"包衣乌勒本"、讲述英雄和历史人物的"巴图鲁乌勒本"、讲述说唱故事的"给孙乌春乌勒本"四大部分。概论作为全套丛书的引领，从学术研究的角度对乌勒本产生的历史渊源、民族文化融合对其的影响、发展和抢救历程等多方面深入思考。

多年来"非遗"的抢救、保护、研究和弘扬，已取得卓越的成就。但未来的路途依然艰辛漫长，要做的事情无穷无尽。像口头文学这样的文化遗产的整理和出版，无法立即带来什么经济利益，反而需要巨大的投资和默默无闻的付出，能在这个物质时代坚守下来，格外困难。

文化传统和传统文化不是一个概念，我们的终极目的不是保护传统文化，而是传承文化传统。传统文化是固定的、已有既定形态的东西。我们所以要保护它，是因为这些文化里的精神在新时代应以传承，让我们的文化身份不会在国际资本背景下慢慢失落。

现在常把文化自觉与文化自信并提，这两个概念密切相关同时又有各自的内涵。文化自觉是真正认识到文化的重要性和自觉地承担；文化自信的关键是确实懂得中华文化所具有的高度和在人类文明中的价值。否则自信由何而来？

对传统文化的抢救与整理，不仅是为了传承，更为了弘扬。我们的民族渴望复兴，复兴的重要精神支撑在我们的传统和文化里，让我们担负起历史使命，让传统与文化为民族的伟大复兴发挥它无穷的力量。

冯骥才

二〇一九年五月

目 录

《兴安野叟传》传承情况

富育光

在满族古老的民间乡土古谭中，长期在耆老口中传诵着历代先民披荆斩棘、拓荒占草的开基创业故事。早期人迹罕至的漠北，夏秋荒草连天，寒鸦阵阵；隆冬雪凝沃野，天地一片白茫茫。自古北民最愁出门远行，车马不敢贸然行进，惧怕坠入深渊和大雪窝之中。人们期盼荒山野岭中，能有人的喘息和长途跋涉中的"打尖歇脚站"，以便防范野兽的袭击和旅途的补济。以此为主题的满族传统"乌勒本"说部，篇幅不在少数，甚得人心，为人们津津乐道，长久不衰，始终占据着非常突出的地位。

此次回忆《兴安野叟传》是我在翻阅从前我进行东北各地的民情采访录时，发现了我一本多年的采风资源记录，认真梳理、钩沉，以无限肃穆崇仰之情，将早年流传在黑龙江省瑷珲一带满族耆老口中的脍炙人口的这部长篇"乌勒本"说部——《兴安野叟传》认真地记录出来。《兴安野叟传》，在早年满族民间传诵中，老年人都喜欢叫"老獭絮窝涉奔乌勒本"，也就是老獭絮窝的故事。老獭，是元代丞相纳哈出的绰号，形容他像荒野中的野獭，不知疲惫地到处挖洞絮窝，给大地带来了生机。本故事颇有人民性，纳哈出虽为元朝大将，贪婪，好色，好大喜功，对新兴的明廷耿耿于怀，最终为明廷所灭。但他拯救女真众多逃难野叟，建立东北众多"打尖歇脚窝棚"，即后来所说的"驿站""邮站"，为东北的开发客观上做出了贡献，还是应该肯定的。"老獭絮窝"，即《兴安野叟传》，形成的年代，大约在元中叶初，雄健的草原蒙古骑兵，垂死挣扎，疯狂地蹂躏苦难的黑水松江的女真人，使其沦为控马奴，或终生为蒙古王爷放牧。因山河破碎，土地荒芜，多少女真人背井离乡、隐姓埋名，远遁深山野谷，成为不受天朝管的放荡不羁的兴安野叟。元末降明的原元朝丞相纳哈出，幻想窃据辽东开原金山，妄图对峙明廷，东山再起，便极力安抚和拉拢与元朝廷为敌的女真人，旧罪全免，并给以一切优惠，使众多藏匿深山的兴安野叟重见天日，一心一意帮助纳哈出开疆拓土，在荒凉的山莽中伐木平川，惊走熊豹，将四面八方数千余里人迹罕至的辽东山山水水，每隔三五里便搭建"打尖歇脚窝棚"。这一创举深得民心，各部落之间互相往来，沃野资源尽兴享受。当地各族讴歌纳哈出，颂扬他像勤恳的老獭一般为民絮安乐窝。从此二百余年来，流传下来脍炙人口的《兴安野叟传》，至今不衰。

本说部来源自本人童年时，听奶奶多次在族中讲述。奶奶告诉长辈们，她讲述的故事最初是听她的老公公，瑷珲副都统衙门委哨官伊朗阿将军传讲下来的。此故事曲折生动，给听者以启迪联想，回味无穷。如故事中的许多"扣子"，耐人寻味。

说部中大宗民间口碑资料证实，清际东北盛行的驿站，最早都源于明初大元开原王纳哈出时代。纳哈出为了返回辽东开原金山，尽可能占据一方，扩充实力，便处心积虑、想方设法巩固和霸占辽东全境乃至松花江流域、黑龙江流域以及黑龙江入海口一直进入东海的鱼滩和港湾，收拢人才，大兴土木，创建联络八方的车船中途休息的"打尖歇脚窝棚"，遍布辽东与东北全境。这就是后来的东北驿站、邮递站，东北邮递史的发端。为此目的，纳哈出充分挖掘、发挥元朝廷几十年暴政下数万离乡背井、隐居山林的罪人、叛犯、难民的力量。他们经年累月老死荒山，与世隔绝，社会早已忘记他们的作用和存在。而纳哈出却发现了他们的无穷智慧和潜力。纳哈出一改元朝廷对各类罪犯的往日重刑，大赦天下，既往不咎，昭示罪民，逃匿深山者尽可公开露世，使其安居乐业。凡能为金山竭诚效力者必有重赏，便是功臣，封官晋爵。重赏之下必出勇夫。纳哈出礼贤下士，骑马进山，寻找出深受元朝廷的暴政迫害，逃入穷山恶水，隐姓埋名的众多女真遗老，因疾病折磨、年迈衰弱、奄奄一息者，竟达数万之众，能参与举事办差者仅仅三千有余。纳哈出如获至宝，完全消除罪名，给予"正民"身份，优厚款待。这些兴安野人，像世外高人，能在荒山野谷到处安生，是东北神秘山河的知情者，自在仙。纳哈出不厌其烦，率人一个一个地好言好语迎请出山，赐以琼浆美食，赏给金银布帛，还从金山古寨中专门选出数百名侍女、丫鬟、老姬，做这些荒江野叟的山中伴娘。这些怪叟，常年哪见过女人，真是久旱逢春雨，风光无限美，纳哈出这招真灵，一下子收买了往昔大元朝的仇敌，并化敌为友，他们心全向着纳哈出，俯首帖耳，一心一意听从纳哈出调遣。纳哈出充分发挥其长，他们最熟知山路、沟壑、江河、各屯落间的直线距离，在何处建歇脚棚，他们都心中最有数。纳哈出就请兴安野叟们出计献策，协助规划，伐林立基，搭房垒屋，数载工夫，竟平地拓建起无数幢东北辽东最早的"打尖窝棚"，即后来的辽东驿站。以开原金山古寨为轴心，南通毛怜到海，东达三姓、同江、古瑷珲，与东海相连。在兴安野叟帮助下，纳哈出真正强大起来，成为名副其实的东北开原王。西通沈阳抵旅顺口可出海去烟台；北抵蒙古大草原。纳哈出在最短时间迅速开创起东北联络站，一呼百应，八方联手。长途歇脚住址有鹰站、牛马站、貂站、狗站等，四通八达。纳哈出巩固了金山的战略地位和影响。

　　除此，相传纳哈出最爱女色，也最尊敬扶持女流首领。老夫人早在江南过世后，他回辽东带来的第一夫人，是明皇朱元璋赐给他的一位秦淮才女，年轻美艳，深得纳哈出宠爱，真是金屋藏娇。后来纳哈出觉察到她和女婢明养鹦鹉，暗通南明，一怒之下扎死鹦鹉。女婢得知情况偷偷护送夫人连夜逃到东海窝集部，与纳哈出一刀两断，从此，与女真人永远生活在一起。还有说纳哈出一气之下杀死了夫人彩彩。纳哈出丢了第一夫人，心中万分难过，正巧他正在为野叟们分放伴娘，其中有一位待分配给野叟的美丽聪慧的金山小丫鬟，不甘心做野叟的伴娘，大胆地走到挎刀剑的兵将前，跟纳哈出说："大丞相，您老如果能娶我做您的夫人，我有办法在黑龙江同江到出海口三千多里远的水路上，帮助你们建成舒心的歇脚窝棚。"纳哈出听了非常惊奇，上下仔细打量这个与众不同的小丫鬟，见小姑娘泰然自若，颇有大将风度，伶俐、聪明，格外招人喜爱，说话又中听，纳哈出当即答应了丫鬟的美好心愿，一下子搂在怀里。成婚那日大营里鸣响三百金锣，杀鳇鱼摆酒成婚。纳哈出在洞房恩爱中，才了解到小丫鬟的身世，她在一次发大水中被水冲走后，被田殿救出，做了纳哈出丞相府的一名小丫鬟，其父都尔沁索钦玛发是北国松花江反元大头领，女真人，身边团结着众多赫哲渔民，占据漠北，声势浩大，完全可以帮助纳哈出重振军威。纳哈出感到非常幸运，为小丫鬟取名"金锁夫人"，寓意小丫鬟会有排除万难的金锁精神，去创造幸福。纳哈出当即封金锁夫人为金山都招讨黑水部平章执事，统率兵马，权力很大。后来，金锁夫人挑选并训练了一些壮兵，组建了一支小队伍，去践行自己的诺言。纳哈出可舍不得她远离自己。金锁夫人不答应："大丞相，人必有信，岂能为享片刻之福，有损大丞相宏伟图谋！"金锁夫人毅然告别夫君，乘夜色划小船奔赴黑龙江下游的同江地方。一去数载，杳无音信。纳哈出日夜想念金锁，直至明洪武八年，纳哈出大帐前一位将军领来一个不知从什么地方来的、大约有十一二岁的孩子。这孩子见了纳哈出一点儿也不惊慌失措，跪在地上，口口声声自称自己是纳哈出之子，众人惊奇。纳哈出不信孩子的话，命令兵士们用乱棒打出这无理取闹的小孩儿。可是，小孩儿毫无惧色，从怀里掏出一张地势图，双手捧着献了上去，说："纳哈出，你不要忘恩负义。这是我母亲为您建起的二十余处通向海滨苦兀荒岛直路。我母已命丧黄泉。"这时，纳哈出忙打开地势图，一见地势图便大声痛哭起来，说："金锁啊，金锁，你让我想得好苦，你是金山第一大功臣！"纳哈出仔细观瞧，图上绘画有三个图：第一个图中，画有美女金锁与纳哈出鸣金成婚的故事；第二个图中，画有金锁已命丧北疆滚滚山火之中，身边有一个十一二岁左右的幼童被好心人从野火中救出。第三个图中，画有金锁故乡就在黑龙江口，她回故乡靠海边野人协助建起通往东海的歇脚站，所建的二十几处歇脚窝棚清晰可辨。在这片歇脚窝棚中，有个名叫"火烧岭"的地方。孩子含泪告诉父亲纳哈出说："这里就是我娘被野火烧死的地方。族人们为纪念她，在这片坟地上建成一座歇脚窝棚。"从此，火烧岭名字越叫越响。明末清初时火烧岭正式命名为"火烧岭驿站"，一直传诵后代。

明清以来，陆续开辟的大小驿路、驿站，留下许许多多奇奇怪怪的名称，耐人寻味，可寻觅到诸多开创驿站的可歌可泣的影子。如，从黑龙江伯力往出海口方向的三千多里驿路上，有许多站名在民间口碑中流传下大有纪念意义的故事。

双雄站：相传在站前老松林中，常年住着两位耳聋身残的"老冬狗子"，相依为命二十载，两人四个耳朵让黑熊咬掉三个，让野豹子伤残两人三条腿、三只胳膊，其中一个人有一条好腿，另一个人有一只好胳膊。两人互相依赖着混时光。纳哈出建驿站，双雄主动献出两人多年建的松板草房，便成了驿站。两人死后葬在松板房前，永远魂守松板房。人们纪念他俩，将驿站命名叫"双雄站"，成为世人去黑龙江出海口，去库页岛必经的歇脚站，给人们留下无尽的怀念。

八面锣站：在通往黑龙江出海口不远的地方，其东侧有一片湖泊，叫齐集湖，湖水清澈，盛产肥胖的大白细鳞鱼，引来无数的棕熊到湖里面抓鱼吃。所以，这一带成了棕熊的家园。棕熊有一个特点，地域占据的习性十分顽强，凡它们相中的地方，其他任何异类也包括人类，都再不许靠前，否则必生血战，棕熊不胜，誓不罢休。纳哈出决意在通向黑龙江出海口建驿站，这齐集湖地方是必经要道，而且又是重要交通枢纽，是重要的驿站。建站的重任就落在一个叫"小河北"的野叟肩上了。"小河北"，乐亭人，元朝中叶获罪逃至齐集湖谋生。纳哈出下令解除了他的罪案，他很是感激，决意帮助纳哈出修建通向出海口的驿路。当时棕熊群作对，进展维艰。"小河北"提议用火攻，果然效果好。棕熊被烧死不少，其余逃之夭夭。"小河北"非常高兴，夜晚独自一人睡在自己的茅舍热炕上，等天一亮人们来看望"小河北"时，大吃一惊，"小河北"已经让棕熊吃得只剩头骨了。人们掩埋了"小河北"，并在他原来的茅舍处重建成一座驿站。为防棕熊来犯，驿站高挂八面锣，天天敲响。从此这个驿站就叫"八面锣站"。

恰在此时，我想起保明曾对我说：能否将北方"老冬狗子"们的生活和记忆以非物质文化遗产的方式表述出来？于是，我找到了早年我讲述的《兴安野叟传》笔记小本，并于 2013 年 10 月交给保明先生，请他进一步修润整理，供给广大读者鉴赏。

2014 年 7 月 5 日

《兴安野叟传》整理概述

曹保明

大约是二〇一二年夏天，有一次我与富育光、张璇如老师一起去珲春考察有关渤海文化和跑崴子文化。我们站在那些古老的村落里，不断地研究思考吉林和东北的地域文化还有哪些方面至今没有被挖掘出来，富老师突然提到有关东北各地域之间的线路连接，应该是一个重要的文化内容。当时二位学者便认为，比如珲春，古称毛怜，这里就是一个重要的驿站，从远古延续至清，今天依然在发挥着作用。于是富老师说："保明，我有一部重要的、关于从前修建驿、站、卫、所的说部原始记录，如果你感兴趣，就交由你来完成。"我听后十分感激，并应承下来，但由于工作繁忙，具体接手富老师的这个选题已经是二〇一三年夏天的事了。

富老师的有关东北驿道驿站的相关材料开始有好几个名字，如"野叟传""兴安野叟传""老冬狗子传""老獭絮窝记"等，都是写中国北方建立驿站的故事和记忆，经过综合考虑并与富老师沟通，最后我们决定使用"兴安野叟传"这个名，因为它贴近事情的主要内容和主要情节。

《兴安野叟传》记载了我国元末、明至清初建立东北驿站的事情。驿，其实是一个古老的生活概念和话题。我国的驿、驿道和驿站有三千多年的历史了，如果追忆古丝绸之路上的驿就更加遥远了。我国古驿自秦代以迄清末，历代王朝均制定一套严格完备的驿体例和体制。如驿长、驿吏、驿令、驿丞等，十分严密，这对我国历史上信使、邮送、通联、发号施令等政治和军事上的功能都起到了重要作用。但对开发较晚的东北地区有关驿与驿道、驿站的事情，人们很少了解，而《兴安野叟传》却将民间口传的在东北建立驿站的故事记录了下来。

原来，东北的"驿"，除唐和渤海时期所建立的东北亚丝绸之路（又称朝贡道）之外，大量通往四方，连接整个漠北各个交通要道的"驿"，都始自元末时期，并与一个重要人物——元太尉纳哈出密切相关。他在元明更替双方争战时期被明所擒获，而明又放过他，并让他回归北土为明效力，而他却思谋东山再起，扯起大旗与明对立。为了达到与明叫板、以图独立的目的，他广泛交往那些曾经被元苛政所镇压的逃犯、罪人，和他们称朋道友，又利用他们熟知东北自然历史的能力，建立了一处处"打尖歇脚窝棚"，这就有了日后的驿站和驿路。

从不同目的出发去修建和设立"打尖歇脚窝棚"的人，多是那些年年岁岁逃往深山、藏在深山，被北方人称为"老冬狗子"的山野野人、野叟，他们与驿站发生千丝万缕的联系则完全是纳哈出的功劳，而这段历史和记忆，长久以来，鲜为人知。

富育光老师的祖先萨布素将军就曾经是接手、经营、管理这些驿站的人。他从自己的先辈那里一代代传承下来的有关元时的卫、所、窝棚的地址、生活习俗、名称中，记录和保留了关于这段历史的记忆。

我在整理《兴安野叟传》时，首先是富老师的资料鼓舞了我的信心，接下来就是怀着极大的好奇心走进从前的驿、卫、所、"打尖窝棚""歇脚窝棚"，了解其历史背景。于是调动了我多年对东北山林人物——"老冬狗子""老背坡的""老走山的""山林野人"等生活故事的积累，顺其自然地将这些几乎被岁月完全忘却的记忆融汇其中。

以驿站这个重大的话题联系到山林野叟，这是一种意想不到的文化融合。这是元明更替之时，暗藏雄心的纳哈出及野叟熟知北方荒漠之势使然。而这二者一旦联系在一起，便通过《兴安野叟传》把东北建立驿站这段历史变得可以触摸和生动了。

《兴安野叟传》是一个悲惨的故事，纳哈出晚年率众苦苦建立了卫、所，他本人却被朝廷所暗算，最后落得可悲的下场。但是，他殚精竭虑所建立的通达漠北的"驿"，不但明时起到了守土卫疆、收复奴儿干都司的作用，而且清时期也为朝廷坚守北部边疆起到了重要的作用，或许，这《兴安野叟传》也是纳哈出功绩的记录吧。总之，整理《兴安野叟传》对我是一个莫大的思想启发和文化锻炼，也填补了我个人对东北文化了解和认知的空白。这条"驿路"也就清晰地展现在我的心间，我将沿着它走下去，达到理想追求的彼岸。

这真是：

古驿匆匆八百秋，
当年车马去悠悠；
悲欢人世沧桑变，

风雪窝棚寂寞留；
说部今探文明史，
留下遗产世人游。

二〇一四年七月八日

第一章　　主仆放风筝

各位玛发、阿哥、色夫，朱伯西我今天坐在堂上，给你们讲一段大脚蛮爷的故事，那是闻名辽东的开原王乌勒本故事。

这开原王，生在大元朝，人们都说他是白眉长寿王，降生在大元朝延祐二年，属兔的，浑身上下有一股子野性，是大元皇帝的亲戚，其祖上是大元朝初年的功臣木华黎后代。他官至太尉，名字叫纳哈出，契丹地区的蒙古人。大元至正十五年，纳哈出当年四十岁，在镇守南京附近的太平时，被起兵反元的大明统帅朱元璋所俘获。朱元璋考虑他是大元朝的名臣之后，又与元帝关系甚密，为灭元，朱元璋想拉拢他，就没有杀他，而且，还保留他原来大元朝太尉的官衔，这叫世人都分外地佩服朱元璋。

这太尉的职衔，在当时的大元朝也是很有名气的，相当于一个宰相，有兵权，执掌一方，上通天子，下领许多藩属的千户、百户，权力那可是相当的大呀！

朱元璋这还不算，又赏给他自己军中的一位最美的侍女彩彩去做纳哈出的随身妻妃。这彩彩是谁？原来，这彩彩是个有来历的女子。

你们知道，朱元璋手下的明军中有个大军师刘伯温，名基，封诚意伯，是朱元璋尊敬的大谋士，甚有谋略。他的谋略之一便是在自己的身边笼络许多人，以便随时起用。这刘伯温身边就收留了许多被元朝弃用的男女博士，他（她）们每天都在自己的书房中受业，大元天祚已逝，大明将兴，各献才艺，为明谋力。在这些学子中，有一江南才女，叫彩儿，学名彩彩，美貌聪慧，擅琴弦吴歌，唱起来苦楚动人，常常使人潸然泪下然泪下，可谓秦淮名媛。彩彩当年已二十有九，清高目傲，尚未选定意中男人。

刘伯温待她如亲生骨肉，也多次嘱她应该依人入堂，生儿育女，成为一户人家。可她就是不动心，不动情，其实她并不是没有情，而是没有选中意中的夫婿郎君。

可说来,人生许多事也是命中注定。

朱元璋从太平战事收捕纳哈出归来,禁不住与刘伯温叙说战况、敌我形势、胜利和失利,内中少不了评说某某人。当时,朱元璋和刘伯温君臣二人就在言谈中大大夸赞收降的纳哈出。一次,二人又谈起纳哈出。

朱元璋说:"爱卿军师啊,如今灭元已是摧枯拉朽之势,江南已定,徐达正率军猛勇北伐,元帝逃之漠北,我们乘胜追击,极宜采取良策。爱卿有何良策?"

刘伯温说:"良策,就是人策。"

朱元璋说:"此话给朕细细说来。"

刘伯温说:"万事成业,全靠人乎。要选定能人,方可成我大业。"

朱元璋点头称此言在理。但随之又问:"军师啊,你说能人,此人在何处?"

刘伯温答曰:"就在你的手中。"

朱元璋一愣,随即说道:"快快道来。"

刘伯温说:"此人就是纳哈出。而且唯有他纳哈出,方可成我大明之伟业。"

朱元璋说:"你再细细说来。"

刘伯温说:"陛下,您建立大明,就要早早平复中原,免使百姓遭刀兵之祸也,这是您的至理名言。臣恭陛下擒拿纳哈出,这恰恰是得到一人才也。昨天我夜观天象,发现北斗西斜,慧星闪落,元祚已尽,纳哈出恰为陛下可用之人……"

二人正说着,只见宫中侍女彩彩带一队女佣从窗前经过,她带人驻足片刻,向这里望了望,接着又领人从庭院经过而去。

刘伯温见彩彩从院子里经过,心下忽生一念。他于是又对朱元璋提议说:"陛下,像纳哈出这样的重臣,您在使用之时,必以情慰之,以惠顾之,以理束之,以爱抚之,方可成其为心腹,并为大明献力。"

朱元璋说:"如何谓之以情慰之?以爱抚之?难道我收留了他,不已是最大的情吗?爱吗?"

刘伯温说:"不,不是指收留之情,而是男女之情。陛下您想,纳哈出虽然被收拢为明臣,心向大明,纵然其心有二,只要为我所用,依我而行,即有益也,而这一定要有人与他朝夕相伴才行啊。这朝夕相伴,不是你我,只有女中豪杰方可胜任。"

朱元璋一听，这才恍然大悟。

朱元璋说："军师啊，你真是一个奇人。是啊！是啊！可不知有这个合适的人选吗？"

刘伯温见时机已到，这才对朱元璋说道："陛下，巧得很，臣身边众学士中有一丽人彩儿，貌绝美而人非常聪颖，诗词歌赋，无所不精，陛下可下旨将此女赏赐于纳哈出。这样，纳哈出必会感激陛下，定会去效犬马之劳。"

朱元璋听了军师刘伯温的一席话，非常的高兴。他大笑着说："军师之计，正中朕意，就依军师之意行之。"于是，朱元璋便命御膳处等臣僚，备办酒宴、财物，让常遇春、冯胜等众将都来参加宫中喜礼，为纳哈出举办赐贵妇人的仪式。刘伯温得旨后，立刻返回府中，并亲自在书房中召见了彩彩。

当时刘伯温在书房刚刚坐下，彩彩便款款而至。

彩彩见了刘伯温，立刻跪地参拜，说："父亲，唤女儿有事？"

自从美女彩彩被刘伯温收留，每日学诗文书画，山珍海味地养育，彩彩是个知恩图报的女子，而且视军师如生父一般。今见父亲所唤，立刻跪倒听召。于是，刘伯温便把他与陛下如何叙说，并商议将她嫁于纳哈出之事和盘托出，又加了一句："彩彩呀，这可是你的大喜之事！"

彩彩一听，连连说："不，不！父亲，我如今不想嫁人。真的不想。"

刘伯温一听，说："彩彩，你已经不小了，哪能一辈子守在府中？"

"可是……"彩彩欲言又止。

刘伯温说："可是，为啥单单将女儿嫁于纳哈出？是不是？"

彩彩点点头，说是。

刘伯温说："孩子啊，这话你便问对了。彩彩，父亲将你嫁于纳哈出太尉为内室，真正之因是想让你为朝廷献身、立功。"

彩彩说："此话怎讲？"

刘伯温说："你委身于元太尉纳哈出，表面上是他的妻室，其实你要心在朝廷，你的功劳是牢牢笼络住纳哈出，让他听你的，功在早息干戈，早灭大元，帮助大明，安顿天下，彩儿的功劳可盖千秋也。"

彩彩听到这里，顿时泪流满面。

丽美娇秀的彩彩一向敬崇军师刘伯温，视其如亲生父亲，而且是刘伯温给了她第二次生命。眼下，听了刘伯温对她的命运作出这样的安排，而且还是他和陛下共同的主意和打算，她能不听允吗？想想自己的命运，这也应该是前世的姻缘。

彩儿之前其实就是不想轻易嫁人。何止是她，其实天下所有的女人都不想轻率地将自身许于不知底里之人，选夫婿既选门庭祖荫，选体貌才德，也要选职位与家境啊！哪一个女孩儿不想让自己嫁个理想郎君，终身有所依托，从此安稳地度过有生之年，其实这也是人之常情常理。所谓轻易不嫁，是在刻意挑选之中，可是纳哈出是谁？自己怎么能属于这个男人呢？

关于纳哈出这个名字，彩彩不是没听说过，那是元朝的一员大将，位在太尉，战绩突出，名扬四海。如能委身于这样的男儿，自己也算是身心有靠，安度余年。可是又一想，自己没见过纳哈出哇，而且又一想，这纳哈出是被大明所俘的败将啊，自己怎么能嫁于这样一个人呢？所以心中不免又生出一些疑惑与烦恼。但又一想，父亲说得明白，自己以身相许，是为了早日平定刀兵之乱，早日灭掉大元，自己能尽献微薄之力，就是奉献生命和情爱，也是值得的，也是能名传千古之事啊。

见彩彩流泪，刘伯温上前揩去她腮边的泪花，说道："彩彩我儿，见你流泪，父亲我也是心有难言，唉，这，也就委屈你了。陛下已定，喜日就在明日，你要好自为之。"

彩彩说："女儿懂了。"

彩彩虽说一开始想到嫁于纳哈出这样一个人，心想不通，而且还有许多反感在心底生出，可是由于父亲为她交代清楚了此举的意义，她也就默然同意了。

刘伯温说："那你同意了？"

彩彩说："同意了。"

刘伯温为女儿彩彩擦去了腮边的热泪，又自言自语地说道："唉，其实为父的心中也是进退两难，让一个女人翻一回身，容易吗？而且，归属一个男人，爱他，又要监视他，服侍他，又要观察他，虽然天底下此事也不少，可一旦真要放在我儿身上，为父也是动心动魄呀，人各有志，不可强求。儿啊，其实为父不是逼你，你，你现在如果反悔，为父也不怪罪于你，我可以去面见皇上，咱们推掉这门亲事，不干了还不行嘛！我看你落泪，我这心里也好是酸楚哇！彩儿！"

彩彩一听父亲出此言语，知道他是心疼自己的命运，于是立刻扑进刘伯温的怀里，热泪又忍不住流了下来，但她却坚决地说道："父亲，女儿流泪，不是悔泪，这是喜泪！"

刘伯温说:"是喜泪?"

彩彩说:"这正是女儿的喜泪,是我从此走上了新的生活,有家有夫,有依有靠,难道不是喜吗?由于女人一遇大事就好流泪,也请父亲不要在意。"

刘伯温说:"好,好。这样为父就放心了。"

于是,彩彩起身告辞,退出军师的书房,回到自己的居室,暗自准备去了。

再说,纳哈出平白得到一位江南美女,这对于一个久经战阵,在日夜拼杀拼搏中苦熬岁月,又远离自己漠北故土,只身深入江南抛家舍业,领兵打仗的元朝大将纳哈出来说,是多么大的安慰呀。

纳哈出本来有四房大大小小的夫人,可是已经故去了三个夫人,身边只有一个蒙古族女子,是元帝赏赐他的,已经和纳哈出同床共枕八年多了,生有一女一男,可惜这位小夫人自从到了长江以南,总是水土不服,天天有病,日日腹泻,吃什么泻什么,多少妙手郎中以各种手法和良药医治也无能为力,小夫人瘦得行走无力,更不能满足与纳哈出的夫妻之情了。这小夫人天天哭泣,唯想早早回到自己的故地昭乌达盟去见自己的姥姥,整天以泪洗面,愁得纳哈出无能为力,怎么安抚也无济于事。可是,就在这时,大明天子在纳哈出困境之下,竟然凭空赏赐他一位仙女,纳哈出该受到多么大的安慰呀!纳哈出千恩万谢,万谢千恩,这真是天赐良缘哪。

在隆重的婚礼之后,又是一连串的酒宴、欢庆、拜访。在朱元璋、李善长、刘伯温等人的精心筹划和安排下,在南京西山吉乐寺专门给他们修缮出一幢楼,起名"双喜楼",供纳哈出和彩彩新婚宴尔,他们在此足足享乐了二七一十四天。

纳哈出原来的那位小夫人,这一下子总算得到了解脱。她在原居地的一个夜里,晚上睡觉,在睡梦中好像是见到了北方大草原,风吹草低见牛羊,而且在昭乌达盟的姥姥来接她了,她忘情地大声喊着:"姥姥——!姥姥——!"就一头扑进姥姥的怀里哭着,笑着,然后觉得自己舒舒服服地睡去了……

早上,等到人们早早去小夫人的房中探视时,小夫人已经身体僵冷,不知什么时候,已经魂归漠北了。众侍女慌忙报于正在驿站吉乐寺享受新婚之喜的纳哈出说:"大人,不好了!小夫人她已经作古了。"

纳哈出问:"作古了?"

侍女答："作古了。"

纳哈出"唉"了一声，然后沉默了一会儿，对手下的人说："将她好好地安葬了吧。"

侍女说："是安葬在南京还是回大草原昭乌达？她'走'之前，可是不停地呼唤：'昭乌达——！昭乌达——！'"

纳哈出又叹息了一声，说："千里迢迢，如何运得回去？就安葬在当地吧。"

侍女们齐答："是。"然后他一摆手命她们退下，他也便回内室去了。

按照朱元璋之意，将纳哈出就留在京城南京，养他一辈子，可是，纳哈出不安心，就是执意要回辽东老家，不在这南京久住，并表示回辽东一定要为大明开辟漠北的新局面，以报答大明对他的恩情。这可难坏了朱元璋。他明白，凭纳哈出在辽东的根基和人脉，如真心为大明出力，肯定会有事半功倍之效，如其另有所图可是一大后患哪！

这天，朱元璋命人召来刘伯温商议，到底答不答应放纳哈出回北土。

朱元璋见了刘伯温，见他背来了两只风筝走进来。朱元璋说明了近日纳哈出一再向他表明，总想离开南京，回到他的老地盘北方去，他想问问刘伯温此事该做如何打算，并加了一句："军师，现在我也是模棱两可……"

刘伯温默不作声，只是摆弄他带来的两只风筝……

朱元璋又问："朕问你话呢！"

刘伯温说："您看，这两只风筝哪只好？"

朱元璋说："我问你纳哈出……"

刘伯温说："绿色的是一只大鸟，可腾飞万里；蓝色的是只小鸟，也可远去高飞……"

见刘伯温答非所问，朱元璋气得说："刘基，你装什么糊涂？朕问你东，你却答西，朕问你南，你却答北！什么大鸟小鸟的，我问你的是纳哈出！"

刘伯温说："我说的是风筝。"

朱元璋说："可我现在不想听什么风筝。"

刘伯温说："如果风筝和他纳哈出有关呢？难道您还不想听？"

朱元璋一下子愣了，这风筝怎么会同他纳哈出有关系？于是说道："你小子搞什么鬼？如果这与他纳哈出有关系，朕当然要听其一二，还请你先别卖关子了，快说吧。"

刘伯温笑了，说："皇上啊，今天外边天空万里无云，风清气爽，正是放风筝的好时辰，为何你我不出去放放风筝？"

朱元璋："放风筝？"

刘伯温："对。"

朱元璋在平时其实是个"风筝"迷，他在生活中一闲下来时，常常喜欢到郊外野甸子上去放风筝，这一点，刘伯温是知道的。现在，刘伯温一提，倒也勾起了朱元璋的风筝瘾。于是，朱元璋说："走吧，走吧。你呀，你就是想勾朕陪你去玩儿……"

刘伯温说："臣哪敢哪！我只不过是想与您到郊外一游，咱们边玩儿边谈谈纳哈出的事儿，岂不是一举两得。"

刘伯温三说两说就把朱元璋说动了心，于是朱元璋下令宫中人众，备上轿子，君臣二人便出了宫殿，直奔栖霞山而去了。

京城的栖霞山是一处风景秀丽的好去处，那儿林木苍茫，寺庙成群，一片古风灵气，就在山下不远处便是一块大大的平地，从这儿可以开阔地看到远山远景，正是放飞风筝的最佳之地。到了那里，刘伯温展开那只大鸟风筝，一抖筝轮，只听风把"大鸟"抽得"哗哗"响，"大鸟"展开双翅转眼间便升入了晴空。朱元璋接过刘伯温递给他的"大鸟"筝轮，"哗哗"地抖放风筝线绳，眼瞅着风筝在天空远去，乐得他早把什么纳哈出给忘到脑瓜子后头去了。

可就在这时，刘伯温说："您说这风筝飞得高不高？"

朱元璋说："高哇。"

刘伯温说："远不远？"

朱元璋说："远哪。"

刘伯温说："可是它再高，再远，也跑不掉。为何呢？"

朱元璋说："那还用说吗？咱们这儿有绳拴着它呀。"

刘伯温又说："一旦绳断了，它就飞了，走了，让大风给刮到不知什么地方去了。可是如果绳结实，它是不会跑的，这，就好比一个人。"

朱元璋说："人？"

刘伯温说："对。"

朱元璋说："他是谁？"

刘伯温说："太尉纳哈出。"

"啊，对，对！"朱元璋说："方才让你说，你不说，原来你在这儿等着朕。快说说吧。"

　　于是刘伯温说："如今这纳哈出哇，就好比是一只风筝，已经让你我用一根线将他拴起来了，只要我们不松手，他就'跑'不了。您说是不是这么个理儿吧？"

　　朱元璋想了想，说道："你还别说，真就是这么个理儿。"

　　刘伯温说："陛下，自古道：'人各有志'，他纳哈出愿意回老家去，不妨就让他回去，不然，世人会说我们心有异意，控制人家，不信任人家，反而会在纳哈出之事上给人以口实，这对您对大明的声誉都不利呀。"

　　朱元璋说："可是放他回去，他反了怎么办？"

　　刘伯温说："我想，就是放他回去，他也不会大反了。眼下，咱只要把他的心夺过来，他就是到哪里，也是陛下您的人。纳哈出回返辽东，说不定还能帮助咱们安抚统一辽东，办些好事呢！事在人为，用人不疑，疑人不用；人要用又要控，只要掌控便可放心去用之。"

　　"那么，什么是纳哈出的特长呢？"朱元璋问。

　　刘伯温说："纳哈出从小在北土长大，那里的山山水水，他是了如指掌。陛下，如果我们放手让他去开辟一条北方通道，建立各处驿所、驿站、卫所，广建驿道，这样不仅可以扩大我大明的通往北疆之路，又可以处处顺达，去布展您的宏图之愿！"

　　朱元璋说："嗯，说下去。"

　　刘伯温说："如今我大明虽然收复了江南，可北方许多地方还很陌生，太需要如纳哈出这样的人才了。再说，放他回去，如今我们已将'绳'拴好，不怕他'飞'走。"

　　朱元璋说："你所说的'绳'，就是女子彩彩吗？"

　　刘伯温说："正是。"

　　朱元璋说："一个女子，能稳稳地拢住一个大男人吗？就像纳哈出这样的强人，男子汉，恐怕彩彩不能胜任。"

　　刘伯温说："也不要小瞧那彩彩。她从小在我身边长大，她的能耐臣是知晓的。我想她会如一根绳，牢牢地拴住纳哈出，就像一只风筝，线不断，他便飞不出去的。"

　　朱元璋想了想，说："既然你那么有把握，朕也就放心了。看来，也只有如此了。"于是，二人边放风筝，边决定了让纳哈出返回辽东之事。朱元璋准备依然给纳哈出太尉之名和职衔，让他回返辽东，他的一切随从人员一个不少，如数而返，朱元璋不干预，并都优惠而待，这使得纳哈出万分的感激。

　　这个决定，是朱元璋与刘伯温在南京栖霞山下放风筝时决定实施的。他亲自召见了纳哈出，说："太尉呀，朕准你归故乡。"

　　纳哈出感激得立刻跪地叩拜。

　　朱元璋说："你离京返回北土，朕望你此去好自为之，多做为我大明振兴之事，朕也在这里等待你的好消息。"

　　纳哈出当即热泪盈眶。他对朱元璋俘获自己，不但不杀，还赐予美妻和财物，并委以重任，让他在北土广建大明的交通站点，开辟驿所，万分感激，表示此次北归，一定为大明的宏业尽自己的微薄之力。对此，朱元璋也深信不疑了。

　　于是，纳哈出叩谢大明天子，回到自己府上，就抓紧筹备归往北方的事情去了。这件大事成为明朝的一大佳话。一个被俘之人，竟能享受如此特殊的优厚礼遇，许多人大抵都甚感不可思议，大明皇帝太宽宏大量了。

第二章　奇特的咳嗽声

　　纳哈出执意要北归，朱元璋挽留不下，刘伯温就劝朱元璋人要走时不要强留，自古道"强扭的瓜不甜"，随意而为更好，说不定将来可能对大明朝还有利。刘伯温还通过和朱元璋放风筝讲述清楚了这个道理，并告诉朱元璋，他纳哈出今后想跑也跑不了，朱元璋就听了刘伯温的话，于是放纳哈出北归了。

　　可是，纳哈出北归，不但在社会上产生了一定的影响，就是大明朝廷内部也产生了不少的震动和分歧，首先就是朝廷大谋士李善长等人。

　　一听说朱元璋同意让纳哈出离开南京北归他的故土，这李善长觉得大事不好。本来，他过去就是一再反对在战争中收留敌方将领，或杀或砍，不留后患；而一旦留了，就要严严地控制他，不能使他离开，这样又可留得好的名声，又不能产生意想不到的麻烦。而如今，圣上竟然作出放虎归山的决定，这不是没事找事吗？他立刻去拜见朱元璋。

　　李善长见了朱元璋，说道："陛下呀，您可不能听那刘伯温的一派胡言，那不明明是放虎归山，助长元朝廷的势力吗？今后吃亏的一定是咱们哪。"

　　"这……"朱元璋于是又有些犹疑起来。

　　是啊，这李善长和刘伯温都是自己的军师、谋士，听谁的，二人说的都在理，那么，到底该不该放纳哈出。

　　这时，刘伯温已知道李善长之意了。

　　他又去朝中见朱元璋，当着李善长和朱元璋的面说："圣上啊，咱们不是放过风筝了吗？"

　　朱元璋说："放过了。"

　　刘伯温说："事情不是很清楚了吗？"

　　朱元璋说："可是，李谋士他……"

　　刘伯温说："他什么他，那是在误导圣上。千万不要改变主意！难道他连这个放风筝的简单道理都不懂吗？"

李善长一听，来气了。他说："放风筝谁不懂？我打一小就放那玩意儿。"

刘伯温说："对呀。放风筝，全靠放的人手中一根线。纳哈出再飞到天涯海角，只要陛下掐紧手中这根线，到啥时候，让它回来就回来，还怕它遁向何方吗？"

可是，李善长说："屁风筝。这事不能光比作风筝，一旦发生突变，根本无法掌控。"

刘伯温说："那咱就来个双保险。"

李善长说："什么双保险？"

朱元璋说："何为双保险？"

于是，刘伯温又抛出了自己的另一个锦囊妙计。他说："陛下，臣还有一个打算。"

朱元璋说："又有何妙计，快快说与朕听听。"

于是，刘伯温说出了自己的建议。他说等纳哈出返回辽东以后，朝廷立即派明将马云、叶旺，率十万大军，从山东登州渡海，直抵旅顺口，进驻金、复、海、盖关东洲诸县，赶到东部的山城镇、海龙镇一带，让其地全部驻扎兵马，以防万一。刘伯温又分析说："纳哈出即使怀有野心，企图东山再起，他也不会一心忠于元朝廷了，而是壮大自己以应变。因此，我估计他不会回蒙古，他必须自己选一宝地，招兵买马，集草屯粮。这样做，他一是可以在元皇帝那里显示自己仍有实力，使元帝看重他，他又可自己保持独立；二是又可以与大明分庭抗礼，让大明对他刮目相看。纳哈出是总想让旧元、新明都不得不重视他，都讨好他，他从中谋渔人之利，看风使舵。待有朝一日，哪头风硬，哪头将来得天下，他再归附哪边。纳哈出有他的小九九，我早已算出他的小九九了。但是，我们不必担心，我派马云、叶旺他们去往辽东，如果纳哈出有越轨之心，有不服咱们大明天朝的任何动静，马云、叶旺兵马那就立即征讨。何况，燕王朱棣正在北平的燕王府中坐镇，而且北方又有徐达大将军百万雄师为其后盾，如果真如善长所说，纳哈出一有变数，陛下您想想，北平明军，各路兵马都会即刻出山海关，与之呼应。这时，他纳哈出就是有三头六臂，也不得不规规矩矩，不敢也不会轻举妄动！陛下呀，当今辽东，因大元朝廷几十年的残酷压榨盘剥，民不聊生，百姓走死逃亡，辽东处处是一片片荒野，荒凉沉寂，万里空旷，无有人烟气息呀，只有那野狼山兽，日夜呼噪、惨叫。当地的女真人多已被大元朝廷掠走，人迹罕见。我让他纳哈出返回辽东，他是辽东人，最熟悉辽东各族，又是元太尉，有号召力和感召力，让他回去，其实正是去为我大明整顿那落难的土地，这是帮咱们干点儿为民谋福之事啊！何乐而不为？有何惧哉？善长兄啊，你何必大惊小怪的？难道我用风筝所比将他纳哈出放归辽东，我们又可以时时将他拉住，拽回，有何不对吗？"

李善长听了这番话，气还未全消。他说："风筝可放，但线与线的硬度，风与风的大小，都不可预测，一旦有个三长两短，你的'风筝'难以收回。到那时，我大明不是悔之晚矣吗？"

刘伯温说："你那样比，还有个完吗？"

李善长说："不如此来比，怎么比？不是你提出的要把纳哈出比作风筝吗？"

刘伯温说："那你说，此比对不对？不对，你为何又说'线''风'？这还不是等同我的'风筝'所比吗……"

"好啦，好啦！二位贤臣不要再争吵啦！"这时，朱元璋早已听明白了双方的争辩。

方才，当他听刘伯温一字一句分析着放纳哈出北归的想法和理由时，只听得是频频点头。他一见二位军师仍有不同看法，便抛出了自己的见解。他说："善长啊，别和伯温吵了，朕听他的排布，倒也是理，有理呀，真是奇谋！高见！我等短见也。"

李善长一见皇帝朱元璋肯定刘军师了，他不敢再加挑剔了，说道："好好好！方才的话，那就权当我没说，行不？"

于是，他也就只好杀猪不吹——蔫退了，不再与他刘伯温抗争了。但是，他也不傻，最后他又说了一句："皇上，我李善长可也是忠心耿耿为您出谋划策，我的话，也望皇上三思。日后一旦辽东出事，我李善长还是要进上一谋，为皇上效力。"

朱元璋说："朕定会找善长的。"

于是，李善长便悻悻地借故退去。

这里，朱元璋便把整个安排部署纳哈出北归事项都交由刘伯温去处办。朱元璋说："刘军师啊，你的一席话和良苦用心，深深打动了朕。而我，也觉着能抓住这根绳，放他纳哈出这只'风筝'，有你的谋略，朕也更加放心了。下一步，你就全权去安处一切事项。朕也有些困倦了，要安歇去了，你就下去办理吧！"

刘伯温施大礼，说道："臣拜谢陛下，感恩对臣的信任，拜恩，叩谢。"于是，刘伯温退出了议事厅，回到他的府上去了。

刘伯温得旨之后回去立刻派人去召来马云、叶旺二位将军。不一会儿，马云、叶旺二将便来到了刘伯温府上，双双叩拜刘伯温军师大人。

刘伯温说："二将请起。现有重任，陛下命我传旨给你们，速速起程，去往北土你们的家乡辽东……率军，去征辽东。"

马云、叶旺，这两位将领都是北土辽东之人，今听说要让他们奉命率军去征辽东，就是回他们的故土去，能不高兴吗？两人当年离开故乡时都很年轻，气壮，精神十足，那年马云才三十多岁，而叶旺比马云还小一点儿，他们都是徐达大元帅手下的勇将、猛将，在战场上冲锋、杀敌，那是一马当先哪。再说了，他们都是刘伯温的知己，对军师刘伯温崇敬百倍。于是，纷纷表态：

马云说："刘大人，您说怎么做吧。"

叶旺说："刘大人，您就指点我等，看看怎么去干吧。"

于是，刘伯温就将自己的打算和朱元璋的旨意，一五一十地对二将说了一遍，并面授机宜说："你们这次率军回到辽东，先按兵不动……"

马云说："什么？按兵不动？"

叶旺也说："按兵不动？"

刘伯温说："对呀。先按兵不动，还要像没有发生任何事一样地出出进进。但是，要暗中观察。"

马云、叶旺说："观察何人？"

刘伯温说："观察他纳哈出太尉的一举一动。只要他不举旗反明，进攻明兵所占据的地方，就不要动他。"

马云和叶旺说："刘大人，这可有些难办哪。"

刘伯温说："难办在哪里？"

马云和叶旺说道："你想，一个人要反一方，他不可能立刻表现出来，可一旦要实施行动，我等再去抓他，攻打他的要塞，不是黄花菜都凉了吗？再说，既怕他反，为何又放他回辽东啊？如今，看来是让我们既要注意他，又不能限制他。"

刘伯温说："这样办，就是我大明之人的做事尺度。你们知道，放他回去，也有我们的重大意图，就是用他的势力，来扩大我们的影响。他的作用，比我们的要大呀。所以，在北方，他发展和壮大自己的地盘时，你们不要管他，由他而去。只有他反明时，你们再施以兵力。明白了？"

马云、叶旺这才答应，说："原来是这样一次率兵出征。我等懂了。"

刘伯温又对二将面授机宜，马云、叶旺点头示意，已明了军机之意。刘伯温然后才送走二位将军，并祝他们一路顺利。

眼看着马云、叶旺走出府院。突然，刘伯温听到自己府上的后院传来一阵阵老人的咳嗽声：咳——咳咳——！咳——咳咳——！

这是什么人在咳嗽呢？而且还是老头的声音？

刘军师觉得特别奇怪，这儿没有老头哇！

后院内室本是彩彩住的地方，怎么又会有老头了呢？而且，咳嗽得这么厉害。于是，刘伯温便信步进入内室的后堂，循声走了过去，想看个究竟。

这里，是彩彩的居室，她的室内挂有许多鸟笼子。平时，彩彩受义父的影响，喜欢养鸟，主要是养一些鹦鹉。这些鹦鹉一只只都格外地善解人意，能与人用声音来沟通心意，表述心情。彩彩养鹦鹉已经五年，她与室内数十只美丽的鹦鹉都已有了深深的感情。这些鹦鹉最早都是刘伯温养的，而且当初不但养大鹦鹉，还养了许多小鹦鹉，并用鹦鹉蛋去孵小鹦鹉，子子孙孙，已经传了八代之久。而且有些鹦鹉，根本就不用在笼子中喂养，一只只的就在屋内椅架之上停着，在院子和室内的一些横杆上站着，大大小小、高高矮矮、红红绿绿，十分有趣。

单说，这些鹦鹉还非常爱干净，它们平时知道自己应该飞到亭院的一个固定的角落里去拉屎。每当它们饿了，渴了，都懂得和刘伯温要水喝，要米来吃，而且，说起话来非常有趣，有时干脆就喊："刘大人，我饿了……"或者"刘大人，我渴了……"

这些鹦鹉声音独特，而且，那声音，带有厚重的回音，就像刘伯温的语调一样。特别令人惊奇的是，这些鹦鹉已经适应了宫廷中的生活，阴天下雨，日出日落，外边来客，狗叫猫闹，风刮角铃，雨打屋瓦，甚至什么人在院里走动，它们都能作出反应，可招人喜欢了。

有一回，刘伯温从朝中回来，突然听到他的"鸟棚"一带有人拉弦子，唱小调，是江南的那种民间小戏班，拉着悠扬的二胡。只听一个老者说："丫头，唱着……"

于是一个少女的歌声唱起：

"雨打芭蕉水漫山，

千里姻缘一线牵。

红颜偏遭恶俗赶，

留得人间是伤叹哪。"

二胡凄苦之调，真是令人动情。刘伯温当时想，这是什么时候将民间的戏班子请到府上来了呢？这么好听，这么动情。这段《白蛇传》中的民间小调，在江南传唱千百年了，还是那年，家里来客时专门请来一个民间戏班子在家中唱过一回，这回是什么人又请来的呢？他赶紧到后庭一看，哪里有什么戏班子，原来是几只大小鹦鹉在模仿老戏班子在唱呢，在练呢，而且有板有眼，把刘伯温逗得哈哈大笑，而且鹦鹉们也学他哈哈大笑起来。

自从彩彩来到刘伯温处，使刘伯温的生活有了新的改变，因她经常帮助军师侍弄鹦鹉，也就渐渐地成了鹦鹉的主人。她通鹦鹉语言，鹦鹉的叫声，细、长、短、大、小、轻、重、高、低等特征声调，其实都是在向自己的主人"说话"。它们向你说话，你还不能不理它们，人必须答应，如果人不理它们，它们会吵吵嚷嚷地跟你闹，直闹到你理它们为止。

后来，由于军师刘伯温政务甚忙，干脆就把饲养和管理鹦鹉的事交给彩彩了，于是鹦鹉们又多了一位女主人。

这次，刘伯温突然听到后庭有老人在咳嗽，以为怪异，近前一看方才明白，原来是自己的两只老鹦鹉发出的声音，而且，就与那些鹦鹉组成的"戏班子"一样，它们也是在"试"嗓，真是逼真。

这一下，刘伯温哈哈大笑起来，老鹦鹉也哈哈大笑起来。

各位听者，我朱伯西讲刘伯温喜好鹦鹉，其实他可不完全是为了欣赏，为了消遣，这刘伯温养鹦鹉，那是用来卜测天象、军情、社会变故、奇异事件的。鹦鹉是鸟中最聪明、最敏感者，能模仿，能复述，学什么像什么，惟妙惟肖。不仅如此，对于气候异常、世相突变都可以有明显的反应和预告。这样，鹦鹉是他的一个重要信息源。这个秘密，谁也不知，只知他会神机妙算！但只有一个人，深知他的底细，那就是彩彩。

他把放走纳哈出比喻为放风筝，牵根线，这根线，除了彩彩外，还有一根线就是"鹦鹉军"。各位一定要问，那是谁来连这根线呢？是谁才能与纳哈出连上呢？其实，现在不说大家已知道了，那就是彩彩，这个由朱元璋赐给纳哈出的美夫人。

现在需要说的是，就在彩彩临别时，刘伯温命她带走"鹦鹉军"中最美的十只鹦鹉，与彩彩同去辽东。她专门带了十个大笼子，每个笼子中都有一只鹦鹉。大伙都很纳闷，她带这些个鸟干什么呀？这该多么不方便哪！而只有刘伯温知道用途，纳哈出哪知道这个秘密呀，他还劝夫人："带它们，不嫌累吗？"

彩彩说："奴家喜欢鹦鹉。"

纳哈出也就不说什么了。

他纳哈出还以为这是皇帝赐给自己这位俊俏的小佳人的东西，而且，小佳人彩彩又有喜欢养鹦鹉的性格习惯。人，各有一好，自己的美夫人喜欢鹦鹉，那是她的爱好，有何不可呢？纳哈出一点儿也没有什么怀疑，反而觉得怪有意思的。

甚至，纳哈出在出发前还提醒彩彩说："夫人哪，那只大的、绿的鹦鹉，你带上了吗？"

彩彩说："装进笼子了。"

一路往北，这么多的鹦鹉跟着一路同行，叫起来挺好听的。一只只又美丽，又鸣叫，千奇百怪的声调，又会学人，模仿各人的声音，学风声、雨声，显得一路上处处有了生气，丝毫也不寂寞了。于是纳哈出嘱咐说："夫人，你做得对，一定要把这些鹦鹉带好，这可是咱们不可缺少的玩意儿啊！"

彩彩说："你放心吧，大人。养鸟的事，是奴家的专长啊。"

彩彩虽然说着这样的话，但她心中有数。因为军师在和她分别前，已经暗暗地叮咛她，有事就用鹦鹉来传报军情，用鹦鹉来监听纳哈出的行为和举动，千万不可忘记，要随时报回南京。

那刘伯温站在自己的庭院后居室，看着、听着剩下的那些鹦鹉在学老头咳嗽，不由得想到，那些被彩彩带往北方的鹦鹉们，现在该是什么样子呢？

第三章　春风放胆

单说纳哈出与彩彩，他们出师北归了。

那时，纳哈出的大队人马和彩彩的车轿，一字长蛇阵似的排开，从南京出关，从燕子矶过长江渡口，经六合、马集、莲塘、洪泽，经正阳、宿迁，进入山东苍山，在登州就入海了……

这一天，车轿在这里上船入海时，发生了一件事。

来到登州那天下晌，天渐渐的晚了，纳哈出命人马先在登州山头的渡口处安营扎寨，等第二天太阳一冒红便登船渡海。夜里，纳哈出带人到岸上的营棚和船队处巡视。

兵丁们行走奔波了一天，有些倦累，都睡去了，也有的仨一伙儿俩一串儿的在闲谈饮酒，消磨漫漫夜光。突然，纳哈出就见几个兵丁手举灯笼在一条船上干什么，好像在找什么，有的在喊："在这儿呢！在这儿呢！出来了。"有人急忙举灯笼上前，可是一照，又说："缩回去了，不见了。"他们是在干什么呢？于是，纳哈出便信步走上前去。

众人见太尉大人深夜前来，立刻跪倒叩见，问安。

纳哈出见大家一个个都举着灯笼，便问道："你等在这里找什么？"

一个叫李伍的兵丁头说道："回大人，我等在寻找蛇。"

纳哈出说："蛇？蛇怎么了？"

李伍说了这样一件事。原来，在今天下晌，当车轿来到岸头，大家从车轿上把装的东西卸下来，准备往船上装时，就见一条乌蛇从岸上的草窠里爬进船，躲进船的板缝间不肯出现，大家越捉，它越躲，大家不抓它，它反而常常探出头来，弄得兵丁们不知如何是好。说到这里，李伍还比量了一下，说："足足有一尺多长！"正说着，就听在船上摆放东西的一个兵丁喊："出来了！又出来了！"于是，大家手持钩杆铁齿，举着灯笼又奔向那艘船，纳哈出也怀着忐忑的心情跟了过去。

果然，这时就见一条足足有鸡蛋粗细的乌蛇缓缓地从船货架的靠板缝里溜出来。它好像并不怕人，还吐出红红的芯子，瞪起两只眼睛打量周边之人，似乎有话要说的样子。

这时，众人已举起手中的家伙，在灯笼光亮的照射下，一齐向乌蛇头上砸去。

谁知就在此时，纳哈出突然叫道："住手。"

大家停了手。此时，又见那乌蛇缩回身子，又慢慢地回到船货仓的夹板里去了。

纳哈出说："不要动它，留下来吧。"

大伙儿一愣，说："留下它在船上？"

纳哈出说："这也是一条生命啊。我等出师远征，有乌蛇随同而归，这是好的预兆，不要动它，就让其与我等一块儿去往远方，兴许日后它会对我等有个照应。人生在世，一切皆为天意，这乌蛇前来，看来也是一个天意，天意不可违呀。"并且，他嘱咐由李伍等人看管好这条乌蛇，等它再出现，就捉住，放在一个笼子里，不要伤害它。

太尉纳哈出对李伍说："一路上，就由你来照看它了。"

李伍答道："在下明白了。"

于是，纳哈出便带领众侍卫，向自己的大帐走去。帐里，彩彩早已铺好了被褥，安放上夜间取暖的炭炉。此刻虽然是夏季，但大海边的夜里有露水生凉，她怕丈夫受潮着凉啊。

彩彩铺好锦被，喝退丫鬟，对纳哈出说："大人，天不早了，您也安歇吧。"

谁知，纳哈出却兴致勃勃。

纳哈出说："夫人，我此时没有睡意，快弄些酒来，我要给你讲一件大喜事！"

彩彩好生奇怪。一路从南京走来，千山万水，万水千山，都是朝朝暮暮，晨起夕宿，忙忙碌碌，还没见过太尉大人有这种喜兴情绪，不免有些诧异，便亲自去帐厨取些熟肉，想到太尉平素最喜欢喝的是老窖烧酒，于是就端将上来，倒上一杯，自己也斟上一小杯，说道："大人哪，有何等喜事，快快道来与奴家听之，与您分享喜情。"

太尉纳哈出接过彩彩的酒杯，深深地抿了一口，又咂咂嘴，说道："彩儿，我的爱妻，此番你我北国而归，离开南京，千里迢迢奔波劳碌，你可知为了什么吗？"

彩彩说："那里是大人的家乡，回归故里呀。"

太尉纳哈出说道："夫人，此话你只说对了一半儿。要知道，我如今离开南京，就如同离开一座牢狱，我从此伸开腰身，可以放胆去做事了。古人常说'春风放胆'，我这下便可以放胆去独创我的大业了，也是你的大业，而且，好的兆头、彩头已现。方才，我在岸边巡查，见一乌蛇钻进咱们的兵舰中，不肯出来！彩彩呀，这可是千古未有的奇兆。古语道：蛇随船过海，便成为蛟龙。这样说来，不正是预示着我纳哈出北去辽东，成龙飞升，大业可图，立国立君嘛！"

啊？他果真是"反"心不死！听了他的话，彩彩吓出一身冷汗。

她想起临别南京时义父刘伯温之语，一路上要多多监视纳哈出，看他有什么举止言行。现在看来，果然不出所料，他真是反心反骨俱在，一刻也未停止东山再起，还未等回到辽东就野心毕露了，这可如何是好呢？

纳哈出正在兴头儿上，一见爱妻彩彩楚楚动人，更是兴致有加，连连说："夫人，快来与吾喝上几杯，这可是好兆头哇！"

彩彩无奈，也只好陪他喝了几杯。

可是，彩彩心中真是进退两难哪！人生在世，还有什么情能胜过夫妻之情的深、厚、重、暖呢？自己已成了纳哈出的人了，身子已交给他了，古语曰：十年修得同船渡，百年修得共枕眠。男女之心、之情，已造就了血缘之谊，还能与他二心吗？可是再一想，收留收养自己的义父刘伯温，更是违背不得，怎么办呢？唉，真是进退两难。想到这里，她心里也有了一个新的打算。

第二日，纳哈出的所有兵马上船，所有船舰扬帆起航，乘风破浪从登州入海，奔往对岸辽东的旅顺口。开始，天晴日朗，万里无云，真是一个响晴的天儿。可是，当船行走几十里之后，就见海面上突然起了一阵风，不久，成片的乌云贴着海面卷压过来，天顿时漆黑一片，伸手不见五指，海浪也顿时汹涌起来，足足有三层房子高，船就像浮在浪上的一片片小叶子，上下颠簸，随时都有被恶浪掀翻的可能。许多人都被大浪打翻在船上，更有人呕吐不止，眼看船就要翻沉。

许多人跑来禀报："太尉大人，不好了，快停靠抛锚吧……"

纳哈出太尉一时也没了主意，哪有地方停靠哇？他命人赶快上香、点香，祈求海神保佑，不能葬于深海而亡。可是，一切都无济于事，大浪依然我行我素，有一股不把大船掀翻便不罢休的气势。就在太尉纳哈出无可奈何之际，彩彩走上来说道："太尉大人哪，有一件事，不知奴家该说不该说。"

太尉纳哈出说:"何事？你快快说来。"

彩彩说:"大人，我等船只行在海上，本来天晴日朗，万里无云，怎会突然起风起浪？可能有什么不祥之物？想来，必定是你说的那个叫李伍的人养的那乌蛇所致。因为，蛇类一旦乘船过海，蛇便成了气候，这也证明该物不可与船共行，所以老天、大海才惩罚我等。我看，还是将那蛇，扔到海里去吧！"

太尉纳哈出一听，连连说:"不不，使不得。这蛇乃是我的升腾之兆，扔掉它，不是扔掉了我的前程吗？"

彩彩说:"可是大人，如不扔掉这条乌蛇，我等连大海都过不去，哪还有前程？"

太尉纳哈出进退两难地说:"那，那可怎么办呢？"

彩彩出主意说:"大人，如此说来，我看不如先把李伍扔下海去，看海神能不能息怒……因是他留藏的乌蛇，如海浪平息，我等再发船也不迟。"

太尉纳哈出想想，再看看那漫天的黑云、山一样的大浪，也没有别的办法，只好命人找来李伍，说:"李伍哇，你此次随我归往辽东，为的是成就大业，现在行至海中，天突现乌云，海浪大作，本太尉已算出，此乃你携带乌蛇过海而致。现在，我不能伤害乌蛇，只好委屈你去通报一下海神，我等携乌蛇前往，只是为了振兴大明大业，别无他意。你去通报一下吧！"

李伍听了，一惊，又一愣。他说道:"大人哪，这留下乌蛇，本是您的打算，而看守这乌蛇，又是您的安排，怎能说是我促成此事呢？"

纳哈出一听，立刻大怒道:"大胆，现在本太尉就是命你去通报，这是军令。你不去谁去？你去也得去，不去也得去！来人哪……"

几个兵丁喊道:"在。"

太尉纳哈出说:"把他给我投下海去！"

立刻，有几个兵丁走上来，不由分说，将那嗷嗷乱叫的李伍举起，"扑通"一声，投进了咆哮的大海。人说，也真是奇怪，就在李伍被海浪吞掉的一瞬间，海上的狂风渐渐地停了，乌云也由厚变薄，由黑变白，最后一点点消失了，海上恢复了开船时的天晴日朗。

谁知就在这时，那条乌蛇却慢慢地爬出船板的缝隙，在甲板上缩成一团。而就在此时，也不知什么时候，临离开南京带走的鹦鹉笼中，突然有两只大绿鹦鹉飞将起来，一头扎在甲板上，一只啄住蛇头，一只啄住蛇尾，两只鹦鹉就像老鹰一样抬着这乌蛇飞离了木船，向远处的天边飞去。飞着，飞着，只见两只鹦鹉突然将头向上一扬，那蛇猛地向天挣扎了一下，然后"扑通"一声落入海中，转眼便被大海的波涛淹没了。

开始，太尉纳哈出也同众人一起走上甲板来观看乌蛇，当他看到两只鹦鹉飞临板仓上，又啄起了乌蛇时，不禁大吃一惊。当见到鹦鹉抬起大蛇，升空后又投入海中时，他惊得差点儿摔倒，亏得彩彩和众将士上前将他扶住。彩彩说："大人，不必伤心难过。这或许是天意。"

"天意？天意？"太尉纳哈出自言自语地叨咕着，最后又点点头说："唉，这或许是天意。也罢，随它去吧。"于是他重新振作起来，发出号令道："开船！启航。"这支庞大的船队重又上了正流，直奔旅顺口而去。

太尉纳哈出的船队，浩浩荡荡，经金州，过旅顺，上岸又改乘车轿，逶逶迤迤，一直向东北进发。最后到了北方的重地开原古镇不远的一个叫金山的地方，这才驻下了。终于到达他进入北土的一个据点了。

金山，这里是太尉纳哈出早年的行辕故地，一切对于他来说是相当熟悉的，别说他，就连他手下的许多部将也都熟知开原金山这个著名的关口。

纳哈出，他本是一个很有雄心的人，干什么事都想干得好，干得漂亮，让人震惊，让人看得起，而他的这种雄心，现在是一种野心。现在，他想到，自己总算挣脱了朱元璋的牢笼，逃离了他的手心，这真是老虎归山，雄鹰入林哪，终于可以伸开膀子，重起炉灶，干上一番事业了，东山再起了。但是在表面上他要顺服于大明朝和北面的元帝，都是老大，谁也得罪不起呀！唯有韬光养晦，但图的是重打锣鼓另开张，待羽毛丰满了再说天下事。

于是，这纳哈出回到辽东故地，既不真心降明，又不与元朝皇帝元惠宗妥欢帖睦尔联络，不即不离，保持距离，但实际上仍利用大元朝太尉的名声来扩大势力。他的野心其实很清楚，就是要在辽东重整旗鼓，自立为王，号称"开原王"。一旦他事成，元帝也只能同意这个称呼，因他总还是元朝的一支重要力量。

那么，这纳哈出心中到底是怎么打算的呢？

这纳哈出自从在南京，非要返回漠北，就已经有了自己的设想和自己的谋略。他认为，这辽东一带目前一片荒芜，人烟稀少，正如诗歌中所称：

"万里荒沙无人迹，

虎狼咆哮麋鹿栖；

白山黑水林莽啸，

孤雁流云惨凄凄。"

之所以北土能够造成如此惨象，就是大元朝以来的一场场战争、掠夺，使得农田尽废，百姓逃离，十里无屯落，百里少人烟。偌大的千里辽东旷野，犹如放眼望不到边际的远古老林，只剩下了一片有虎狼和野猪博斗争食的不毛之地。

各位阿哥、色夫，说到这里，我朱伯西得细说一说了。

纳哈出返回辽东之时，元、明之间战事正酣，我前边总说朱元璋称为陛下，但那在当时只是义军中对他的一种敬称而已。说起来，朱元璋在大元朝至正十二年投靠濠州郭子兴起义军，从此反元起义，骁勇多智，为郭子兴所器重，并把自己的女儿嫁于朱元璋，到元至正十五年，朱元璋被授左副元帅，渡江取采石，夺太平，俘纳哈出。至正十六年，朱元璋攻下集庆，即后来的南京，当时叫应天府。纳哈出就是在这年被朱元璋允许，让他回返辽东的。在此后，他朱元璋又苦斗十多年，才登基称帝，改元洪武。

兵荒马乱的年月，军师之智慧千金难买呀，此时军师刘伯温出奇招，让朱元璋放走纳哈出，实际上是想借大元名臣之力、之名、之智，让他在北方辽东，替明朝廷整理破碎的山河，将来大明得了天下，就可易如反掌，什么事都会好办了。前面说到马云、叶旺来辽东，那都是以后才去辽东的，纳哈出先到辽东。有些事，都是纸上谈兵，纳哈出哪有刘伯温那些计谋唉。

在他纳哈出心中，一心想着尽早重整山河，东山再起。可是，他已经完全忘记了，当年辽东多年不经营，旷野密林丛生，从内地至出海口，很少见到人迹，仿佛进入一片从无生命的荒山古林，只有冷飕飕的寒风整日地吹刮，没有人影儿，就连老虎唉，野猪唉，见了人，也不想走，总想打量一下，这是什么"物"呢？曾经有一个"赶脚的"野叟，专门给人去治病，有一次采药，他走丢了，迷失了方向，自个儿也不知是走到啥地方来了，就见前边有个马架子（一种半卧在地上的土窝棚），他进去了，也累了，躺下就睡着了。

第二天他醒来了，起来要走，才看见门口卧着一只老虎。这"赶脚的"吓坏了，这可咋办呢？等吧，等啥时候老虎挪窝了他再走。

可是等啊等啊，那老虎就是不动地方。

他想，你不动窝，我得走哇。于是，这个"赶脚的"就壮着胆儿出了窝棚。可那窝棚只有一个出入口，也就是一个草缝子，而那老虎，就趴在那里，你要想出去，不是踩上老虎，就得从老虎身上迈过去。这可真是被逼无奈呀！

这人被逼急了，胆儿也大了。

他想，反正我是跑不了了，只有迎着老虎过去，看它能把俺咋样。如果它咬死我，吃了我，也就算是命里该着；如果我侥幸能过去，也是个命。这就叫命里注定啊！想到此，他反而不怕了。他背上医药包，拿上手上套的"摆铃"（一个圆铁圈上面套些小铃铛，也叫"唤铃"，人一走，一晃动，就铃铃地响，人们听到铃声就知道是云游四方的郎中来了，是医者"呼唤"患者的用具）就直奔老虎去了。

他壮着胆儿走向老虎，来到了老虎的面前，再看看，已没有路，就只好站住了。

那老虎，扭头看看他，又扭过头去不看他了。

"赶脚的"就说了话了："虎哇，虎哇！你要走就走，不走呢，你就给我挪个道眼儿，你让我过去还不行吗？你总不能站在这儿不动啊！"

他一连说了三遍，奇迹发生了。

只见那老虎，从草窠里站了起来，尾巴一甩，瞅了瞅"赶脚的"，然后头一扭，往旁边走开，真的就把道儿给让开了。

人——这个"赶脚的"可惊呆了，这是咋回事呢？这东北的"山猫"（大老虎）咋这么懂事呢？于是啊，这个人向老虎点点头，一点点往前挪，当挪到老虎给他让出的道儿跟前，他一步跳到小道上，撒腿就跑，等跑了很远，才又回头去看，只见那老虎理也不理他，又回到那道儿上趴在那儿了。

这"赶脚的"真是庆幸自己逃出来，捡了一条命。可那时，他也一点点懂了，由于这东北荒凉得没有人烟，动物也对人感到稀奇古怪了，干脆就不理人这个茬儿。

冬季，东北风狂雪暴，大雪把许多野牲口赶得走投无路，那些鹿、小狍子，在母鹿母狍的带领下，看到住户人家，它们就进院，进屋了，它们不怕人，冻饿得趴那儿不动，人给它们一些吃的，那是天经地义的事。荒凉，严寒，让北方一切都变得更加自然和奇特。

后来，有一天，那个"赶脚的"又与老虎相遇了，那老虎一直用平和的眼神打量他，好像有啥话要说，可是，就是不让他过去，还张开嘴，晃着头，几乎是要把他的脑袋吞下去。这时，那个"赶脚的"已经不知道害怕了，他壮着胆子往老虎的嘴里看去，这才发现，老虎的嗓子眼儿上卡着一块骨头！

那是一块三角形的兽骨。可能是老虎在吃一只野兽时急了，一不小心，让一块骨头卡在自己的嗓子眼儿上了，它见着了人，于是就对人靠近，是想让人给帮帮忙。终于，"赶脚的"明白了，但他不知该怎么才能从虎口里把那块骨头拔出来，并且，如果拔骨头时老虎一疼，说不定会一口把人的手咬下来。这时，他想到了用手脖上的"唤铃"。

于是，这个"赶脚的"就挽起袖子，手拿着那"铁圈"一点点往虎嘴里伸着，并说道："虎哇，你可别闭嘴。你一闭，我的手就掉了，就拔不下你的刺了；我拔时，如果你疼，你就忍着点儿……行吗……"

喔——喔——！

那老虎呼呼噜噜地好像哼哼了几声，仿佛还点了点头，这给了"赶脚的"一些胆量和信心。于是，他终于把手伸进了老虎的血盆大口里，用"铁圈"套住了那块卡在老虎嗓子眼儿上的硬骨，使劲儿一拔，只听那虎"嗷"的叫了一声，一屁股坐在了地上——人，已吓得满头冷汗。

再看手里，一根血淋淋的腐骨，滴着血，这可真是老长时间卡在虎嗓子眼儿上的东西了，它吃不下东西，喝水为生，已瘦骨嶙峋。现在可好了，虽然嘴里冒血，但疼痛已消，老虎冲人点点头走了。在这里，四处是荒凉，什么意想不到的事都有可能发生。

真是荒凉到不能再荒凉的程度了。纳哈出一到这里，面对的就是这么个环境。他的当务之急，就是要创立立脚之地，这里要有人烟、人气，要有人耕田、种地，打出粮食得吃饭哪，还得有牛、羊牧群。这样，他的兵马才能安顿下来，也才能图谋后事啊。

往昔，这里遍地是土著居民女真族群，现在，他们都在哪儿啊？回到辽东的纳哈出每天都登上开原金山的一座山头，向远方遥望，并且在心底深深地呼唤："我的女真族氏，你们都在哪儿啊！"

他孤独地在山上喊："喝——！喝喝——！"可是，没有人，只有他自己的回声，穿过那一层层荒凉的群山、峡谷传了回来，这更增加了他心底的愁意。其实那时，他还不完全清晰，如今这些女真族众全都藏匿在长白山老林里，大小兴安岭的一个个深山古洞之中，没有人能找到他们。这一点，他纳哈出也不是一点儿不知，这让他下了一个决心，一定要设法把他们找到。

　　找，是眼下的当务之急。

　　只有找到了人，才能建屯落，设驿站，通道路，人、车、马才可以行走，村落才能连起来，整个乾坤才能运转起来。只有到了那个时候，他纳哈出才能喘口气，生存、发展、强大，而干这些事，要有胆子才行，现在，他自由了，他要放开胆子去干了。

第四章　说服老将

人住下来，要先有"窝"才行。

纳哈出的"窝"，就是在开原的老住处，那儿有一处老木楼子，人称开原木楼。

太尉纳哈出率大军安营扎寨在这个开原古城，他将朱元璋赏赐给他的美丽夫人彩彩安置在古城旧日的开原木楼里。那木楼，由于年久失修，无人居住，风吹雨打，门子一开"吱扭"的响了一声。纳哈出说："彩彩，这是到家啦！夫人请——！"

彩彩说："大人，您请。"

二人携手，一步迈了进去。

突然，一群野鸽子"突突"地飞了出来，带起一片灰土，四处飞扬。纳哈出、彩彩二人赶紧以袍袖捂住鼻孔。接下来，他们立刻让人去打扫木楼。

"呀！"彩彩说："真是另一番风情。"

彩彩那是刘伯温教育出来的女子，不论是貌相、品行，还是才华，都无人能比，与纳哈出太尉可以对答如流，深得纳哈出欢悦，真是两情相笃，那就不必赘述了。

彩彩的心中有数，她想，我是怎么来到北土辽地，这不很清楚吗？她心底首先惦记着的是大明南京，深知自己虽以身相许纳哈出，可暗地里也有为大明朝监视纳哈出的义务，用夫人之情，夫人之燕语，团结住纳哈出。彩彩这一路上，还真做到了这一点，但在暗中也有扼制之举，就如从登州前往旅顺过海时，她就及时以绿鹦鹉飞叼乌蛇，使得丈夫那明显"东山再起"的野心多少有了一些抑制。但她做得奇妙，合情合理，最后连纳哈出本人也觉着这是天意，也就不把此事放在心上了。

可是，在回辽东的一路上，彩彩常见坐在轿车中的丈夫纳哈出总是默默无语，一路的冥思苦想，很是可怜。是啊，他是一个干事业的大人物，如今等于在世人眼下是一个被俘之人，阶下囚，又是被胜者放出，并让其归回本土，他心上的忧愁和伤感该是多大呀！那不单单是乡愁，而且是心底的苦闷哪。她觉得丈夫是个挺可怜的人。

她是亲眼所见，一路上，途中各地送上的各种特产，地方美味，他都不去看一眼，都不在他的心上，只是胡乱地吃上几口就算完事了。

彩彩作为爱妻，也是心疼，他毕竟是自己的丈夫哇。于是她特意地劝纳哈出说道："太尉大人哪，此番去山东登州渡海，去辽东半岛，要走好多日子的，这一路上关山重重，路途遥遥，太尉您要多多珍惜贵体，还请要努力加餐饭，不可亏了身子啊！"

"唉。谢谢我的夫人。"纳哈出感激彩彩的温存多情，庆幸自己得到了一个知冷知热知心对意的小夫人，便说道："彩彩，本太尉食不甘味，寝不安席，惦念辽东一别数载，一定会是一片荒僻，不知到何处落脚安身呢。我就是盼着早早到了辽东，先要遍访本太尉大兵曾驻寨的开原古城，那里，乃是咱们辽东的真正腹地呀。从那儿四处可通，北通龙安、信州；南达沈阳、辽阳；西联庆云、哈尔套；东接坊州、海龙、毛怜；近抵东海；北上古州宁安、斡朵里，一直进入萨哈连，去往北海的苦兀，此乃吾幼年、壮年多次闯荡之地，可完全不知如今是怎么样了，往日大元朝只重牧马，风吹草低见牛羊，哪管什么辽东的农耕田陌之荒旷，百姓走死逃亡，千里无鸟闻，百里少炊烟，虎狼挡道，信息不通，到辽东，就犹如陷入了囚笼窟阱，叫天天不应，唤地地不灵，该是何等艰困！唉，本太尉一想到这些，岂有什么安寝饱食的兴趣呀！"说着，又长长地叹了一口气。

彩彩听了，心下也是酸楚，于是说道："太尉所言极是。听说，就是开原古道古城，如今也是荒蒿遮野，古树参天，早已无屯落可寻。"

怎么，她也知道开原古城古道。

听了彩彩的话，纳哈出不禁惊问："彩彩，你怎么也知晓开原古城古道？"

彩彩笑道："我家尊师大人刘伯温，他乃是当今统帅朱元璋陛下之军师谋士，他广知天下事。前不久，还有从辽东回来的探马，向军师禀报辽东情况，我因为献茶，听了个只言片语。此次因与太尉北归，也就好奇，对将要去的辽东地方也就多加留心，就知道多了些罢。"

"啊，原来如此。"纳哈出更加钦佩军师刘伯温，可谓天下事都装在了他的心中，也更加庆幸自己得了彩彩。同时他又懂得，真是朝廷刘伯温身边的人个个是精英。想来这彩彩也非同寻常之人，今后必会是我回辽东开基创业的贤内助哇。于是他又说："贤妻，你是从大人物身边来的人，今后对我可要多加指点，协助哇！"

彩彩说："大人放心，奴家乃是您的人。吾定会竭尽全力，为助夫创江山大业而图谋、策划，还望大人多多指教。"

纳哈出心中更是有了力量，也觉得有了关爱。

纳哈出这个人，从来是不服输的一个人，在大元朝时他就深得元朝皇帝的青睐，官运亨通，升至太尉，相当于一个宰相，那可不是一般的职务，那叫执掌文武实权的人物。如今，就更是一个人人不敢得罪的受朱元璋倚重的人物，此次，要靠他去重整旗鼓，与南京拧成一股绳，开辟辽东新局面。

纳哈出当时想的只是只争朝夕，所以宵行夜宿，马不停蹄，赶回往昔自己曾开辟和镇守的开原金山古寨。可是，当赶到开原金山之地一看，这里已面目全非，他纳哈出简直都不敢相信这就是他的开原古城古道，一片零乱荒芜，野草层层，风刮土起，灰蒙蒙一片，甚是让人心酸。

他找自己的老屋，老屋呢？

好不容易辨认出老屋旧址，那儿早已长起木碗粗细的杨柞杂树丛，一些野雀子在里边叽叽喳喳的欢叫着，阵阵乌鸦呱呱叫着，一下子从矮树丛上飞到了片片的枯树上，好像在欢迎他这个旧日主人的归来，"呱呱——！呱呱呱——！"好像在说："主人哪，你怎么到这个连坟地荒岗子都不如的草莽里来了？你何必问津这里？"

又一些鸟叫道："呱啊——！呱啊——！"仿佛在说："是啊！是啊！"

还有一些小鸟雀在叽叽喳喳的吵闹，好像在说："你回来干啥？回来干啥？""你什么也别想捞到！什么也别想捞到！"

纳哈出气得一踩脚，"哗——！"的一声，那些鸟儿忽地飞起，突突突地消失在天边，空中只剩下一些尘土，在他的眼前漫漫飘落……

自从回到辽东这些日子以来，纳哈出十分焦急，自己的兵马、给养一天天渐少，要去征集，又征集不到，兵士们也个个心中不安。更加令他不安的是，不少的兵丁开始逃走，有的告知一下军尉，有的干脆不打招呼，第二日起来，岗位上只剩下兵械，人早已不知去向，这样长此下去，说不定他的人马不打自散。

再说，更令他不安的是，北元一带元帝情况他是一概不知，任何消息都不通，这里成为一个死寂的地方。纳哈出想，他必须打通一条生路，与八方取得联系，自己才能活下去。他就不信，这个地方，都是这么荒凉，无有人迹。于是，有一天，他谁也没打招呼，自己走了。

那是一天早上，他自己出的门。

出门就往北走，他没跟任何人打招呼。

他走哇走哇，足足走了一天，也没见着一个人影，这时肚子饿得咕咕叫。原来，他走得急，什么吃的也没带。但他走时想，路上不可能遇不上人家。可是偏偏，就是不见什么人家和屯户。于是，他就发挥他从小习惯在野地里生活的本领，在那茫茫的野地里找吃的！吃什么呢？

唉，你还别说，纳哈出有自己的绝招。他在草甸子上找到那种草尖发黄的小芽，那是一些嫩鲜草梢，还有一种刚刚结籽的草棵，他就撸那些野草的籽、草叶来吃，你还别说，还真就吃饱了。但渴了，要喝水可怎么办呢？

由于四外无人，打听不着道儿，也不知哪儿有河，哪儿有水。可他纳哈出有自己的独特办法，他找一个土有湿印的地方，用双手插在土里，一阵猛抠，不一会儿就抠出一个大圆坑，然后他就蹲在坑边儿等。过了许久，坑底儿真的一点点渗出一些水来，而且慢慢往上涨。但纳哈出有经验，这时人不能马上去喝，那水都是泥汤子，又黄又浑，他就耐心地等，直等到坑底的水澄清了，他将自己的身子一点点躺下去，身子和手不碰那坑边儿的土堆，这才把嘴一点点够到水面上，慢慢吸……

就这样，喝一会儿，等一会儿，终于不渴了。可是，看看四野，依然不见人影。

天，渐渐黑了，他就薅枯草，一层层堆起来，往里一钻，睡开了大觉。

可是，他出去了不要紧，家里人却发蒙了。

这天，到晌午开膳时，人们突然发现太尉不见了。这下人们可傻了，纳哈出丢了，彩彩也急坏了，早上还在，一不注意，怎么把大人给弄丢了，问谁谁也不知道，于是彩彩发下人马，立刻四方寻找。这可是个怪事！

开原金山的所有人马散开，就如用木梳梳头一样从镇上向外扩，一点点地寻，一片林子，一个草丛地去找，不能活不见人，死不见尸啊！

终于在夜里，一伙儿兵丁在草堆窝子里找见了太尉纳哈出，他在里边睡得正香呢。

大伙儿说："大人哪！你可把人急死啦。咋不回去睡呢？"

纳哈出说："不是我不回去，我走丢了！找不到回去的道儿……"

大伙儿说："你找人打听打听道儿哇！"

纳哈出说："你们看看，上哪儿找人打听去？"

大伙儿这也才明白了，他们是在一个孤立荒凉的地方，四外真的无有人烟。

自己走丢了都找不到人去问路？这该是一个什么样的鬼地方？纳哈出真是愁坏了。

纳哈出想，不能让自己把自己"困"死啊！他想来想去，想起一个人。

他命手下的人说："去，快把副将蒙德儿请来！"

"是。"兵士答应一声走出大帐。

不一会儿，纳哈出召来了自己身边的一个叫蒙德儿的亲信老兵。

这蒙德儿，跟随太尉纳哈出已经有很多年了，从青年时起就同纳哈出一块儿由北方南下，又在太平一起和纳哈出被朱元璋所俘。在战场上，蒙德儿为纳哈出挡刀挡箭，不计生死，这不，这次返回辽东，又是纳哈出亲自挑选的与他一同返回的亲兵重将，可以说他是纳哈出的智多星。

平时，这蒙德儿处处帮助纳哈出排兵布阵，管理军务，是一个很有心计有谋略的人物。蒙德儿办事，处处想得周全、细微，人又胆大、心细，于是被纳哈出任命为军中副将，由千户长升任为副将，是纳哈出第二，很有权力。

副将蒙德儿见了纳哈出叩拜后，说道："太尉，召我蒙德儿有何训教？"

纳哈出说："你还没看出来吗？"

蒙德儿说："看出什么？"

纳哈出说："我都走丢了！"

蒙德儿哈哈大笑起来，点了点头。

纳哈出说："你还笑！"

蒙德儿不敢笑了。

纳哈出这才焦躁地说道："蒙德儿啊，如今你我等回到这金山古寨，简直就像钻进了一个憋死牛的地方，死胡同，气都喘不过来，如此下去，就是朱元璋不打我们，我们自个儿也得死，也得亡，我们这五千人马自个儿都得渴死、饿死，只能活活地憋死在这儿啊！我今天找你来，就是让你快快地给我想想办法，拿个主意，咱们今后怎么能尽快地冲出这个险境、困境，打开一个新局面。你有何妙计，快快说来我听一听？"

蒙德儿想了想，说道："太尉呀，您老怎么这么健忘啊！"

纳哈出说："什么事？"

蒙德儿说："在早，咱们初来开原之时，那大概是文宗至顺元年，这里不也是一片荒芜吗？那时女真人也全都逃走了，四处无人迹，咱们不也是自己开拓的吗？当时，太尉找到我，我当时才刚刚二十多岁。"

纳哈出说："对呀，我记得。"

蒙德儿说："你还记得不，当时有个大脚蛮爷，名叫多活洛玛发，他当我们的头领？"

纳哈出说："对呀，记得呀！"

蒙德儿说："当时，就是你靠我请出这位大脚蛮爷多活洛玛发，才打出这个天下，也才有了这个金山古寨。我看，如今咱们要干一番大业，重整旗鼓，还得找那些个大脚蛮爷不可呀，有了他们，就有了天下！有了他们，就有了北方！有了他们，就有了你的大业！"

纳哈出一听，说："对呀！"

经蒙德儿这么一说，反倒使纳哈出有了新的生存的希望，他两眼冒光，脸上的愁容全都没有了，高兴得直跺脚。

纳哈出像小孩子似的拍手叫好地说道："唉呀，我的好蒙德儿，我的好参军哪！多亏你点化我，提醒我！我可想起来了，想起来了。对呀，在咱们辽东，的的确确有这么一位天不怕地不怕的大脚蛮爷，名叫多活洛玛发，他是一个女真人，是个出了名的怪夔，居无定址，无影无踪，四海山洞为家。他好像还有一个什么雅号？叫什么雅号来着？"

蒙德儿说："叫兴安野夔。"

纳哈出说："对对，就叫兴安野夔这个名。"

蒙德儿说："野，就是四处游走……"

纳哈出说："他，栖居山林，来无影，去无踪，男人女人在一起杂居，互称兄弟姐妹，以早进山者为长。山，是他们的'天地房'，山，是他们的归处。如果女人先进了山，就称其为'山大姐'；若男人先进山，就尊为'山大哥'。他们甚有义气，很是仗义，互相为朋友，朋友有难，可为朋友两肋插刀，赴汤蹈火，在所不惜。山大哥、山大姐最有权，都听他（她）的，很抱团。这些人，都是无家可归、不甘元朝政府的盘剥和搜刮，才一个个逃往到深山老林中，求个自由自在，无拘无束，其乐融融。"

蒙德儿说："太尉呀，你算说对了。这些个野夔，都是地上仙，林中王。他们凭一双大脚，穿山越洞，能耐非凡哪。咱们要想在这金山站稳脚，还真就得靠他们帮忙！"

纳哈出这时异常高兴，又激动。

纳哈出忙说道："蒙德儿啊，这也是本太尉找你的原因。"

蒙德儿一愣："找我？"

纳哈出说："对呀。蒙德儿啊，你是从小被这帮人给拉扯大的，你就是这些野叟中的人哪！他们等于是你的父母，或兄弟姐妹，你通他们的圈儿里话（黑话，隐语），懂他们圈儿里的风俗、规矩。你快快给我出去找一找，如今这块地上还有没有这些大脚蛮爷啦？快去！快去吧。我纳哈出情愿把所有从南京带回的金条、银条，全献给他们，请他们为咱们金山开出一条新的生路，通东海，通大漠，通向四面八方。"

此时的纳哈出更显出雄心勃勃。

蒙德儿这个人，今年已经是近六十岁的人了，但他身板壮实，长得很年轻，总是不见老，谁也猜不透他的实际年龄，看上去总像四十左右岁，这其实与他一辈子"没开花"（娶妻生子）有关。

说来，怪有意思的。纳哈出曾经追问过他为何未"开花"这件事，可是他回答的也挺怪异。

蒙德儿说："太尉，在下已没这个习惯了。我是生在山洞里的，忽忽悠悠地来到这个世上，我的爹娘就是那些山中的野叟们，互相帮衬，互补有无，我在山洞子里一点点长大，成为"小野人""小山利落""小冬狗子""狗子"，不懂得也不想什么娶妻生子。我蒙德儿对深山老林从小就有感情，总觉得那些大脚蛮爷们才是我的血缘至亲哪，对山外的女子连想都不敢想，你说怪不怪？"

纳哈出一听，心里乐坏了。

想当初，他把蒙德儿带往中原，一起作战，生生死死，胜利了，是他在俘虏中亲自为蒙德儿挑选了一位江南女子吴莲为妻。那吴莲天仙般的美貌，会织锦刺绣，可就是不见生育。这一点，也曾让纳哈出吃惊，这位比丈夫小二十多岁的妻子，正是芳好年华，怎能不生育？后来一听方知，原来，夫妻二人"不开花"的原因不在人家吴莲，而是这蒙德儿"不打籽"，那准是久居山洞，下体着凉，或因山叟野人近亲繁育的结果。

听了蒙德儿这番话，纳哈出就把希望寄托在他身上了。纳哈出天天催蒙德儿："我的蒙德儿，你何时出发，去找你的爹娘？"

这下可愁坏了蒙德儿了。

蒙德儿说："我的太尉呀，我何尝不焦急如火呀！但是要知道，咱们到江南这么多年了，乍回到这金山地带，一片荒凉，人烟全无，那些大脚蛮爷兴安野叟们四海为家，早不知他们藏匿到何山何谷，哪洞哪砬，哪是一时半会儿就能找得到寻得来的呀？我正在愁呢。看来，在咱们金山这一带平原地，是不会找到他们了。"

纳哈出又问道："那你估计何时能找到这些人呢？"

蒙德儿说："太尉大人，这可不好说。我看，少则半年，多得一年之久。我得先到很远很远的大深山老林子里去趄摸人家呀。"

纳哈出说道："你到哪儿去找这我不管，反正你说了，你的爹娘在这里，你就得给我找到，哪怕是有关他们的一点儿消息、一个线索也中啊！你瞅瞅，我们人吃马嚼的能支撑多久？就是让士卒们学着种地也养活不了自己呀，得不到当地人支持能行吗？"

蒙德儿说："太尉大人哪，你这是逼我呀！"

纳哈出大叫道："少说废话，在这荒山野地，我不靠你靠谁？我命你快快找到！不可迟误，违令当斩！"

第五章　黄狗做伴

纳哈出与蒙德儿两人正吵得不可开交，这时纳哈出的爱妻彩彩缓缓地走了出来。

彩彩为了照顾丈夫，除军机大事的场合外，平时就处处不离丈夫，现在，她来得正是时候。

彩彩一看二人争得脸红脖子粗的样子，禁不住笑了起来。

彩彩说："哎呀太尉，何必难为蒙德儿老管家呢？他说得对。如今，天下大乱，百姓流离失所，千里旷野无有人烟，一时要找到人家，实在不易。蒙德儿是你太尉的心腹，他能不焦急吗？"彩彩的几句话，为蒙德儿解了围。蒙德儿感激地说："夫人哪，还是您体谅人哪。"

彩彩又说道："蒙德儿，其实要找到他们也不甚难，我早已知道何处会有人迹，你们只要去就可以了。"

什么？彩彩她知道这些人的落脚处？

彩彩的话，顿时让纳哈出、蒙德儿两人感到非常神奇。

于是，纳哈出不解地问道："彩彩，你说你知道他们在何方？这怎么能叫人信呢？夫人，你本来是初到这个陌生的地方，就知道哪地方有人生活、居住，这不是太神奇了吗？难道说夫人是神仙下凡不成？"

彩彩笑着说："我的几笼子鹦鹉，它们都在告诉我什么地方有人，什么地方有它的同伙儿——小鸟飞翔的地方。"

纳哈出一听，简直高兴得嘴都快咧到耳朵根儿了。

纳哈出一拍大腿，说道："哎呀！我的宝贝夫人哪！这可真正救了咱们大军哪！你是一个救命恩人哪！"

彩彩转身进入内室，不一会儿又出来，就见手里已提着两笼鹦鹉。她走到纳哈出、蒙德儿近前，又冲着鹦鹉说道："鹦哥儿，鹦哥儿，你给我们大家学一学，这块地方有什么声音和动静？"

彩彩又把鹦哥儿笼子放在条桌上，彩彩向着笼里的鹦哥儿说着话，声音很缓慢，很温柔亲切，就像跟自己的孩子说话一样，非常有耐性，纳哈出也走了过来。

彩彩就嘱咐纳哈出说："太尉，你快坐下，你可别吓着我这帮孩子。他们见了生人，往往什么都不说。它们一个个的都有个小脾气，倔得很。你越是一个什么朝廷的大官，它们越不买你的账。快快给我离远点，别过来！"

纳哈出因为要听鹦哥儿说话，这才靠过来。现在让彩彩这么一说，就不得以又乖乖地回到自己原来的位置上坐下了。

这笼中的小鹦哥儿真有意思，也真听主人彩彩的话。这时屋里非常静，三个人都屏住呼吸静静的要去听鹦哥讲话。大家盼哪盼哪，突然，就听一个笼中的鹦哥儿说话了。它发出的声音是："咳，咳，咳……"

纳哈出根本没听明白，这是什么声音？什么动静？

蒙德儿听明白了。蒙德儿一听，乐了。

纳哈出说："你笑何事？"

蒙德儿忙说："大人，这鹦哥儿是在学老头子上了岁数，正在咳嗽！这说明那个地方有老头子在咳嗽呢。"

这时，鹦哥儿又说了："老远老远！老远老远！"

这回纳哈出听清楚了。

就问："老远在哪边？"

鹦哥儿说："山那边，山那边……"

纳哈出说："往哪边？"

鹦哥儿说："往北往北，往北往北……"

全屋人立刻兴奋起来。纳哈出更是兴奋极了。蒙德儿简直佩服得五体投地。

蒙德儿对这笼子鹦哥儿真是像见到了活神仙一般，崇敬备至。

他哪里知道，这可不是一般的鹦哥儿，这是彩彩从南京带来的宝贝，这是军师刘伯温训练有素的通人情知人意的鹦鹉，是一种神奇之鸟。

各位阿哥、色夫，鹦鹉，又叫鹦哥儿，你们可不能小瞧它们，它们可聪明了，它们是鸟中最为机灵者。它的头部是圆的，嘴强大有力，上嘴弯曲，羽毛色彩十分艳丽，有白、灰、黄、蓝、绿、红等不同颜色，瓜子十分的尖利。前面说过，尺把长的蛇类，它们可以张开巨爪去对付它，它适于攀登爬岩，特别是鹦鹉生有软软的舌，只要人反复去训练，它便能模仿包括人类在内的各种声音，用于军事侦察方面，是个很称职的小侦察员。

彩彩这笼中的鹦哥儿，可不是一般的鹦哥儿。彩彩从小就训练它们去听、去辨别、去模仿各种声音，包括人说话的声音，然后还能复述出来。

蒙德儿因为从小生活在大山里，是由野人男女生下来的野孩子，所以对野外的各种生物，狼啊，兔哇，熊啊，鸟哇，他都有一种天然的亲近感，有一种灵性，所以他能理解鹦哥儿模仿出来的声音。

蒙德儿的灵性被唤醒，似乎回到了生活在山林莽原的童年时代，想起了小时候逮鸟、放鸟、学鸟叫的事，于是，他一点点靠近了鸟笼，自然而然地发出"噢噢！吭吭！"的鹦鹉的叫声。这时，奇怪的事情发生了。

只见那鹦鹉听到他的叫声后，都在笼子里扇动起花翅膀，叫了起来，回应他。

蒙德儿便乘机说："鹦哥儿，你们还听到什么声音了？"

笼里的鹦哥儿，好像熟悉蒙德儿的问话似的，便应声答道："呜——呜——呜——！"

蒙德儿说："是狼的叫声？"

笼子里的鹦哥儿又应声学道："打鱼啦——！打鱼啦——！"

蒙德儿说："噢，他们那里应该有河，还能打鱼呢！"

笼子里的鹦哥儿又应声学道："下蛋啦——！下蛋啦——！"

纳哈出简直笑出了声，说道："噢，他们那里还养鸡呢，你听，是鸡下蛋啦！"

鹦哥儿便又学道："咯咯哒——！咯咯哒——！"

蒙德儿说："是有鸡下蛋的地方。"

突然，一只鹦哥儿又学道："割割刀快——！割割刀快——！"

又一只鹦哥儿学道："驾——！驾驾——！"

蒙德儿说："这是老板子赶车。"

纳哈出说："那方才的'割割刀快'又是干什么？"

蒙德儿说："这是大镰刀，割苇子……"

纳哈出说："割苇子？这只能在北边，那儿湿地多，苇子也多呀！"

蒙德儿说道："它们说的这些'声音'，有的是动作，有的是地名。比如那'驾——！驾驾——！'就是一条道儿哇！割苇子，那准是产苇子的地方，如此看来，那是套宝这个地方。"

啊？是套宝？这一下，纳哈出也惊呆了。

是啊，在从前，那时在套宝（也叫道宝）、毛怜一带曾有许多"山人"，他们常年在山林中生活，人不知其行踪。现在，这些地名、人的动作和声音，都被鹦哥儿们给一一描述出来，这不是人间的奇迹吗？

纳哈出和蒙德儿边分析着鸟儿们的"语言"，边乐出了声。纳哈出不在乎蒙德儿在身边就拍了一下彩彩的脸蛋儿说："我的宝贝夫人哪，你真行啊！你带来的这些小宝贝，成了我们的引路人。真是踏破铁鞋无觅处，得来全不费工夫！"

纳哈出、蒙德儿又是感谢彩彩夫人，又是夸奖鹦哥儿聪明。这时，彩彩夫人提着她的鹦哥儿笼子又进入了她的内室。这里，就剩下了纳哈出和蒙德儿两个人。他们于是便根据鹦哥儿模仿出来的声音和动作特点，进一步分析判断都是些什么地方，什么意思。

蒙德儿说："太尉，从鹦哥儿提供的那些具体情况和线索来看，我们完全可以断定，有人家的地方应该是有山、有河、有丛林，还有小道儿、有能赶车走的地方！"

纳哈出也说："有苇子、有河、有人打鱼的地方，还有狼。"

蒙德儿说："太尉呀，这可给咱们画出了一条线、一个图和一个范围。"

纳哈出说："这地方，我越想越像咱们金山，这金山周围我是最熟悉不过的了，也有山、有水、有丛林哪。"

蒙德儿说："还不是咱们金山。"

纳哈出说："那是在东山里，关东山脉？到那里去找大脚蛮爷？"

蒙德儿说："太尉，鹦哥儿学狼叫，狼群出没的地方，应该在漠北草原地带，那里有嫩江，有查干泡，有月亮泡，可以打鱼。既然有人居住，一定有人'驾——！驾驾——'地赶车，那里必养鸡养鸭养鹅养狗。依我看，这应是在西北地方。"

纳哈出一听，说道："对，听鸟儿这么一说，东部、西部、北部，都有人烟。你应先去西部哈尔套吧？要不，我随你一块儿去？"

蒙德儿说："那就看您了。"

纳哈出说："如此说来，咱们应该带个向导去。"

蒙德儿说："向导？"

纳哈出说："对呀。就是鹦哥儿啊！"

蒙德儿说："这可是头等重要的大事。"

于是，纳哈出便回身进入内室，与夫人彩彩商量带鹦鹉当向导的事。

纳哈出见了彩彩说："夫人，今有一求哇，你那些宝贝鹦哥儿也给我们俩一只中不？我们随身带着它，让它帮我们领领路。"

彩彩当即嗔惊地说："俺那鹦哥儿可是从南京那大明天子住的地方来的！生活非常娇惯，吃、住、人、物、气、风、味什么的，它都很挑剔，讲究，它可不跟你们为伍。就你们一天一天的又抽烟，又喝酒，它能受得了吗？而且，它们的气性都很大，你们一抽烟、喝酒、吃肉，不把它给弄死啊？不行。但是，它们可以在暗中跟着你们，你们看不到它，它却能看到你们。你们随时有事，有警，鹦哥儿都知道；你们到哪儿，顺利不顺利，坎坎沟沟，它都知道，都会真实地告诉我，我就报告给太尉你。何况，鹦哥儿的悄悄话，你们也听不懂，不是什么人都能听懂的，有时就是它们说了，你们也不知是怎么回事的。"彩彩这么一说，纳哈出一听，也觉有理，也就不争着要带鹦哥儿了。

纳哈出、蒙德儿二人约定好，各自回去准备，三日后出发。

蒙德儿回到自己的木楼子，一推门，见自己的夫人吴莲正在准备衣物。他有些奇怪，就问："夫人，你这是给谁准备东西，还打包，捆成包裹？"

夫人吴莲说："还不是给你准备的嘛！"

这，就让蒙德儿更奇怪了，他和纳哈出研究商讨一些事，也不见吴莲来过，他还没与她说过，她怎么就知道自己要出门呢？

吴莲说："是大黄二黄告诉的。"

她这么一说，蒙德儿一下子明白了。

原来，是他们家的黄狗，一大一小，称为"大黄""二黄"。这两条黄狗他从北方出发征战那年带在马上，跟随他南征北战又到了南京，而且这黄狗几代"不串盆"（母狗生下小崽，要在本家养大，等三代后，要与野狼交配，再生下来的，方叫"准黄"，也就是"不串盆"）。

他家的黄狗，出名的精灵，精灵到什么程度呢？你这么说吧，只要是蒙德儿家的物件，任何人休想从他家院子里"拿"出去，就是邻居、朋友来朝蒙德儿、吴莲借什么东西，镰刀、斧头、锯、烟袋、擀面杖、笊篱什么的，即便主人答应了，也不行，必须得在它的鼻子前过一过。

一般是这样，比如有邻居来借一把斧子，主人已答应了，要先放在它的嘴上叼着，它这时鼻孔发出"噜——！噜——！"的哼哼声，主人就会说："黄啊，你松松口，把斧子借你马大爷家用用，他使使就会还给咱们的。你松松口——！你松松口——！你松松口！"连说三声，这时它不哼哼了，这才能从它的口中拿下东西。

这两条黄狗特别通人气，能听懂人的话，善解人意，有这样一件事让蒙德儿很难忘。那是在南京休整的时候，一天晚上，蒙德儿发现驻地山岗上来了两只大狍子，他从外面回来对吴莲说："夫人哪，咱们赶快安歇，明晨早些起来，南岗上来了俩狍子，我好去打！"他指指南山，然后将火铳擦拭一番就上床安歇了。

打猎得带狗哇，可是早上他起来，装完火铳再一看，狗不见了。

蒙德儿气得骂道："该死的，它们上哪儿去了？"

吴莲也吃惊："呀！狗怎么不见了？"

二人正在纳闷，突然发现小黄回来了。只见它满脸是沙土，嘴角上还带着血迹！它上前直叼蒙德儿的裤脚，蒙德儿知道有事，就背上火铳跟它上了山。到山岗上一看，那大狗也是满脸尘土，正死死地按住两只大狍子！

原来，昨晚蒙德儿与妻子说话时，它们俩正趴在地当间儿，听懂了主人的话，又见主人擦火铳，便提前"上岗"了！

黄狗怎么发觉他要出门？蒙德儿想起来了。他在与太尉纳哈出争吵时，声音传到了他家的木楼里，那黄狗怕主人吃亏，就前来"解救"，他是看到大黄露了一下头。大概它们在一直观察着主人的动静。

蒙德儿看了看趴在脚前的两条黄狗，突发奇想。这狗本是北方山林原野的种，为何不带上一起去呢？但又考虑到他这一走，说不定啥时候回来，夫人一生不育，又没有人照料，也该留下一条为她做个伴儿。于是，他就有了主意。

蒙德儿说："夫人哪，此次随太尉远行，不知何日何时能归，这黄狗，我带一条，给我们带带道儿，给你留下一条，也可做个伴儿，你看如何？"

谁知这么一说，夫人吴莲立刻爽快地答应了。吴莲说："蒙德儿啊，这事我早就有打算了，这两条黄狗，你一条，我一条，你领大，我带小，这下你就放心地去与太尉闯江山吧。我呢，你也不用惦记，有小黄，还有众多兵丁，还有彩彩夫人妹子，你就放心吧！"

吴莲比彩彩大十多岁，但同是天涯沦落人，可她吴莲不如人家彩彩，能嫁给大明出名的太尉为夫人，而她，是纳哈出从被掳来的难女中选拔，成了蒙德儿的夫人。对于自己不"结果"，开始她恨自己无能，几次想死，都被蒙德儿劝住，而且蒙德儿曾向她实情相告，不是她的事，而是自己因为从小在荒山石洞里出生，长大，可能是着了凉，不"打籽"是自己的事，这才稳住了吴莲。

后来，吴莲一想，丈夫如此真诚，将因由一五一十地告诉了自己，人生真诚，信任为大，自己摊上这么好个丈夫，也是缘分，从此便一心一意与他过起了日子。但其实，蒙德儿也不知，这吴莲可不是一般之人，她之所以与蒙德儿过，是因为她是李善长的人。当年她因自己的美貌、精灵，早已被李善长看好，就暗中养着，就在纳哈出在那些俘虏中选人时，不知不觉一下子就选上了她，这一点，纳哈出、刘伯温，还有彩彩他们都是一无所知，只是李善长心中有数。

此次太尉北归，蒙德儿也曾劝过吴莲说："你随我一生受苦，又没有儿女后人，北土苦寒，你如不想随我北去，你就此留在江南，我也心甘情愿。"

当年，去往北方漠地，南方人一听，心头直打战，因为那些玄之又玄、不知真假的传说真是吓人，什么说话一出口唾沫星子立刻就冻成冰疙瘩，什么尿尿一出来就冻成一根棍儿……人们把东北传扬得分外可怕，江南人根本不知道北方有多苦，多冷，究竟什么样，吴莲对去漠北当然也有些顾虑。

说实在的，开始吴莲对自己的一生也有打算，他蒙德儿一生没有"打籽"，自己如果悄然离开他，也不为过，世人也不会说些什么，这也是一次改变命运的机会。可是，暗中她去与李善长见面才得知，她不但不能离开蒙德儿，还要好生照料他，因这纳哈出是大明朝廷放出的一只"风筝"，必须要有人时时监视，而你吴莲的身份是最好的，这才使吴莲彻底打消了念头。

话再说回来，纳哈出和蒙德儿将出远门的一切都准备好，便商量出行路线，他们计划先北上去哈尔套，打通去往漠北到达蒙古地方的通道，先开辟有牛群、羊群、驼群的地方，也叫老蒙古地方，这可是大军的生命线哪！所有兵丁、人马的衣食之用，先要一一打开，才是生命之本。

三日后的清晨，举行出征仪式。

如果只让蒙德儿一个人去，事情就简单了，而纳哈出决定他们一同前往，可就复杂了。纳哈出在行前，对大军内部做了认真部署，部队人马是他出山的本钱，也是实力的象征，不能有半点儿闪失，一点儿也不能马虎。

纳哈出召集来有关人众，他坐在中军大帐之中，让人去将自己的金刚三尺宝剑请下来，当着各位兵将之面，亲手授给了自己的夫人——那掌管鹦鹉军的彩彩，并封彩彩为金山中军，执掌生杀大权，各路兵马必须全听中军彩彩的吩咐，不得有半点儿迟延，违令者则斩，该杀无赦。

接着，他又任命自己的儿子田殿为大都督，抓牢兵权，在纳哈出太尉不在金山之时随时行使一切军权。他嘱咐田殿，虽然眼下校场、营地还没修完，各种设备也未备齐，但演兵习武一时一刻也不可偏废，整顿兵务是当务之急，各路人马要随时准备起兵，促成建立大业之势。特别是当他不在时，如果有人图谋不轨，或有突来之敌袭扰，要立即应对，并有防微杜渐之功力。

田殿大将军上前，跪拜。

纳哈出说："儿啊，你接兵权在手，就有生杀大权，可要好自为之！"

田殿答道："请父亲放心，我等不会忘记您的旨意，定将这里守住，要等您归来之日，再做下一步打算。"

纳哈出喝道："好！请接令！"

于是田殿从地上起来，走到父亲面前，亲手接过太尉纳哈出授给的大元朝令牌令箭共九道。这就是军中最高的军令，神圣不可侵犯。

纳哈出又在军中挑选出布色郎、都色郎两兄弟，他们是两位马上大将，都是纳哈出当年出征时从蒙古草原带到江南去的，并一同作战征讨十数载的得力之人，将他们召进了军中大帐，纳哈出说："布色郎，都色郎！"

二将立即单腿跪地，答："在！"

纳哈出说："你等听着，我这一走，说不定何时而归，你们要竭心尽力协助田殿大将军管理好军中琐事，让他多把心思用在全部兵队的整个事务中。布色郎！"

布色郎答道："在！"

纳哈出说："我封你为左副将，辅佐大都督，随时听凭调遣！"

布色郎答道："是。"接令退下。

纳哈出又唤道："都色郎！"

都色郎答道："在！"

纳哈出说："我封你为右副将，辅佐大都督，随时听凭调遣！"

都色郎答道："是。"接令退下。

一切安排就绪，纳哈出这才带领蒙德儿北上，去开辟、打通北方通道。

　　这时，纳哈出见蒙德儿带上了自己的大黄狗，这才突发奇想，他也得带上几条。

　　纳哈出是个养狗迷，他有许多精良的牧羊犬和猎狗。这时，他选出自己最心爱的猎狗贝贝、黄黄，这是两条蒙古草原上出名的猎狗，跟随他多年了，就如蒙德儿带的大黄一样，虽然老一些，可战斗经历丰富，十分灵敏，而且善斗、勇猛，狼群都怕这贝贝和黄黄。纳哈出外出带它俩，比什么都强，护兵也比不了这两个"护卫"有用，能报警，能拼杀。要是狼、熊、虎、豹来了，离老远它们就能知道，便立刻引主人到一个安全的所在。一旦缺少吃的喝的，贝贝、黄黄都会自己找食、找水。它们还有特技，别的狗不能爬树，这蒙古猎犬能纵身蹿到树上，就能抓野鸡、飞龙，这狗可神哩。

第六章　遭遇"起亮子"

风，呼一下刮起来，天空顿时阴云密布。四野沙风又起，那土风沙风把乌云压下来的野甸子刮得朦朦胧胧，一片混沌。

可是，那也得出征啊！

一切就绪，纳哈出这才告别彩彩、田殿，左副将布色郎、右辅将都色郎及众位金山兵勇兄弟们，出了金山旧地。

他迎着乌云和沙土风与蒙德儿骑马北上了。彩彩夫人送到镇口，嘱咐道："太尉大人，您可早去早归呀！"

吴莲夫人也送到了路口，嘱咐丈夫蒙德儿："一路多加关照太尉大人，你们早去早归，早传捷报……"

"谁也不许落泪！"这是纳哈出的命令。但众人谁也笑不起来。因大家深知，这太尉亲自与蒙德儿前去探路，开创大业，该有多少未知的艰难险阻在等待着他们。

北征之路何等艰难崎岖，简直难以想象。

纳哈出、蒙德儿两人离开金山一出旧镇，就一直向北，没走出几里地，道路就没了。多少年这里没有人烟了，原来的老道都长出很高的蒿草，有的地方生出一丛丛旺盛的荆条和小灌木，往前一望，不知怎么迈步，也不知从哪儿下脚哇！荒原，很让人恐惧。除偶尔从草莽中蹿出一只花鼠子或野兔子，再无一点儿生气，死寂的荒原茫茫一片，延伸至乌云滚滚的天尽头，看上去遥远无边。

可是，那也得走哇。好在那三条猎狗，贝贝、黄黄和大黄，它们可挺欢实，争先恐后地在草窠子里窜来窜去，引着马上的人前行。

一路上，不仅是荒草萋萋，而且更加愁人的是荒草甸子连着一片片的沙岗子，好不容易从草窠树丛中走出来见着土了，盼着能找到原来古道的道底子，可是大风堆积起来的一个个沙丘又使人不知往哪儿走才对。蒙德儿迷惑地说："记得从前是有古道的，怎么现在连个影儿都没有呢？

怎么找不着一点儿原来古道的道底子。"

道底子，就是从前人走车轧留在地上的印迹，也叫车辙或道眼儿。在一般的情况下，只要有原来的道底子，哪怕后来岁月的磨洗，再长草，再荒凉，底下的"印"也得有，可是眼下，他们二人凭着记忆，走的这条道儿也对呀，可就是摸不着古道的影儿。

各位阿哥、色夫，纳哈出和蒙德儿此时北征、探路，正是七月淫雨天，他们从南京出来是在大元至正十六年春末，到了辽东金山，已近旧历六月了。现在正是旧历的七月初儿，不巧得很，正值辽东雨季。

辽东这地方，冬季风大干燥、冰雪覆盖、寒冷无比，过了春到夏，又往往暴晒，那太阳像下火一样，把大地烤得沙粒子、土面子都烫脚，可是一进入雨季，那雨可就下个没完没了。天上只要起一阵风，一刮云就聚来，转眼间滂沱大雨就来到，而且一下就没完没了。

这不是，纳哈出、蒙德儿的北征刚刚出了金山不过几十里远，大雨就劈头盖脸地浇灌下来了，荒原上像刮起了白烟，水泡泡一片片地翻飞，电闪雷鸣，狂风挟着暴雨，眼前一片茫茫，令人生畏。

马在雨中行走，眼睛让雨抽得睁不开，走走停停，分外艰难，全身湿漉漉的，水溜子顺着马身子往下淌。纳哈出、蒙德儿两人身搭白皮板羊皮遮雨，也都是全身湿透，可怜巴巴地任凭风雨吹打。唉，要不是为了打通他纳哈出今后生存创业的大道，为了在辽东站住脚，他说啥也不遭这个罪呀！但眼下，他纳哈出没办法，什么人间的苦也得熬，也得吃，只有一个心眼儿，往前摸着闯着，人生不就是一个"闯"字吗？

蒙德儿说："太尉，咱们不能再骑马了。骑马走，更是个累赘，太慢了。你想想，咱们走了半天才走出多远，挪不开步哇，这样下去，咱们何时才能到达哈尔套哇？"

是啊，纳哈出也想这个事了。

纳哈出说道："蒙德儿，这话可是你说的。咱们舍弃了马去步行，那可更苦啦！现在慢是慢点儿，骑在马上还可以歇歇脚哇。"

蒙德儿说："太尉，要不咱们先回金山吧。"

纳哈出一愣，说："什么？你怕啦？"

蒙德儿说："不，不是。我是看这雨应了'七月连雨不开晴'那俗话了，雨不停又没处避，好在走出来不远，先回去，等晴天再说。"

纳哈出说："咱不能脱了裤子放屁——费那二遍事。既然出来了，天下刀子也得去！就下这么点儿雨就不去了，这还是我纳哈出的脾气吗？"

蒙德儿看纳哈出下了恒心，就说："走不出这沙岗子马就没草吃，等马饿得走不动可就更累赘了。"于是他们决定舍弃骑马，用双脚奔向哈尔套。

往昔，北方土地上的人，都世世代代有善走的技能，大脚板子，一迈就是几尺远，而且走起路来还像风一样快，不知不觉就会穿过一道道岭，一条条沟。纳哈出何尝不是如此，他不惧怕步行，他从小就是这么长大的。

蒙德儿将两匹红鬃马缰绳紧好，转过来向马指指来时的路，拍拍马的脖子，说："伙计，你们回去吧！咱们回来见……"

那马咴咴地叫了两声。

蒙德儿明白马听懂了他的话。他又对两匹马说："你们回去各进各的马圈，主人的夫人就会明白，不是主人出了什么事儿，而是主人派你们回去的。"这是从前蒙德儿和纳哈出和家人约定的规矩。只要马回来自个进圈，就是没有什么事儿。

说完这话，他再一拍马屁股，那马懂事似的，伸出舌头舔了舔蒙德儿，又咴咴仰脖子叫一叫，这才抖抖长鬃，向来时的路上走去，走了一会儿，它们便轻松地跑开了。它们离开纳哈出和蒙德儿，回金山去了。

纳哈出、蒙德儿遥望远去的两匹心爱的马，领着贝贝、黄黄和大黄走出了松林，又上路了。

此时雨有些小了，不一会儿，好像又停了，可天上依然是乌云密布，他们就决定朝前方隐隐约约的一片山头走去。他们记得，过了那山岗，就好像是有通往哈尔套方向的古道。当走到山脚下一片树林时，天也放晴了，他们想在这儿歇息，晾晾衣服。谁知就在这时，蒙德儿的猎狗大黄突然急速地从前方奔了回来。

只见那大黄一副惊恐的样子，"汪、汪、汪"地狂吠，而且像有紧急情况要报告给主人。

蒙德儿看看大黄来的方向，也不见什么。大黄咬住蒙德儿的裤脚子，往不远处的一棵大树前拉，蒙德儿明白了，这是狗让他上树，让他从高处去打望什么……

蒙德儿奔到一棵孤松下，急忙爬树。

爬树，那是蒙德儿从小生就的本事，不一会儿，他就爬了半树高，往大黄奔回的方向看去，可是什么情况也没有哇。他正觉奇怪，却突然听到一种"喔喔"的响声，好像是风声，可这时已没有风了，风已经停了，那么，这是什么响动呢？他就再往上爬。当蒙德儿爬到将近树梢处时，他往远处一看，不禁吃了一惊，那是什么来了呢？

只见远处，凭空地立起了一道"白墙"，那白墙齐刷刷地向这边推进，蒙德儿一下子明白了，雨停了，水到了，这是"起亮子"了！

"起亮子"，这是北土民间的一句老嗑儿，是指在连雨天土地饱和之后再下大暴雨，又没有河流疏浚，就会生成巨大的洪水，向地势低凹处推卷而来，那白亮亮的洪峰就像一面墙，所以民间叫"起亮子"或"水墙"。

蒙德儿看到，那"水墙"已经快速地推了过来，他立刻大喊："太尉！快上树——！"

纳哈出急忙奔向蒙德儿爬上的那棵大树，双手抱住树干刚往上爬时，只听"嗡"的一声，那"水墙"没过纳哈出的腰冲过去，要不是他双手死死搂抱着树干不放，就不知被大洪水给冲到什么地方了。

狗，真是通人气，在关键时刻是不会离开主人的，就在大水冲来纳哈出爬树时，贝贝、黄黄在主人身子下边拼命往水上抬主人，真是生死的伙伴。

此时，他们虽然安全上了树，可是往远处一看，天哪！那"水墙"依然在迅速地"走"着，一片白亮亮的大水，无边无际。

夕阳在远处渐渐地沉落了。

天一黑寒气袭来，他们湿漉漉的在树上冻得直打哆嗦。纳哈出说："蒙德儿，这水啥时候能退下去呀？"

蒙德儿说："按我以往的经验，这水得一点儿一点儿往下退，要想地面彻底没有积水，快则也得等到立秋了，慢则要等到明年开春……"

纳哈出失望地打了个唉声，心里说道，这要是等到明年春天才退，我们的兵马人众，吃什么，喝什么，还干什么千秋大业，再说，眼前就已经挺不住了，带来的饽饽、肉干都被冲走了啊！

于是，纳哈出对蒙德儿说："我的蒙德儿，你是山野里长大的人哪，像眼前这种处境一定会遇到不少回，你肯定有活下去的经验。我现在饿了，渴了，你总得弄点儿吃的吧……还有，咱们总这么在树上蹲着，也坚持不了多久，你总该想想办法吧？"

蒙德儿说："太尉呀，就是你不说，我也在想办法呢，我也饿了，累了，和你是一样的！"蒙德儿说着，就见他打开了一个皮兜子，那是北方赶脚窜山之人外出必备的兜子，那是个万宝囊，里边装有刀子、火石、绳子、油膏、药哈拉、钉子、锯子和锤子之类的东西，蒙德儿这个兜子从不离身，在他慌忙爬树时就先把这兜子挂了树杈上了。

挤在纳哈出旁边的蒙德儿从兜子里拿出一样东西，原来是一根绳子，他对纳哈出说："太尉呀，这就得委屈你了！"

纳哈出说："你要把我捆起来？"

蒙德儿说："是啊！你算猜对了。我要先把你绑起来……"

原来，纳哈出也看出了蒙德儿的门道儿，他是让纳哈出先站起来，把大树杈的地方多腾出一些，他好修整个人能坐卧的地方，又怕他抓不住掉下去，这才把他捆绑在树上，也使他轻松一些，到这时，他不得不佩服蒙德儿这个"山里仙"了。

蒙德儿将纳哈出绑好后，就见他从袋子里掏出一把小锯，那小锯是折叠的，打开来竟然有一尺多长，他锯下不少树枝，除掉了两根粗枝干间的障碍，然后他掏出细绳，一根一根将树枝绑在树干上，嘿！你还别说，蒙德儿就在两个树杈中间"铺"出一面小"炕"来，他又从袋子里掏出一张狍皮褥垫铺上，然后给纳哈出解开绑绳，说道："太尉，您就将就着先在这'树炕'上歇一会儿吧！"

纳哈出一看，乐了，在这荒郊野外，在这水中的树上，竟然能有地方睡，真是奇迹。就这样，纳哈出半躺半卧地在"炕"中间，蒙德儿和三条狗挤在一边。这时，又见蒙德儿掏出一个像铁筐的东西，挂在了树上，然后对大黄说："大黄，弄些东西来……"

大黄很懂事，就见它忽一下子蹿到水里去了。不一会儿，就见大黄嘴上叼着一条鱼扔到铁筐里，另两条狗也学大黄的样子去捕鱼。不一会儿，就捕来几条鱼一块儿放进了小铁笼子里。蒙德儿拿出几块木炭，以火石打出火星，一点点点燃起来去熏烤这些鱼，香气飘荡出来了。看得出来纳哈出一闻这味儿更饿了。

这时，蒙德儿说："太尉呀，半生不熟的，你就将就着吃点儿吧！"蒙德儿又从袋子里摸出一个葫芦来，纳哈出早已猜出那是他装酒的葫芦，一把抢过来，连吃带喝起来。

他和蒙德儿边吃边喝，也不断地将鱼头鱼尾分给三条狗。吃完了，再下去抓，再烤……

天已渐渐黑透了。无奈，纳哈出、蒙德儿还有三条狗，就这么挤在"树炕"上呼呼地睡去了。

天还没亮，他们突然被一阵阵喊声惊醒："太尉——！太尉——！你们在哪里呀——!"

这时，大黄、贝贝和黄黄也跟着叫了起来。

只见远处一盏盏灯笼在游动，是家里人田殿他们领人找了上来。

原来，就在昨天下晌，草原上"起亮子"之前的时候，纳哈出和蒙德儿放回去的马已经回到了金山旧镇。田殿一看父亲和管家的马自己回来了，自个进了马圈吃草，他一看马缰绳的盘法，就知道不是出事儿，而是道不好走，不便骑马，就放回来了。他也没当回事儿，就命人将马拴好，并去向母亲禀报。

谁知他刚刚敲开彩彩的门，就见彩彩说道："吾儿，你来得正好，我正要找你。昨夜，我正在睡觉，突然让我的几只宝贝鹦儿哥给吵醒了，鹦哥儿急报前方情景，说距你父亲前方几十里之遥，有一道驼腰岩，那里是你阿玛必经的重要隘口，如今已被黑熊所占据，怕你父亲受害受惊，特来传告，一定要告知你太尉阿玛他们可要有事先防备呀！你快带人去追赶你阿玛，将此消息告诉他们！"

田殿也将父亲纳哈出他们弃马而行，预计前方路不好走之事告知了母亲，于是赶紧告别母亲彩彩夫人，率人骑马就出了金山，直奔父亲和蒙德儿所行之路追赶而来。谁知刚走不远，就发现原来前方"起亮子"了！

父亲和蒙德儿他们如今怎样了？田殿一急之下，马上召集所有人马，急忙开往"起亮子"的汪洋之地，连夜寻找纳哈出和蒙德儿去了。

看见田殿他们举着火把和灯笼的亮儿，大黄、贝贝、黄黄它们一齐跳下树向那里游去，并汪汪叫着发出信号，纳哈出和蒙德儿也喊："我们在这儿呢！"

不久，狗队带领着田殿他们来到了大树下。

那时节，"起亮子"的水已渐渐退去了，人和马都站在一片稀泥汤子里。田殿便把事情的经过一五一十地说了一遍，又加了一句："父亲，母亲格外嘱咐，前方那个隘口一定要小心，如今那里已是野熊成群的地方！"

纳哈出又问："田殿，你母亲还说什么了？"

田殿说："母亲言说，具体情况，那鹦鹉军也不知道了。一切，都请太尉大人您心中有数就行了。"

纳哈出和蒙德儿听后，与前来通报此事的田殿和都色郎商议，纳哈出说："都色郎，这个有野熊出没的隘口到底是什么地方呢？"

蒙德儿也说："是啊，总得有个名，或者有什么特征和记号？"都色郎从小与他的兄长布色郎都是当地人，也是在这一带长大，其父就是这一带的蒙古牧场主，有家奴和奴仆数百人之多。这一问，他一下子想起来了。

于是，都色郎说道："太尉，鹦哥儿说的前方的大隘口只能有一个。"

纳哈出说："到底是哪个？"

都色郎说："这个地方，在两山夹一沟之中，形势特别险要，过去这里曾驻扎过元兵，是兵家必争之地。凡是要去往大漠，要北往斡朵里，要南上辽阳，都必须要走这个险要的隘口。它，就是闻名的底卜失隘口。"

第七章 人熊大战

纳哈出说:"啊?是底卜失隘口?"

蒙德儿也说:"什么?果然是底卜失隘口?"

都色郎回答说是,这不禁让纳哈出、蒙德儿都吃了一惊。但他们心中,也有了底,因为终于摸准了地点和方位。

纳哈出想了想,很高兴地说道:"田殿哪,你们传报得很及时啊。请回去转谢我的夫人,我知晓了。你们回去吧,不必再挂牵。"

等到天渐渐地亮了,洪水也退得差不多了,田殿和都色郎他们将带来的食品用品交付给蒙德儿之后,一一叩拜太尉,上马返回金山去了。

纳哈出、蒙德儿得到了补给又继续上路了。

纳哈出说道:"这底卜失隘口,我知道。这鹦鹉提醒得也真是及时,怎么能越过这底卜失隘口去往哈尔套,这很重要,真是人离开辽东数载,竟然遗忘了故乡土地呀。这底卜失隘口是我金山必经之地,也是我金山必夺之地,这里有我金山的兵马驻扎在这儿才对。"

蒙德儿说:"这么说,以后要在这底卜失隘口建一个驿。"

纳哈出说:"我也是这么考虑的。蒙德儿,你我今后开创大业,就得在北土这些地方开出一条条'道儿'来,让四方变通途……"

二人继续前行。可是道的走法可就不一样了。草甸子、荒原本来就没有道儿,遭遇"起亮子"以后,洪水冲刷带来大量泥沙,看起来好像很好走,其实这是"起亮子"之后的假象,脚一踩上去"哧溜"一下子不是陷下去就是滑倒了。泥沙下面又有石头块子、草根子绊脚,身子没等站稳就歪倒在稀泥里,人休想大步行走,两个人摔得像个"泥猴"!

纳哈出说道:"蒙德儿啊,这地方不治理不行,将来咱们久居金山,出出进进,一遇'起亮子',这不是寸步难行吗?得设法修道。这个事儿咱们得记下来,蒙德儿,你带'皮书'了吗?咱们得记下来。"

蒙德儿笑笑,说:"太尉大人哪,我是你的管家,你想想,随你外出,你又是个爱写爱记的人，我能不想得周全吗？"

　　说着，只见蒙德儿从自己背着的鼓鼓囊囊的袋子里掏哇掏，最后他掏出一个"皮书"。

　　当年，所说的"皮书"，是用鹿皮或小羊羔皮熟制而成的皮张，十分柔软，偌大一张皮子，用手一攥只有一团儿，辽时期的北方民族普遍用来记事，称为"皮书"。

　　蒙德儿又摸出一个皮筒子，从里面倒出一个小木条，木条的一头带盖儿，打开木盖儿，里边露出一个"笔针"。这是一种民间的"笔"，那木条管中间是空的，里面灌上了以碳和墨混制而成的笔水，"笔针"一画，字迹便清晰可见。早年纳哈出在辽东用过这种笔，后来到了南京改用毛笔，纳哈出已将此法忘了，现在想不到这蒙德儿竟然保存此法，他能不高兴嘛！

　　于是，由蒙德儿替他展开皮子，纳哈出亲自操笔，在"皮书"上面记下了北归金山后第一次出行的经历和见闻，他记上了"起亮子"的地理位置、大致季节和时辰。这成为日后建驿的重要依据，后来人们视"皮书"为"珍宝"去争夺，当然这是后话。

　　书写驿道的驿书那是重要的联络图，谁有了它谁就掌握了交通的主动权，对于生产、生活，特别是军事的用途太大了。当年，一首满族民谣唱道：

　　　　驿站道，黄沙道，
　　　　驿站丁，驿站袍。
　　　　备鞍马，备草料，
　　　　公差骑上快快跑。
　　　　大马跑死三千六，
　　　　小马跑死六千三，
　　　　一溜风尘一溜烟，
　　　　天天都把军情报。

　　这是后来驿道通顺、驿站建好的情景，多么好听的民谣歌谣哇。可谁知，那是无数前人以亲身经历的苦难和生命为代价换来的情景。现在眼下，纳哈出与蒙德儿还正是在开创驿道的时期，他们在摸索，在探险，在一点儿一点儿地书写着驿书。

　　底卜失隘口，这是建于元代泰定年间的一个地方，那里是蒙古与女真驻定的分水岭。女真抵抗元兵曾雄踞底卜失，金哀宗完颜守绪正大元年女真人聚集两千余人，与元兵血战于此，用砍刀专砍马腿，元兵死伤甚巨。可是，元兵不断增援，而女真人无有新援力量，女真人拼死争夺，两千余条鲜活生命全部被马踏、枪挑而亡，血流底卜失，勇雄之姿，显示出女真人的倔强不屈。

砍马腿，是一种战术，又叫"打马壳"，是指双方交战，射杀马上之人较难，而将对方骑的马杀伤较易，马伤人便会从马上跌下，不是摔死便是摔伤。

纳哈出如今在这里想起从前的事，他一阵辛酸感油然而生，也就记起了那个底卜失隘口。

在那个隘口，他的祖上木华黎氏也曾鏖战女真人，元兵血流成河，想到这里，他不禁感到不寒而栗。他想，这"起亮子"不算什么，而他要闯的第一道关就是那飘荡着女真先人灵魂的底卜失隘口，不知会遇到什么样的艰险。其实，在纳哈出心底，他很忌讳底卜失这个鬼地方。他和蒙德儿两人边向前走，边心中盘算，女真人的善勇，咱们不能淡忘，也要纪念和敬畏帮助我纳哈出重整河山的孤魂野鬼，纳哈出我永世不忘，值得念想。

这个地方，两个人在稀泥乱石中足足走了五日零三个时辰。这天，太阳渐渐西沉时，隘口终于出现了。

这隘口，是两处高岭中间形成的一个峡谷口，雄气勃勃，有一夫当关万夫莫开之势，远远望去，一览无余，让人觉得近在眼前，其实远得至少尚有十几里之遥。太阳已渐渐沉入隘口，峡谷的黄昏来得比岭上早，黑暗在一步步逼近。

四野静静的，仿佛千年的记忆在一点点地打开。一种恐怖感瞬间袭来。

"快！我们要祭拜——！"纳哈出感到浑身发麻，他下令祭拜，似乎蒙古先人的战神从远方走来了。

于是，纳哈出与蒙德儿两人，选出脚下一片干爽一点儿的平地，拿出元钱百串。这都是他们从南京带来的，纳哈出又拿出一瓶从南京带来的"淮河老烧"，捡起地上的三片车轱辘草叶卷成酒盅，倒上两杯淮河老烧，摆在地上，他跪在地上虔诚地祭奠在底卜失逝去的女真亡魂。

纳哈出边叩头边说道："女真众亡灵，尔等皆大金国英魂！今我大元朝太尉纳哈出奉命驻守金山，要寻道，要重新创筑各屯寨，而这底卜失乃吾必守之关隘，特备江南薄酒，元朝通币百串，前来敬献亡灵，以表敬诚。待来日，金山城堡修竣，必当重新奠祭。大元朝至正十六年吉旦。"老泪，从纳哈出两颊缓缓流下。

突然，就见平地狂风骤起，飞沙走石。

可是，分外奇特，那风却刮不动装酒的车轱辘草叶卷的酒盅……

纳哈出和蒙德儿一齐说道：这真是女真先祖魂灵来饮酒，他们接纳我们，承认我们，看来，我们此次前去，必定会得到先祖的佑助。

纳哈出说道："蒙德儿，快记下此时的位置。"蒙德儿于是又取出"皮书"，拿出木管笔，由纳哈出在上面记下了此地的情况和位置，时辰。祭奠完毕，二人才起身向底卜失方向走去。

越往前走，草甸渐渐消失，出现了成片的山林，茂密无比，连成一片，无边无际。纳哈出、蒙德儿穿过丛林，走在崎岖的山路上，身上脸上都被荆棘扎出了不少口子，血直流。夜里，他们就宿在林草里。

第二日早晨，他们早早起来，吃过些随身带来的肉干，喝足了泡子中的水，又上路了。

好不容易，他们在第二日傍晚过了龙安，进入了古宾州境界。古林中，听到传来"汩汩"的流水声了，那是亦迷河传来的流水声。突然，就见几只野鹿从林子中跑了出来，它们惊慌地四处观望时，远处传来黑熊的嗥叫声。

纳哈出当即神情紧张起来，他说："蒙德儿，有熊来了。"

蒙德儿也说："听到了。"

蒙德儿紧贴着太尉，边走边四面观望，保护着太尉。熊的吼叫声越来越大，而且，他们二人感到这些熊就在眼前，仿佛随时可以蹿出来，一下子将他们二人按倒，然后大啃大嚼，不一刻，他们就会变成一副骨头架子。纳哈出大喊："蒙德儿，快看看，熊在何处？"

蒙德儿答道："太尉呀，我也正在找呢！"

突然，就在二人紧张地绷着神经四处寻看的紧要关头，就见从石崖上蹿出来三只大块头的棕熊。

这三只棕熊，每只都足有五六百斤，非常胖，可是它们奔跑起来却非常灵敏，脚步震得山野都似乎在抖颤，"扑通！扑通"的响……那熊张着血盆大口，嗥叫着，向纳哈出和蒙德儿扑了过来。

这几只熊一跑，一叫，顿时又唤来了附近的棕熊，就见从前方左右草丛和老林中钻出一些大棕熊来，汇集了有十三四只之多。

这时节，纳哈出和蒙德儿两人摘下身佩的大硬弓，取出銮铃箭搭在弓弦上。这种箭,射出时发出"铃铃铃"的响声,民间又称"响箭",这种箭既有杀伤力又有传信息的作用,在江湖上两伙绺子相遇,如一方向空中放响箭,是表示"打招呼""无敌意"的意思,也可起到震慑对方的作用。

现在对棕熊该如何呢?

纳哈出和蒙德儿他们也不想伤害棕熊,是想把它们吓唬走。他们连向上空放了几箭,熊群听到响声却不走开只是四处张望,然后便是一只只又回过头张开血盆大口,向着纳哈出、蒙德儿噪叫咆哮。

棕熊这么一咆哮,纳哈出带来的贝贝和黄黄、蒙德儿带来的大黄可就不答应了。它们一见这帮棕熊要欺负主人,而且一个个如此的狂妄,这能行嘛!

只见那猎狗大黄趁着崖上一只棕熊正向下怪噪时,突然箭一样地就蹿了上去,只一口就把那熊的一只耳朵撕下来了。

其他棕熊一见伙伴被咬,就抛开纳哈出和蒙德儿,一齐冲上去抓大黄。黄黄和贝贝一看,不答应了。于是,三条猎犬和一群熊开始了一场混战。

可是,熊是一种很顽强的动物,别看它们有时伤得很重,它们一旦斗起来,眼睛一红,已不计生死。有时山石、树枝把它们的肚皮划破,肠子都滚淌了出来,可它们往往把淌出来的肠子用自己的爪子一团巴自己再装回去,就像捡一包东西,往脖子里塞巴塞巴一样,然后继续奔走、觅食、捕斗,真是奇特的家伙。

现在,这只大毛熊疼得一蹦多高,爪子三下两下将被大黄拉出来的大肠头往里塞,塞也塞不进去多少,因这部位不像肚子里的肠子,可以卷巴卷巴塞回去,这地方不好塞,也只就塞了一半吧,就不塞了,它拖着露在外边的红红的血肠子,回身就与大黄厮斗在一起!众熊也分别与贝贝、黄黄在厮斗,一场熊、狗大战在这里展开。

可是,三条爱犬如何能敌住那十几只又高又大的老熊?不一会儿,三条狗便被众熊逼回到纳哈出、蒙德儿身边,它们只好前前后后紧贴着主人,护着他们,而熊群这时也渐渐地更加凶狠地向他们围逼过来。

这一下,纳哈出、蒙德儿可吓坏了。纳哈出想,难道我回辽北开拓江山大业,就这样葬身于此?明年此日就是俺的周年?不能,不行,得活着!

想到此,纳哈出便想用箭射杀那只看似头熊的老毛熊,可又想,寡不敌众啊，群熊见老熊中箭一急眼一起上来可咋办？正在他犹豫间，见那群熊只是虎视眈眈却不主动进攻。这时，蒙德儿摸出火镰，捡了点枯枝干草，打出火花将其点燃。

烟火虽然不大，可真就把熊吓退了。但它们不退太远，仍然与纳哈出和蒙德儿他们对峙着，似乎在死死地看守着通往底卜失隘口的要道，挡住他们的去路。

这，可该怎么办呢？

纳哈出、蒙德儿都是从前北方老蒙古地方的人，他们听说过在深山老岳中由人驯养的熊为其看山护道的真实故事。于是猜想，如今这底卜失隘口的熊群，这样岿然不动，它们可能是受山中人的指使，要使熊群退去，让开大路，看来是唯有找到那个掌控熊群的人才行。于是纳哈出就让蒙德儿去找掌控熊的人，它们才能离开，让开。

蒙德儿一脸苦情地说："大人哪，你说说容易，这荒山老岭，让我上哪儿找他们？"

纳哈出急了："上哪儿找我不管，反正咱不能憋在这儿。"

蒙德儿说："太尉呀，我去找不是一时半晌能找到的，看样子，咱们就得在这儿搭个小窝棚住下了……"

纳哈出一听，惊叫道："啊？在这儿住？那些大棕熊在看着咱们，说不定咱们刚刚睡觉，它们上来，咔嚓一口，不就玩完了吗？"

蒙德儿说："太尉呀，这熊，看样子没有主人的命令就不会轻易攻击我们，你有个安身之处我才好去找大脚蛮爷呀。"

纳哈出说："你把我一个人扔在这儿，你就忍心？唉，可也没别的办法，我能不能喂熊就听天由命吧。"

纳哈出也只好听蒙德儿的话了。于是，蒙德儿找了块平整的地方，用树枝茅草搭起了一个窝棚，又捡些干草枯叶铺在里面。纳哈出便静静地躺下，也是真的累了，不一会儿就呼呼地睡去了。

蒙德儿嘱咐贝贝、黄黄，一定要守好窝棚。于是，他领着大黄就往老林子里摸去了。

再说蒙德儿这个山中野人的后代，他从小就知道山中称大脚蛮爷是尊敬的称呼。这些人凭着一双大脚板，在山中走来走去，如入无人之境，那脚踩在石上、崖上、火山碴子上，一点儿感觉没有，不扎也不裂，就是冰、雪，照样踩上去，根本不在乎。他们四方奔走，来无影，去无踪，对山中的沟壑、山谷、峭壁、林莽、古洞、洞崖、古坟都了如指掌。凡山中之人，亲如兄弟、姐妹，不分彼此。见面只要问："你是谁？"对方只要回答"山中大脚"，就是自己人，自家兄弟，长者为尊。他们非常敬老，又非常爱幼，幼者入山亦视为自己的儿孙。"蛮爷"的蛮，指能吃苦，不惧艰险，而爷，当然是指有威望的老人了。

老到什么程度，谁也不知，他们自己也是不十分清楚自己的年岁，对岁月流逝不太在乎，却牢牢记得所经历过的重要事情。

凡入山者，多为疾恶如仇、深怀大恨者。他们之所以进山，或因不堪忍受盘剥欺压而抢劫富豪，或因为报仇雪恨而杀恶除孽身负命案，或因政见不合、官场腐败而反叛朝廷。而有些女子进山或因躲避恶棍凌辱强暴，或因逼嫁疾傻而抗婚，或因夫死子丧而失意厌世。总之，皆是遭通缉追捕、被逼无奈才隐姓埋名，才远走他乡，匿迹山中。

他们，以青山为家室，视各种生命如儿女，永不离山，故称其为"山人野叟"。由于他们冬夏久居山中，俗名"冬狗子"或"冻狗子"。

男女进山后，称为"落蔓"了，从此并不愁寡居鳏夫，互相之间可以"借水"（圈儿蔓里的话——可以交欢），故山人也可以生儿育女，俗称"撒点子"（"撒点子"，也叫撒籽，就像种地种庄稼点籽一样）。

此时，正是元末明初，凡进山入伙之人，皆不满元朝廷的血腥统治，而入山者女真人居多，所以有些圈儿里的隐语，往往又多夹杂着女真语的音和意，如"大脚蛮爷"就是汉语与女真语拼合的，"大脚"是汉语，到处游走之意；而"蛮爷"，是神名，是女真语中山神的代称语。所以"大脚蛮爷"就是无拘无束的山中之神。

蒙德儿急于去找他们，恨不得立刻能找到大脚蛮爷，好解救他和纳哈出。谁知，就在此时，脚下一沉，"咕咚"一声，就大头朝下落了下去。

"哎呀——！"这蒙德儿苦叫了一声，本能地以双手迅速抓住洞壁上的厚厚茅草，才没一下子落到底儿，但只觉着左肩被一尖柱扎了，疼痛难忍。

蒙德儿意识到，这是落到陷阱里了。

这是山里的那些大脚蛮爷们为猎动物挖设的陷阱，平时就叫"陷"。"陷"分多种，有的是上细下粗的"陷"，像地窖，即使掉里也不死不伤，这叫"活陷"，有的叫"死陷"，窖底安有多根用硬木削尖的木桩，叫"坐脚"。"死陷"的另一类是窖底只安一个尖木桩，叫"山刺子"。蒙德儿落进的这个"陷"就是这种独刺子陷。

蒙德儿有轻功，才使他在跌入"陷"的一瞬间，用双手猛力撑在洞壁上，才减缓了下滑的力度，尽管"山刺子"扎在了左肩上，但却伤得不重。

就在他一步踩空掉下去的一瞬间，大黄狗也险些掉下去。现在，主人掉在"陷"里，那黄狗在上边"汪汪"叫唤，蒙德儿觉得自己有救了！

蒙德儿说："大黄啊，你去把我的袋子找来。"

那黄狗真聪明，不一会儿，果然就叼来了蒙德儿的背袋子。蒙德儿又说："大黄啊！把绳子拿出来。"

那黄狗也太奇了！

只见它用嘴从袋子里叼出一团绳子，自己叼住一头，在"陷"旁边的一棵树上缠了一圈儿，然后把绳子的另一头投入到"陷"里去了！

他试了试，绳子果然很紧，哪知道，那黄狗虽然不会系扣，却用牙齿死死叼住绕树上的绳头。于是他双手攥住绳索，使出浑身劲儿向上一拔，"呀"的一声苦叫，那"陷"刺一下子从左肩拔了出来，血也流了出来。

蒙德儿忍着疼痛，双手攥住绳索，拼命向上攀登，终于回到地面。

上来一看，黄狗已累得口吐白沫，但牙齿还在死死叼着绳头子，蒙德儿搂住黄狗的脖子说："黄啊，是你救了我！"

蒙德儿立刻脱下左袖子，又从包袱里找出一个皮药哈拉（一种在野外装药的皮囊），拔开药哈拉的塞子，对着肩上的伤口往上倒出一些白药面！那伤口就不出血了，他又扯了一块衣襟将伤口包上。

他咬着牙忍着疼痛往山上走。

蒙德儿知道，要与那些山中野叟联络，喊也没用，必须要星星出齐之后在山顶苦等，就会有山中人突然来到你的跟前。

蒙德儿在山顶的一块大石头上坐下来，黄狗也乖乖地趴卧在他身边，等啊，等啊。

星星早已出齐，荒山的夜万籁俱寂。

蒙德儿按照从前族人的老办法老规矩苦苦等了小半夜，可是，并未见有山中人出现。蒙德儿明白，在这种情况下，就要采取以下的一种办法去求得与山中人相会了。

第八章　奇特的见面仪式

这些办法，被称为"三见"。

"三见"，通常称为殴见、哭见、血见。

殴见，就是几个人互相斗殴，拼打，必有败的一方，于是就会求救，大声喊叫，这时山中野叟必会出现来解围，这样便可以见到山中人。蒙德儿现在是一个人，这办法根本行不通。而且，造假不行。如果你一个人又喊又叫，山中人来了，他们在暗中看到你是在欺骗他们，不但不帮你，还会以山规，处你个不忠不义，给你个"走"，走，就是死让你不得好死。他们对那些作假使诈之徒，万分憎恨，认为你不怀好意，定会除掉你而后快。

第二见叫哭见。哭见，即哀求山中人，有什么苦事、冤事、难事，或被人所欺之事，求山中野叟救命帮忙。这时要大哭，哭得越苦，越悲，越惨，哭声越会打动山中野叟，他们也会循你的哭声到来。但那哭见，往往是女人居多。孤身一人，遇到了危难，这才恸哭，而蒙德儿是个大男子汉，他使用这种办法求见人家也不对路，他觉得自己真是办不到。于是，他想到了另一个见法，也是最后一个见法，第三个见法，就是血见。

血见，就是身体负伤见血，多是受到意外伤害，也有的为表诚意，故意用匕首将自己刺伤、砍伤，划出一道血口子，让鲜血淋漓，然后一边擦血，一边大声喊叫。这时候，山中人便会神不知鬼不觉地出现在你的眼前。

蒙德儿想，自己正好可以用血见法来见野叟了。

一是自己不用现刺伤自己，已经掉入了"陷"中，是真正的伤了！二是自己的伤口又是新的伤处，不用造假。

想到这里，他便这样做了。

他咬着牙，一手将包扎伤口的布和敷的药揭起，疼得他"哎呀"一声，那伤口处的血水立刻涌了出来。

接着，蒙德儿疼得"哎呀，哎呀"大声喊叫，一下子倒在了地上，血水溅到了他的手上、脸上，肩上的伤口处血还在往外流淌。

突然间，从旁边的一棵大树上跳下一个人来。这是一个老叟。只见这老叟，白胡须，白眉毛，一头的白色银丝飘扬在他的脑后，风刮起他的银发，就像一团银光在星辰下晃动。

老叟迅速来到了蒙德儿身边。

老叟说："孩子，我观察你多时了。有何事你用这种自揭伤痕自残伤口的办法来找我们哪？"

这一下，真使蒙德儿万分吃惊。

你说怪不怪，本来当时周围什么都没有，只有风吹着绿树，在老林子里呼呼而过，只有天上的飞鸟，时而突突地飞过，只有地上有一群小蚂蚁，在匆匆地爬过去。可是，当他这么一喊一叫时，怎么就出来了一个老叟，而且当他和大黄来时，也没见这棵树上有人哪！

蒙德儿忘记了流血、疼痛，他想站起来，去给山中老人施礼，却怎么也站不起来。

老人却走过来，按住他说："不用！不用。你快坐下。你心真诚啊！我看你是一个诚实可靠的人，来，先吃我一丸止血金丹。然后告诉我，有何大事，非得来找我们哪？"

山中野叟说完，手掌一伸，只见老人手掌上已放着一粒丹丸，那是他们山中人的止血金丹，红色的，他把它一下子放在了蒙德儿的嘴里，又用另一只手一拍他的后背，并以手指点了一下他的伤口，那金丹便一下子就咽下去了。

顿时，蒙德儿就不觉得伤口疼了，而且那伤口处也不再流血了，他觉得太奇怪了。

蒙德儿高兴地说："谢谢山神爷爷。"

山中人说："你们是从哪儿来的？"

蒙德儿说："不瞒您说，我是从金山来的，结果这半路上遇上了一些老棕熊，它们挡住了我们的去路，它们不放我们走哇，想过也过不去，这不，我是来求山神爷爷，请你们搭救我们！"说完，蒙德儿还给老人家叩了一个头。

"哎呀！不必啦！"老人说。

对于蒙德儿的客气施礼，这使山神老人家感到蒙德儿很有礼貌，老人家很是满意，于是笑着将他扶了起来。

老山人说："看样子，你不是一个人。"

蒙德儿诚实地说："不是。"

老人说："我看你们在前头的小柞树林子里搭了一个小窝棚。那个人是谁呀？你们为了何事要去前方？我们山里人仗义助人，好人我们都鼎力相助，坏人，歹人，我们就绝不相帮，这个道理你该懂。"

蒙德儿说："山神爷爷，我们是好人，是好人。"

老人说："既然是这样，你就带我到你们的窝棚里去看看吧。"

蒙德儿说："好的老人家，咱们走。"

于是，蒙德儿在前，山中老人跟在他身后，他们便一齐奔纳哈出住的小窝棚走去。

当他与山神爷爷来到小窝棚附近时，大黄就先跑过去和贝贝、黄黄一起钻到小窝棚里去了。纳哈出就知道是蒙德儿回来了。

本来，蒙德儿走后，纳哈出十分担心，这一天两宿了，怎么不见他回来，他有点儿后悔派蒙德儿独自一人出去，如果他跟着，两人还能有个伴啊！

这时，他听到蒙德儿在窝棚外说："太尉呀，有贵客来了，你快出来相见吧。"

纳哈出一听，就走出了窝棚。他打眼一看，眼前是一位银白头发、银白胡须的慈祥老人，心下格外喜欢，他就想，这一定是蒙德儿找到的山中老叟。于是他立刻跪倒，施礼叩拜说："老爷爷，我纳哈出拜见老人家。"

山中老人一见纳哈出这么有礼貌，也很和蔼地说："客人免礼，快请起。"又上前扶起下拜的纳哈出。蒙德儿赶紧进小窝棚里取出两张狍子皮，铺在了小窝棚前边的草地上，于是几个人席地而坐，互相攀谈起来。

纳哈出看看蒙德儿，以眼光去问他：这就是你所说的辽东山林野叟？大脚蛮爷？蒙德儿也点点头，回答了他。纳哈出心中万分高兴，这终于见到他们梦寐以求想见到的山中之人了。

这时，蒙德儿附在纳哈出耳边，小声说："太尉呀，可太奇了……"

纳哈出："怎么个奇法？"

于是，蒙德儿就把开始他如何掉在"陷"里，又爬出，到了山上去找他们，开始他坐着，就是不见山中人，后来他就使用了从小学来的山规"三见"法中的血见之法，果然立即生效，原来他们就在自己身边，做过什么事他们都知道，只是不让外人知道自己的存在，并加了一句："其实，太尉呀，咱们的一举一动，都逃不过他们的眼睛。"这一下，更让纳哈出对山中人感到无比的神奇，并敬佩不已。

纳哈出想，见这些山中之人绝不能说假话，一就是一，二就是二，一点儿不能瞒人家。人都是活神仙，是通神的，是通天、通地、通林中万物之人，你不说真话，他们都能看出来，他们要看穿你的假话，不是真心，就什么事也办不成，还不如把一切心里话和盘托出。

纳哈出是什么人哪，他是大元朝的太尉，相当于一个大宰相，现在，他必须放下架子。这时，纳哈出又一次起身相拜。

纳哈出说："老爷爷，本人是纳哈出哇。"

山中人听后，也吃了一惊，说："你就是纳哈出？"

纳哈出说："老爷爷，在下正是。我本是大元朝的太尉，如今已受降大明朝，明朝的未来天子朱元璋允许我重返故乡本土，回到金山重操大业。可是我回来一看，金山已是一片荒凉，无粮食，无住所，连马料牛草也没有，百姓也都四方逃离，这怎么能干成一番事业？故此，我想打通去蒙古去漠北的通道，这样有牛、有羊、有草，军队得到补给，我才能在金山站住脚跟，这才能图谋发展。可是，我们现在过不去！"

山中老叟问："往哪里去？"

纳哈出说："底卜失。"

老叟说："就是底卜失吗？"

纳哈出说："对对。底卜失是一处重要的隘口，可是目前被那些老棕熊所占据，我等实无办法。今日有幸，得睹您这山人神仙来此，请多多帮助，能否躲过这些棕熊，它们太厉害了。望您老对我等仁慈相助，我等会感恩不尽。我们今后会保护山林，所有山中诸位仙人，生物，动物，我们都一律以生命去护着，绝不加害它们。"

山中老野叟说："你们说的可是实话？"

纳哈出说："都是忠诚实话。"

山中老野叟说："纳哈出太尉，我们也是佩服你的，你能发誓吗？就是'按印'？"

纳哈出瞅瞅蒙德儿，蒙德儿突然想起，原来，他小时候见过，朋友和伙伴之间，两人见面，如果觉得够朋友，是哥们儿，你如果入我的伙，跟我走，为表示真诚要将自己的左腕用刀割出一道血印，然后另一人也要在自己的左腕上割出一道血印，接着两人的两腕扣在一起，以血对血，这称为"按印"，又叫"打印"，表明诚恳、忠心。于是他就对纳哈出说："他是要我们的口供呢。"又把具体的做法对纳哈出说了。

纳哈出说："大人，我们愿意'打印'！"

山中老人说："好。来，咱们'打印'……"

于是，山中老人撸开自己的胳膊，又掏出腰上的牛耳尖刀，在上面一划，一道清晰血迹，立刻淌出血水来。

纳哈出、蒙德儿二人不敢怠慢，也立刻以此为样，双双在左腕上划出血迹，与老人的血印扣在了一起。三人终于打完"印"了。

这时，老人哈哈大笑一声说："不瞒你们说，其实，我就是专门受命管理这些熊的人！"

什么？ 他就是专门管护这些老毛熊之人？

纳哈出、蒙德儿一听，真是万分惊喜。

山中老人还告诉他们，他只是一个受命专门管托熊的人员而已，就这一个"能耐"，这些老熊都听他的吆喝与调遣。

老人说："你们要通过这底卜失，我只要一声令下，众熊就可以迅即远走。但你们若要这个底卜失隘口，驻扎在这里，我可就无权了。"

纳哈出说："哦，那么谁说了算呢？"

老人说："你们得要去叩见我们山里的大脚蛮爷。大脚老蛮爷，老野叟大人。"

纳哈出说："您不是大脚蛮爷吗？"

老人说："我是，但我不是老蛮爷。"

纳哈出又问："老蛮爷是谁？"

老人说："他是兴安野叟。"

纳哈出说："兴安野叟？"

老人说："对。"

纳哈出说："他如今高龄几何？"

老人答曰："无人所知。"

纳哈出惊曰："啊？ 不知岁月年数的老野叟？"

老人又点点头，说："他究竟有多大岁数，谁也说不清。听说在大辽大宋时，他就分管着这片山林水土。我们，都只是他的亲兄弟，亲儿孙，别的无从所知。要想在底卜失站住脚，你们可以向他老人家禀奏，求得他的帮助，也许能实现你们的愿望。他是一个神通广大的人，没有他办不成的事，这远近千里都是他的土地，我们都只是他的儿孙哪。"

啊，原来是这样啊。

各位阿哥、色夫，在这里我向各位做一点说明。就像"辽东"不单是指辽宁的东部而是整个东北的代称一样，"兴安"也不是单指兴安岭，而是指东北地区，"兴安野叟"就是东北各地因各种原因藏匿于山林中的人，是对他们的通称，也是对其中老者的尊称。

纳哈出听了老人的这些话，就急于想见到这样的山中老神仙，老林子里最有能耐的山中智者，仙叟，求得他的帮助，打通辽东，打通东海，使得北土道路四通八达，农耕、游牧、渔猎、狩猎诸业皆可丰收，有了这些，金山自然会丰足富裕起来，金山何愁不强？到那时，自己的志向完全可以自由施展，前程无量也！

听老仙叟这么一说，可乐坏了纳哈出。

纳哈出说："老人家呀！太感谢您了——"马上，纳哈出又对那老人连连下拜，并说："您一定领我们去，去拜见那兴安野叟，帮我们和兴安野叟通融一下，领我们去拜见一下那德高望重的山中大脚老蛮爷——兴安野叟。"

老人爽快地答应了："好吧，好吧。"

老人又说："你们今晚就睡在这窝棚里，明日我派一个老叟来领你们，带你们去拜见那兴安野叟——老蛮爷。"

纳哈出说："好吧。"蒙德儿却说："大蛮爷，可这些熊圈着我们，盯着我们，这叫我们如何睡得安稳？"

老野叟笑了，说："这熊好办，我来放走它们。"

蒙德儿说："你也没关着它们，怎称为放走？"

老人说："这些熊，表面上看我没有绑着它们，但其实它们比绑着还老实，都听我令。我叫它们来，它们便来，我令它们走，它们便立刻离开。你们放心吧。"

说着，老人站起身来，只见他把双手扣成一个卷，然后放在嘴上，使劲儿一吹，他嘴里发出"嗡嗡——！嗡嗡——"的响声，那声音立刻传遍了整个山谷。

也怪，他的叫声一起，只见小窝棚周围的山谷、山岗、山林子里，一只只老棕熊都站了起来，然后一只跟一只地甩甩身，晃晃头，"嗷嗷"吼了一两声，便一个个地转过头，慢慢地走进了那密密的山林，转眼间一只也不见了。

山中老人这才对纳哈出和蒙德儿说："这回你们放心地安歇吧，睡个好觉，明早我叫人来领你们去见那兴安野叟。"说罢，三人分别告谢道恩，分手告辞。

次日一早，一个老叟来到纳哈出和蒙德儿的小窝棚前，通报昨天那位管熊老叟的话说："客官，请跟我走吧。"

这位老叟，几乎与昨日的老叟长相一模一样，年龄仿佛也在七十岁左右，也是银发飘飘，白眉，白胡子，只是个头儿比昨日那位矮了那么一点点，而且，他的皮袄上系了一条黄菠萝树皮的绳带子，而昨天那野叟腰上系的是一条灰麻的带子，除此他们没有任何区别。

这一点，如不细心，简直无法区分。

纳哈出、蒙德儿跟着这个山中老叟出发了。他们在这位老人家的引领下，顺利地往前行去，在底卜失隘口西南草原地带的一个大土山中，看见了一个山包。

那山包，长着青草，绿树，远远望去，就如一处野林草岗，可细细一看才发现，那是一处人工挖掘的很大很威武的一个大地窖子。近前了才发现，岗坡上有房盖儿，一侧还有梯子可以抵达地室，底下有大地室七间，一字整齐地排开。地室的上部外边看去就是一个大丘陵，人走在上面也发现不了这下边还会有人家，上面全都是密丛丛的柞榆老树。这个地方一看就知是山中人多年修筑的地室，很干燥又温暖，里边还有地下火灶，烟从泥管内通向山坡散出。山坡那些树、草又密又厚，所以根本看不到烟的飘散。

四周一连有不少的小地室。原来此处没有太大的高山，不能住在山洞，故建了这些地室于丘陵之上。这些山中人，从来不与外界联络，只是他们之间互相通气。

因为纳哈出、蒙德儿他们是外界人，上这种地方必得遵人家的山规。领路的野叟领他们来到一个地方，只见一股山泉从上面"哗哗"地流淌下来。

那领路野叟说："二位，等一下。"

只见他从怀中掏出两只木碗，分给他俩一人一只，然后说："请二位接水喝。"

纳哈出瞅瞅蒙德儿，说："我也不渴呀，难道还要喝吗？"

那野叟说道："大人们，这是野地山泉水，又甜又好又解渴，人人都得喝，特别是新来乍到的人。喝了，就会心情清爽，心平气和，一天也不会再觉得困了。"

蒙德儿只好说："太尉呀，既然人家盛情邀请，那咱们就得喝了。"

纳哈出说："看来，也就得喝了。"

于是，纳哈出、蒙德儿两人便接过木碗，去泉流上接了水，然后喝了进去，可是不一会儿，他们便一下子不省人事了。

原来，这山泉是一种药泉。

这药泉，本是自然形成的，它的源头在底卜失隘口的山里，可是，当淌到离这儿还有二里地之遥时，就有专门管泉的老野叟对泉水进行专门的勾兑，主要是放入枸杞、乌头等一些草药。调制好后，泉水还照样流淌，人喝起来，清凉爽口，甜美而好喝，又解渴，但是却有毒。这种毒，是一种对神经起麻醉作用的水毒，人在瞬间便不省人事，失去知觉。不过，并不能就此毒死。

这种水毒，其毒效有一定时间过程，到了一定的时间，要由人来解毒，解毒时不是吃东西或喝什么药物，而是点、拍、打、捶人的头顶天灵盖骨。点、拍、打、捶多少下，有说道，这要根据来者的性别、年龄和喝下去多长时间而定，而这些密码、手法，完全由专门能"解毒"的山林野叟来掌握和处理，一般的野叟也不是谁都知道的。这也是他们自己的山规。

纳哈出、蒙德儿被人带入地室中的一个中堂，有一个也是白发银须的老者坐在那里，他见纳哈出和蒙德儿被人领了进来，就指了一个地方，让他们坐下。原来，当喝下这种药泉之后，人还能走，能动，眼睛也睁着，也能听着别人说话，但只是意识没了，人让你往哪儿走，你就往哪儿走。

他们俩坐下来，那个山叟老者在纳哈出、蒙德儿的头上猛力地拍了几下，他们俩才苏醒过来，眼睛也会转了，不麻了，方知已被带入一个神秘的地室里了。

纳哈出和蒙德儿打眼一看，顿觉很是惊奇。

只见那个大地室，四周都是炕，炕上坐有三十几位野叟，他们个个是精神矍铄，满面红光，皮色发亮，说起话来或笑时，声若洪钟。他们头智目清，犹如一群活生生的雕像，屹立在这偌大的处所。如果你不仔细去打量，根本分不清他们各长得啥样，仿佛都一模一样，是一个模子刻出来的，而且他们坐在那里说话，唠嗑，晃动，抽烟，姿态都一模一样，真是让人难以区别和分辨，太奇异了。

中堂太师椅上，坐着一位老叟。

只见他坐的，是一张虎皮大椅，那虎皮整张完好地铺在木椅上，虎头立在他的脚下，正张着血盆大口，两颗洁白的獠牙正龇立于老者的左右两脚旁边，使老人显得格外威武雄壮。那虎皮上的花道，黑黄相间，格外清晰。那两只前爪，伏在地上，仿佛正要往前扑去，两只后爪，稳稳地落在木椅的两边扶手上，整只大虎生气勃勃，使得椅上那老叟更加威严。不用说了，这位老者一定就是昨天驯熊的老叟说的那位神通广大的兴安野叟了！这个人，也一定是地室之中最有权威的长寿翁——老蛮爷玛发了。

果然，只听带他们进来的那位引路野叟对纳哈出、蒙德儿说："二位，你们上前，去拜见我们的老蛮爷吧。"

纳哈出和蒙德儿立刻跪倒，并叩拜，说道："拜见老蛮爷，老神爷，老仙爷！"

这时，那位中堂的兴安野叟说话了，那声音如响雷，在地室里发出"嗡嗡"的回响。

老蛮爷玛发言道："我们听老兄弟告知，来了山外客，我们表示欢迎。可是，闻听你们是大元朝的官员，我们不欢迎。来人哪！"

只听旁边有人吼道："在！"

"把他们给我拿下！"

立刻上来几个山中汉子，不由分说，迅速将纳哈出和蒙德儿给死死地按在了地上。

第九章　神奇的"家庭"

纳哈出慌忙挺起腰，并重又跪倒，拼命分辩说："老蛮爷，您手下留情，我们是好人哪！"

蒙德儿也跪倒，连连地说道："老蛮爷，老蛮爷，我们是专门来向你们说真话来的……"

"说真话？哼！"

那老蛮爷听了，仿佛更加气愤地说道："大元朝七十多年，你们可害苦了人了！我们辽东女真人，可被你们给害苦了，害死了！如今，你们为何到此？难道还是要来为非作歹不成？你们不是说要讲真话吗？讲啊？说呀？"

纳哈出于是慌慌忙忙又叩头，真诚地说道："老山人，我虽是元朝旧臣，可早已归服大明义军，我此次返回金山，也不是与北元皇帝为伍，而是要在金山倡兴仁政，重建大业。而且我要尊重女真故情、旧俗，我愿与女真人友好和睦相处，天地共鉴，众位山人可以评察，我纳哈出如有半点儿不轨行为，盘剥良民百姓，欺压女真族众，我宁愿千刀万剐，请众位老山人杀了我，我情愿以死惩恶。"

那老蛮爷说道："你说得倒好听，我不想听你们一派胡言，先给我分别关起来！"

立刻来了几个人，把纳哈出与蒙德儿分别绑好，架走，押往旁边的小土室。

临分手，纳哈出给蒙德儿使了一个眼色，那是在嘱咐他，蒙德儿，你自己可千万别胡言乱语，一定要按我说的意思说下去，千万别透露出咱们想自立门户的事，特别是我纳哈出是投降了大明义军哪。蒙德儿也冲他点了点头，意思是他已明白了。

就这样，蒙德儿和纳哈出分别被押进一座小土室。那小土室，倒也干爽，一铺小火炕，烧得不凉不热，不像是什么监牢大狱，但也不是什么享福的地方，炕上一张炕桌，一个行李卷儿。进了室中，来人把他们身上的绳子一解，只听"吭当"一声，外面被人锁上了。

纳哈出想，完了，这回算完了。这真是出师未捷身先死，长使英雄泪满襟哪！还恢复什么大业呀，人家兴安野叟不但不买你的账，而且你这出名的人物，还自个送上门来，亲自交给人家，这不是让人家处死吗？

蒙德儿心里倒是有些底。因为他知道，这些野叟其实是很讲义气的，因为他们一是来主动求山人帮助，没有恶意，二又讲的都是真话，并把意图告知了对方，他们是真诚的，所以这些人不会对他们的客人下毒手。可是，他也着急，总得让人把话说明白呀。

这天夜里，那位管山里老棕熊的山叟提着一盏灯笼，推开蒙德儿的土室门，走了进来，还给他带来几个包子和一壶酒。

老山叟说："山外兄弟，你饿了吧？我来看看你。"

蒙德儿分外感激，他晚上没吃饭，于是接过食物，连吃带喝。

老山叟说："山外兄弟，我来问你，你们真是来建大业的吗？"

蒙德儿说："一切如实。"

老山叟说："真的不伤害女真人吗？"

蒙德儿说"老山人，不瞒你说，我就是咱们山里的野人之后哇！"

老山叟说："什么什么？你也曾经是野叟之后？"

蒙德儿说："正是！正是！"

老山叟说："咳，你怎么不早说。可其实，你掉进'陷'里我也知道！可你自己能出来，我就料定，你不是一般的人，你与我们野人、山人，一定有缘分哪！那么，那个叫什么'出'的人他讲的话都是真的吗？"

蒙德儿说："老山人哪，不瞒你说，他就是元朝的太尉纳哈出老宰相大人哪！"

老山叟也吃了一惊，说："啊？他真是纳哈出？"

蒙德儿说道："你也听说了吧。可如今，他和我都成了大明朝廷的使臣，我们来，也都是为咱们女真兄弟办事。咱们干的事儿是一个事儿啊。一旦金山建好了，也造福女真亲朋啊。"

老山叟说："你说的话，可当真？"

蒙德儿说："句句为实。"

这时老山叟说："你等我一会儿，我去去就来。"说完，老山叟就出了蒙德儿的土室。

再说这时，纳哈出正在土室里犯愁，突然，他的土室门被推开了，他抬眼一看，原来是那老蛮爷——兴安野叟走了进来。本来，当纳哈出和蒙德儿被人领进那间带中堂的土室前，兴安野叟老玛发已听到管熊野叟谈起他二人的来历，他又让人带他们来到自己的面前，见上一面，听听他们的叙说。兴安野叟和地室中的众位山中老翁们，也不想过多地难为他们，只是想恐吓他们一下，使纳哈出在金山今后会好生地对待已受尽元廷苦难的女真百姓。这些老人心肠都好，殷切盼望大明德政归一，恩泽天下。把纳哈出与蒙德儿分开关押，只是为了看看他们口供是不是能一致。果然，就让那管熊野叟私自去会蒙德儿，才得知他们此行目的真的与纳哈出说法一致，而且还探得蒙德儿原来也是野人、山人之后，这使得兴安野叟心下有了底，于是便亲自拜访，到纳哈出的土室里去看望他。

"老兄弟，"兴安野叟对纳哈出说，"我来看你来了……"

纳哈出立刻起身便拜，说："岂敢！岂敢！老人家呀，还是受我一拜吧！"纳哈出立刻虔诚地向老玛发——兴安野叟施礼，叩拜。

兴安野叟说："免礼！免礼！"

兴安野叟说："纳哈出将军，你们有什么要求，尽管道来，我等虽然老朽，但还有诸多山民可以相帮，相助，你们有什么需求，尽管一一道来。"

纳哈出说："哎呀老仙人，老玛发，我纳哈出就等您老人家这句话呀！"

于是，纳哈出就把想要在这辽东重地底卜失隘口设关，修驿道建驿站和派兵守护之事一一说了出来，并加了一句："老玛发呀，今后咱们这一线，从金山到底卜失隘口，可以变为通途，有什么重要事情，可以一呼百应，有什么为难遭窄的事，都可以互相救援，这样可以造福天下，恩泽百姓。今后，还要从底卜失隘口再延伸别处，让更多更远的地方都互通互联，咱们就可以一呼百应了！"

兴安野叟老玛发说："好，这样好。我知道你的意图，也就放心了。告诉你吧，孩子，你找我算找对了。我能帮上你，定能帮上你的。"

纳哈出高兴极了，真是太高兴了，他立刻又跪在地上给兴安野叟老玛发"咣咣"地磕了两个头。

兴安野叟又说："来，你随我来……"接着，兴安野叟又把纳哈出领出了土室，来到另一处土室。在那里，只见开始见到的那些野叟们还都在，而且一个个坐在炕上，仿佛已经等不及了。这时，有人也把蒙德儿领了过来，并把纳哈出和蒙德儿二人引为上座。

兴安野叟说："众位兄弟，大将军特意来求我们，办的又是兴民兴业大事，咱们能帮忙的就帮忙，今后有用得着咱们的时候，大家都出把力，能行风的就行风，能行雨的就行雨。"

那些野叟异口同声地说："诚心办好事，咱就真心帮他们。"

"是啊！老玛发说话了！"

"哈哈哈！"

他们，常年待在深山，很少遇见外来人，现在，听老玛发说他们是来求他们的好人，一个个的都笑起来，可高兴了。

兴安野叟也乐了，他对下边的人说："摆一桌咱们的山宴，款待两位山外来的大将军。"

立刻，有一些人手里各端着一个个木盘、木碗，上面放着木叉、木勺、木铲、木筷，反正都是用山里的各种木头做的餐具上来了，直接就摆在炕上的一个大桌子上，接着就上来山里菜了。

纳哈出、蒙德儿一看，简直大吃一惊，那里摆的虽然没有海味，可全是山珍，琳琅满目，色彩缤纷，奇香扑鼻。兴安野叟老玛发说："今天你们是客人，是贵客，我们山野之人也没什么好招待的，但这菜饭，也是表明我们的心情啊，你可不要小看这四道菜，这是山里野鸡、八仙鸭子、什锦攒丝，是'江山万代'；那金银鸭子、口蘑肥鸡、红白鸭丝、五绺鸡线，又可谓'天下太平'啊！可是，做法不一，口味各异，同样是这四样，又称为'五谷丰登'和'万寿无疆'。唉，别光听我说了，你们还是先尝尝吧。"

白鸭丝、溜鸽蛋、大炒肉、炖榆黄蘑，这些菜都是山野风味，不腻而鲜美。

接着又上酒。只听一个老野叟对一个小野叟道："去，把山泉药酒给客人上来！"

纳哈出、蒙德儿大吃一惊，想到他们来时，刚要进土室，不是喝过一碗泉水，之后便不省人事，走路如行尸走肉吗？怎么还要喝此酒？兴安野叟一看他们的样子，笑了，说："不必介意，他们不会再给你等喝那泉药水了。"

于是，二人接过下边野叟递过来的木碗，舀上来他们送来的酒去喝，真是纯香绵甜，气厚味浓，喝一口想第二口。

在宴席上，野叟们一喝起酒来，也不讲什么礼数了，无拘无束，有说有笑，真像一个大家庭。

见此情此景，纳哈出在心底万分感念夫人彩彩，是她的鹦鹉报信，叫他们在底卜失隘口前要防范熊群，这才有机会见到山中老叟，结识这些慈祥的长者，这可是缘分哪。

餐后，又上"山茶"。那茶，原来是一种野花的花瓣和根、叶，称为"牛皮杜鹃"，又叫高山茶。浸泡之后，气味格外浓重，甘香爽口，真是一种在别处无法遇见的好茶纯茗，真是让纳哈出和蒙德儿长见识了。

这时，纳哈出忍不住说："吾有一事，不知当问不当问。"

兴安野叟老玛发说："将军大人，当说无妨。"

于是纳哈出说道："有一不解之事，斗胆询问各位长者。方才我等进土室前，给我们喝的是什么泉水，喝后能立即不省人事，人能行走，但已无意识，怎么进入到你们的地室，也不知情。那这泉水太神奇了，太厉害了。世上到哪里能寻到这种泉水呀？"

纳哈出这一问，室内的众家老者都笑了。

那位引路并掏出木碗让他们喝泉水的老者山叟说道："大将军哪，我们那是为了防范世外歹人伤害我们，所以专门琢磨出来的一种药酒哇！你可别小瞧我们山中野叟们，我们这里可是世上精英的荟萃，凡是看不上世上黑暗的朝政，有正义、有才干、有建树的英才，都退隐山林，来到了这里，这都是大元朝廷伤害百姓所造成的恶果，而在我们深山老岳之中，深藏着各路英豪，只有盛世，他们才光明正大地出世。大元朝就要寿终正寝了，大明朝即将如日升天，我们各路英豪才会一一出世，为国效力，为民谋福！世外的大将军，今天我告诉你吧，制造这种神奇药酒的，就是堂上坐着的我们那位兴安野叟大脚蛮爷老玛发。"

纳哈出又一惊，佩服得连连点头，又问道："老山叟，难道你们还能造酒？酒不是产于中原吗？我还没听说过咱们辽东地面有什么药酒，特别是这么厉害的药酒！"

众老人们听了，又笑了笑，说："大将军，你有所不知，说来这酒，绝不是唯独中原才能酿造，凡有粮食、五谷之地，均能生产酒水，塞外很早就盛产米谷、粮豆，你想想，何愁不能有烈酒哇？杜康不只在中原，在塞外漠北，咱们也有杜康啊。下面，还是请咱们的大玛发给你们讲述几句吧。"

于是，众人都将钦佩的目光投向了那兴安野叟老玛发，等待他讲话。

堂上的大脚蛮爷——兴安野叟老玛发于是说道："今日有客人，那我就说说吧。说来也是蹊跷，那是早在金国初年，金太祖起兵伐辽，我的祖上当年是个放牛的小牧童，赶着牛羊至松阿里江畔的梅花谷地方。这梅花谷中年年野玫瑰成片、成岗子地盛开。花开花落，积累年年，风雨温润，远近飘香。我祖上当时很好奇，便采撷玫瑰花枝蕊叶，积压发酵，这样不想便产出醉香味儿，又几经研磨就酿出酒了。其实，这阿什河一带女真人都习于造酒，葡萄、野枣子、山里红、五味子、狗奶子这些山里野果都能造酒，各有各的芳香味道，最有名的还是用粮食酿的阿什河白酒。如今，我的弟子已将此酒运至北平，明帅徐达大将军麾下喝的就有我们山中人自酿的阿什河酒呢……"

大家听着，不停地频频点头。

兴安野叟老玛发接着说："我这不算什么，在座纳穆坦兄弟本是辽东闻名的赛鲁班师傅，他本是大元朝功臣，燕京不少官舍、庭院、祠堂都是由他之手建造，因他看不惯大元朝欺压各族良民，便毅然辞官，从此退隐山林。"

炕上的老叟们一个个也说："该退则退嘛！"

"人生在世，要活出滋味来！"

"命是山林给的，命得自个儿管！"

……

大家欢快地议论着，说啥的都有。

兴安野叟老玛发又说道："纳穆坦老兄弟进山之后，大施他的手艺，这山中的建筑他都开始研究，山中各类地屋、居室、仓子、地窖子、土窝子、树屋，都是他一手建起来的。人们居住在纳穆坦之屋，阳光充沛，从不潮湿，而这些地室亦温暖如春。我们现在所在的地室，就是纳穆坦老兄弟的杰作呀！"

炕上的各位老叟也说："是啊是啊！我们每个人，都有不同的能耐和手艺，可如今的天下，天昏地暗，钩心斗角，皇帝还自认明君，其实是蠢材，又坑国来又害民……"

老人们纷纷议论，格外认真。他们的炕上，放着一个花筐，里边是金黄色的烟叶，老叟们有的卷烟叶抽，有的将烟叶搓碎用烟袋抽，屋子里飘荡着洁白的浓浓的烟雾，老人们有说有笑，一点儿也不咳嗽，但这种烟很冲，直呛得纳哈出、蒙德儿他们俩不停地咳嗽。

他们万万没有想到，在这表面上看起来荒无人迹的深山野岭之中，竟会有这么多的能人，对他们真得刮目相看哪，这说明东北辽东这深山老岳之中不仅藏宝，而且更是深隐着许多世外高人。

突然，蒙德儿咳嗽起来，"咳咳——！呕——！咳咳——！呕——！"他咳嗽得很独特，咳两声一呕，似乎要呕吐还吐不出来，这是因他当年走南闯北，骑马奔走，呛风呛气，就形成了这种咳嗽，这是蒙德儿坐下的老病。

老叟们一见蒙德儿如此咳嗽，有的说："别抽啦，咱们的烟太冲，看把客人呛得不行了。"

有的说："不慌，吾有一招。赶明个儿让小野叟去北山摘一筐紫皮野菇娘来，冲水喝下，几日便好了……"

蒙德儿也乐了，说道："哎呀，这可是大事，一旦治好了我的老病，我可感激不尽，跟随太尉开基创业也就没有顾虑了。"

就在他说话的时候，突然，人们就见一只绿色鸟在土室的窗棂子上一跳，展翅飞起来。

兴安野叟虽然年岁都大了，但都是眼神炯炯，他们一眼看见那鸟，便说道："好奇怪呀，那是一只鹦鹉，我土此类鸟不多，而且从它那飞落姿势上可以看出，此鸟驯养有术。看来这鸟是贵人所携带，不会是二位将军的鸟吧？"

纳哈出一惊，但立刻沉静下来，蒙德儿也低下了头。纳哈出说："老玛发真是火眼金睛，这鸟是我们在路上所遇，只不过它时而飞来，时而又飞走，并不知来历。"

兴安老野叟说："不妨。我只是随便问问。你们如若有哪些所求、疑问，可尽力去询问我们这些老兄弟。他们，可都不是一般的人哪！他们是我兴安故地的'地理仙'，没有不知不懂的事儿，无论天文、地理、山川、河流、语言、兵家、古史，大到天下，中原、北土，小到居家过日子的各类细碎之事，无所不知。"

纳哈出心里一直有个疑惑，但不便询问。听老野叟说山林中人所干的那些事，显然不都是老年人能承担的，觉得此时发问又有些唐突，便说道："这里不仅有尊敬的前辈、长者，也有年轻的，为啥都称为'叟'呢？"

老野叟哈哈大笑说："叫野叟总比叫野人好听啊！'叟'固然是'老'的意思，但也包含有智慧有阅历但却脱离红尘、隐居世外之意，这也许是我们野叟自视清高吧。"

纳哈出点头称是。

第十章　各怀心腹事

纳哈出心里，如今已如一块石头落地了。

自己离开南京，一心回北土创业，雄心勃勃，要建基地，要开驿道，就得有各类能人相助，他万万没有想到，这些能人原来都在这底卜失窝着。

他庆幸自己，就像个淘金匠，一锹挖出一块狗头金来！

听了兴安野叟的许诺，纳哈出乐坏了。他说："老仙人哪，老玛发，今得识这么多名师名匠，能人，高人，都是我金山之福哇。我有一事不知当说不当说？"

兴安野叟说："当说，当说无妨。"

兴安野叟又问坐在炕里的那些野叟们道："兄弟们，你们说，客人有话要说，当说不？"

炕里的野叟低一声高一声，但都是异口同声道："当说呀！当说。"

"那你们还客气个啥？"

"来了就是要说呀，不能不说呀。"

"说呀，我等都洗耳恭听……"

兴安野叟于是满意地点点头，他示意纳哈出，有话你就开说吧。

这时，纳哈出恭恭敬敬地站起来，他先向兴安野叟老玛发抱拳施个礼，然后又向炕上那些老野叟们抱拳施了礼，接着说道："各位，各位大人，各位老仙翁，本将军有意请各位老师傅出山，去相助我金山。"

有一位炕上的老野叟等不及了，问："干啥？"

纳哈出说："眼下，最急的就是要建各地驿站，可以东联东海，南接盛京、北平，北去漠河以北的苦兀。各驿站，以鸿雁传书，或马递文书，可以互通信息，互传音信，东西南北从此不再鸡犬不知相闻，老死不相往来，各地不再死气沉沉，孤立无援。"

老人们一听，有的从嘴里拔出烟袋嘴，一个个在炕沿上"叭叭"地磕着烟袋锅，把炕沿磕得火星子直冒，有的互相望望，群情激奋……

那些野叟们说："将军如果有这么大的宏图大志，我等山人愿效犬马之劳。我们去辟建各地驿站。我们这些人去开拓北土新路，更直接，更方便，这其中的说道都在我等心中。这些事，就由我们这些山中之人帮你去办理吧。"

有的老者说："我们不用你开什么劳金、军饷，什么酬劳，我们只要求在竣工后，能让我们进一趟京师，见到皇上一面就行。"

有的说："是啊，我们在这里默默地修驿站建驿道，都是为了他皇上，到头来连大明朝的皇上长什么样，是个什么人都不知，那哪行啊？所以只要能看上他一眼，我们这些老头子也就心满意足了。"

纳哈出、蒙德儿在底卜失隘口结识了山中人，受益匪浅，十分高兴，他们于是就和那山中野叟商量，先在这儿建一个固定的"点儿"，也就是"驿"，令后来人，好有吃有住有接头。老人们说："太尉呀，你放心，这事儿就看俺们的吧。"

因为还有许多的路尚未问津，于是，纳哈出和蒙德儿便辞别了众位老山人，顺利地过了熊群关，又向前方奔去。临走，他们听老山人说："前去的山路更加险要，你们还要小心加小心。有些地方，我们也不十分清楚，你们自己要边走边防范和打听了。"

果然，他们走了两天两宿，在天明时来到一片苇塘。往前边望去，一片湖泊无边无际，湖泊周围都是沼泽湿地。他们带着贝贝、黄黄，还有大黄三条狗，是在泥水中蹚路而行。前边有一片草地，他们很高兴，就奔那儿走去。

就在这时，纳哈出觉着屁股上又疼又痒，用手一摸，有个东西挂在他的屁股上，一悠一晃，走起来很难受。

原来，这种东西已叮咬在了纳哈出的屁股蛋子上，正在吸血！

还是蒙德儿明白，他说："不要动，你快点儿趴下——！"

纳哈出无奈，只好听蒙德儿的指挥。蒙德儿先是点着一袋烟，以烟袋烟火来熏这东西，熏了一会儿，他突然脱下鞋子，用鞋底子照准纳哈出的屁股蛋子就拍起来，"啪——！啪——！"一边拍打，嘴里还一边喊："你给我出来——！"

果然，这一拍，一打，一熏，那东西才松开口，"吧嗒"一声，掉在了地上！

纳哈出吓得脸色发白坐在了地上。

纳哈出说:"蒙德儿啊,这是什么东西呀?"

蒙德儿告诉纳哈出说:"太尉呀,这东西叫牛尾巴狼。"

纳哈出一惊:"狼?"

蒙德儿说:"对。它叫牛尾巴郎,牛郎织女的郎,是一种鱼。它们生活在水泡子、草塘子和湿地一带,人畜一经过,稍有不慎,它们便会一口叮在其皮肉上。叮上人之后放出一种麻醉液,人并不感到疼。等它吸血吸得差不多了,人这时才能感到身后发沉,走道儿不得劲儿!你想想,它们像尾巴一样叮在人的屁股后,啷当着,挂着,人能得劲儿吗?所以叫牛尾巴郎,是说它像牛的尾巴一样啷当在人身后。"

纳哈出太尉说:"我的天哪,我的蒙德儿,这地方太可怕了,这东西太吓人了!咱们快点儿走吧。"

蒙德儿说:"太尉别急,咱们得一步一步走哇。再说,这一行探路之纪要,还得写在'皮书'上,以供建驿时参看。"于是,蒙德儿从皮褡子里掏出那"皮书",记上了在底卜失隘口遇熊,相识了诸多老野叟,喝泉水失去记忆,在这里又遇上了牛尾巴郎的事情,许多事情,都一五一十地如实记在了"皮书"上。

记完"皮书",吃了几口从底卜失隘口兴安野叟老人那里带来的干粮,他们又向前赶路。前边是一片草甸子,那儿绿草青青,看来是湿地走完了,可下子到了干爽的地段了。纳哈出和蒙德儿都很放松,于是大步向草地走去。

又走了一两个时辰,他们已经走得精疲力竭了。这时纳哈出和蒙德儿好不容易发现在前边的山坡处好像有一户人家,而且有一个院套,里边有一间茅草房。二人觉得有了房子就是有了人烟,心情也敞亮了许多。纳哈出说:"蒙德儿啊,咱们快走,找到人家进去歇歇脚,这样走起来也没完没了。"于是,他们便奔那院落走去。

那是一个用庄稼秸秆和树枝子夹的障子,大门敞开着,茅草房的屋门却紧紧地关着。蒙德儿领着大黄先进了院子,又推开了屋门。

"哗啦"一声,门开处一股尘土飘了出来。

屋内空空荡荡,无有人烟。清锅冷灶,锅盖上已落了厚厚的一层尘土,说明早已无人居住。在房屋外的地上,他们发现有一只死去的狗。蒙德儿走上去查看了一下,对纳哈出说:"太尉呀,这个样子说明房屋的主人遇难了,或者有什么事,他逃走了,剩下了家狗。家狗忠于家和主人,忠实地守着家和院子,最后没有什么吃的,一点点饿死了。"

纳哈出说:"这真是一条忠实的狗,宁肯饿死,也不离家,不离主人。"

蒙德儿说:"这也是当地的土风。"

纳哈出说:"你咋清楚?"

蒙德儿说:"太尉呀,在下就是这一带生人,这儿就是到了在下的故土了。"

纳哈出说:"啊?这已到了你的故土了?"

蒙德儿说:"是啊,太尉。这里其实就应该是套宝了,是蒙古草原的地方,辽东那风吹草低见牛羊,就应该是这一带了。可是这些年来,草原也在退去,风沙不断地刮来,湖泊小了,湿地多了,把草甸刮成一片片的沙漠和盐碱地,这里就是史称的'八百里瀚海'呀,这儿是'嘎娄'(大雁)的故乡啊。"

纳哈出说:"大雁?"

蒙德儿说:"这道宝,就是大雁飞翔时的叫声,就这样'嘎——!嘎——!'"

纳哈出说:"这么说,你就是出生在大雁落脚的地方啊?"

蒙德儿说:"大雁落脚的地方,从前草原花儿香,有多少小时候美好的记忆呀,太尉呀,来到这里,我仿佛一下子回到了童年,我思念我的亲人哪!"

纳哈出说:"蒙德儿啊,看出来了。你是一个爱你故土的人,可太尉我何尝不是?其实你我都是草地上的人,在那青草、野花中间跑来跑去,蚊虫叮咬也不在乎,一点点,咱们长大了。好啦,你也别悲伤,咱们这次回来,其实也是为了干上一番大业,等把辽东建好了,你的家乡你也就可以随时归来了,到那时你我也都静心了。"

蒙德儿说:"是啊,太尉。我们人,其实也像雁,到季节的时候便会飞回故土。道宝就是雁飞回的故土。"

纳哈出说:"说得好,蒙德儿。"

花开两朵,各表一枝。我朱伯西先放下纳哈出和蒙德儿不表,再回头说说在金山的二位夫人。

转眼间,纳哈出、蒙德儿离开金山已有些时日了,蒙德儿的夫人吴莲心下有些思念,人常言,老夫老妻,一旦分离,更加惦记,这吴莲便是如此。

这日早上,在金山的蒙德儿夫人吴莲起来去河边放鸭。

蒙德儿喜欢一些动物，特别是鸭。他常常对夫人吴莲说：夫人哪，鸭，即是雁。雁、鸭属同宗，只不过后来家养了，于是雁就不飞了，也就成了鸭。而丈夫我爱鸭，是因我从小是在雁之故乡道宝出生、长大的。丈夫爱鸭包含着深深的对故土的思念之情，所以对于丈夫的所爱，吴莲是一直挂在心上，她总是亲自给蒙德儿喂养这几只鸭。在南京时，爱妻吴莲就已经承担了这个放鸭之役，不让丫鬟和手下人动，鸭子由她来亲放、亲养，而且，每天早晚各出去一次，出到户外的小河边和草地上去遛放。

自从来到金山，纳哈出和夫人彩彩搬进他从前居住的那座木楼，旁边有一条小河，称为溪泊河，四周是青青的草甸，正适合鸭雁游动和飞往。自从到了金山，纳哈出将自己的爱将蒙德儿安顿在自家木楼不远的一座院套里，所以每日吴莲出来去溪泊河遛鸭，都正好要经过纳哈出家木楼的后墙草地。

这天大早，晨雾还没有散去，吴莲就赶着几只大麻鸭奔往溪泊河了。可是，当她经过纳哈出太尉家的木楼后墙的小窗下时，突然，她听到一连串的咳嗽声——"咳咳——！呕——！咳咳——！呕——！"这不是丈夫的声音吗？

吴莲极其熟悉丈夫蒙德儿的声音，再就是他那独特的咳嗽声，一般人是没有的。

吴莲感到很奇怪，难道蒙德儿回来了？他和太尉纳哈出已经出走好长时间了，可是要回来，也得告诉她一声啊，而且，他也得先到家呀？怎么先到了人家去呢？

于是，吴莲便本能地停下步子细听起来。

果然，里面又传出丈夫蒙德儿的咳嗽声。接着，又传来一个女人的问话声："鹦哥儿，你听准啦？再学一遍。"于是，又传出丈夫蒙德儿的咳嗽声！然后又是女人的问话声："他和他们还说了什么？"就听里边传出鹦哥儿的叫声："创业！创业！"

女人的声音："是开基创业？"这是彩彩的声音哪！

又是鹦哥儿的声音："开基创业！开基创业！"

吴莲心下一惊，她赶紧赶着鸭走过去了，把鸭赶进水中后，她站在树下不知所措。

对于彩彩驯养鹦鹉成立鹦鹉军之事，吴莲也听丈夫蒙德儿提起过，但丈夫蒙德儿说彩彩所养的鹦鹉军是为了保护大明军兵，互通信息，在紧要关头还可以及时向外传递金山情报。现在看来，这些鸟不单单是为外出的人传递情报，也可能用来为彩彩搜集情报，不然的话，这彩彩与鹦鹉对话，为什么一再询问纳哈出、蒙德儿都说了些什么？突然，吴莲心中有了警觉。

她想，难道彩彩是在暗中监视纳哈出和丈夫蒙德儿不成？可是，她为啥偏偏要这么做？想到这里，那蒙德儿的夫人吴莲有一种不祥之兆袭上心头。

想想自己，她又有一番惊喜，也可以说是窃喜。原来，就是在当年，她能嫁给蒙德儿，正是因为大明朝廷的军师李善长大人看中了她，于是通过纳哈出，把自己嫁给了蒙德儿。丈夫待她好，又恩爱，只是蒙德儿由于从小在北土山野长大，没有生育本能，这使得蒙德儿更加觉得对不起吴莲，好在妻吴莲也不计较这些，随夫而去吧。娶了吴莲，蒙德儿再没说第二房，这也让吴莲更加忠于丈夫。临离开南京，李善长向她摊了底牌。

恩人李大人李善长给吴莲的交代就是要多方观察纳哈出的意图，并及时报于李大人，而注意纳哈出只能从丈夫身上去搜集相关信息，但她也清楚，李善长李大人同刘伯温刘大人是两个派系，这等于是让她站在了刘大人的对立面上。而刘大人与彩彩的关系，又恰如她与李大人的关系，想起此事，吴莲多少有些后怕，无论如何，她已卷进了朝廷政事，搅入权力的争端之中，而这些，又无法公开。

现在，她无意中发现了彩彩所驯养的鹦鹉军表面上是在协助纳哈出征服北土，开创基业，而暗中也是在监视着纳哈出和蒙德儿，这个秘密，让吴莲有了个心眼儿，她觉得，她也要在暗中观察彩彩，看她今后究竟如何与南京联系。

彩彩夫人比吴莲小十多岁，她与吴莲姐妹相称。由于纳哈出与蒙德儿一同离开金山，前去察看古道，建立驿站，开基创业，平时彩彩也邀请吴莲姐姐到自己府上来坐，二人经常谈起在外的丈夫，彼此之间也显得格外亲近和与众不同。

自从太尉纳哈出与蒙德儿北去底卜失隘口和道宝等地，彩彩就发出鹦鹉军，那是她的拿手好戏。鹦鹉军每在十天、二十天左右便从遥远的北地飞回，向她禀报纳哈出、蒙德儿的行踪、言行。彩彩也通过鹦哥儿为纳哈出他们排除未来的危难，在这一点上，纳哈出是多么感激夫人哪！

可是在另一方面，彩彩也定时定量发出鹦鹉军，带上情报，千里迢迢飞往南京，定期定时向军师、恩人刘伯温大人禀报纳哈出的行踪、企图和创业立基进展，这使得南京方面刘伯温、朱元璋等人虽然放走了纳哈出，但其实他纳哈出的所作所为依然被朝廷掌控。这也就是刘伯温的风筝之说，在这一点上，李善长玩儿不过刘伯温，但刘伯温又万万没有想到，人家李善长也不甘落后，也早已安插了自己的心腹——蒙德儿的夫人吴莲，而这件事的结局如何，在后面要有所交代。

人生在世，生存何等艰难，彩彩虽然被刘伯温所收养，暗中为他掌握纳哈出的行踪和言行，但她毕竟是纳哈出的夫人。有时，她见纳哈出日夜冥思苦想，一心想成就自己的大业，心中也很矛盾，一个男人，多么不易，又是自己所爱之人，所恋之人，而自己偏要做对不起他的事情，真是上辈子留下的冤孽。可是一切又说不出口，于是有时，她只好找来吴莲，两人心对心地交谈关于女人的心底话。

"姐姐，你说，"彩彩对吴莲从南京时起一直这么称呼，"他们这么卖力为朝廷奔走，大业一旦创下，又能怎样呢？唉，我是担心他们还没有创下基业，人已累倒，到那时，什么样的功劳，还不是付之东流。"

吴莲说："夫人说得极是。"

吴莲也是，一直从南京时起便称彩彩为"夫人"，因她是纳哈出太尉之主妇，虽然自己比彩彩大许多，但她也总是客气地尊称对方，高待对方，因自己丈夫是人家纳哈出的管家，自己是人家手下之人的妻子，无论如何不可越上。可是，彩彩待她，却亲若姐姐，皆因二人的夫君从北到南，如今又从南到北，现在又从金山出发，一同开基创业。

彩彩说："莲姐，自从他们走后，你一个人住在家里，身边又没有孩子，过于孤单寂寞，如果不嫌弃，你就搬过来与我同住吧。"

彩彩也是真心真情，这一说，倒使得吴莲有了个心眼儿。她对彩彩的邀请也动心了。

吴莲说："谢谢彩彩夫人，你让我想一想。"

彩彩说："有什么好想的？如今太尉纳哈出他们一走，田殿领人住在他的军营里边，这偌大的木楼，也就我一个人住。前前后后，空空荡荡，难免有所寂寞。你若不嫌，就把木楼的后院送你，你先住着，等蒙德儿大人他们回来，你再搬回去也不迟嘛。"

就这样，彩彩真心相邀，真就说动了蒙德儿的夫人吴莲。于是这一日，吴莲让家人将她的装束、箱子等一些用品，都搬到了纳哈出家木楼后院，当然忘不了丈夫蒙德儿的几只鸭子，而吴莲所居之处，正靠着彩彩鹦鹉军的鸟楼，鸟楼的西面，便是金山溪泊河。

鸟楼的另一侧，紧靠着彩彩的前屋。

平时，彩彩与吴莲闲坐，常常是在她的前屋，这样，彩彩可以随时听到她的鹦哥儿来来往往，由于觉得吴莲也不是外人，彩彩倒也不太避讳吴莲，这倒让吴莲心下也有些宽松，放心。

彩彩的鸟军，真是神奇无比，它们分成几批几组。有一批"远征军"早已被彩彩和刘伯温驯得能远飞千山万水，它们专事携带情报去向固定的主人汇报，不单单是能"学舌"，牢记自己要向主人汇报的内容，而且，它们的腿上已被彩彩做上了专门的信筒，是一种细小的皮管，传信人将信卷成细细的小卷，塞入皮管囊中，再将皮管紧紧捆绑在鸟腿上，然后放飞。

更重要的信件，还需在鸟的背毛皮之间割一开口，将"信"埋入其中，这样更加保险、安全，这鸟一旦遇上不测而死亡，被称为"烈鸟"，是值得纪念的功臣。

其他的信鸟，却是具有跟踪人的本领，主要是能准确地学说被关注的对方的行动、言语、特征，然后以声音表述出来，再如实传回。就如吴莲听到丈夫的咳嗽声，其实那就是这种绿鹦哥儿的独特本领。那一日，当纳哈出与蒙德儿来到了底卜失隘口，得到兴安野叟老玛发的接待，正当蒙德儿被炕上的野叟们抽烟呛得一劲儿咳嗽，这时兴安野叟问蒙德儿来此意图，蒙德儿一五一十地述说，其实他是替纳哈出开脱，却都被绿鹦哥儿其中的一只传话音信的鸟听个一清二楚，于是才有了鸟向彩彩汇报时，不慎使得吴莲突然听到了丈夫的咳嗽之声。

这真是无巧不成书哇！不过吴莲与彩彩，虽然各自为自己的主人所供养，但她们的丈夫却都是为了同一大业一起奔波，他们不知自己的女人其实已双双归属于另外的主人，这也可能是历史的神秘传奇吧。

在纳哈出走后，整个金山日夜沉寂在紧张的军事操练中，大军由田殿和正副督军率领，每日都在草地上行操，演练击棒、舞刀、飞弓，他们的任务是等待，一切要等太尉纳哈出回来，然后分布各处驿道、驿站，全面开启与北十的交通联络，把北土局面彻底打开，到那时，纳哈出的大业方才有了一个良好的开端。

但此时在金山，也是有人各怀心腹事啊！

第十一章 哥弟忆额娘

汪——！汪汪汪——！

这天，住在道宝一座破窝棚里的纳哈出他们，突然听到大黄、贝贝和黄黄一起狂吠起来，这肯定是有人来了。是什么人呢？

蒙德儿走出来一看，老远走过来一个老者。

只见他身穿一件夹袄，头戴一顶山里人的便帽，身上背着一个常年在外行走人常背着的背褡子，腿上打着绑腿，一双软底靰鞡。原来，这正是在底卜失隘口给他们引见兴安野叟的那位老人，是他来了。

蒙德儿一见，连忙大声呼喊道："老山人，老山人，您老为何匆匆赶来呀？上哪儿去呀？"就迎了上去。

老山人说："我是来找你们的呀。"

蒙德儿说："啊？找我们？有什么事吗？"

老山人说："有事。你们走后，我们的山大哥大脚蛮爷——老兴安野叟发话了！"

蒙德儿说："他说什么？"

老山人说："他说呀，你们这两个人看来都挺诚实，真心真意要重建这一带的地方，咱答应过要帮人家，咋能说了不办呢？你快快追上他们，领他们去见见道宝的管家'刷子'（隐语，山里人的一地之长）。所以，我按俺山大哥的话，专程来找你们的。"

"刷子？"纳哈出问："啥样的刷子？"

老山人听后，乐了，告诉纳哈出，不是家里使用的"刷子"，这里将管事的头领叫"刷子"。

蒙德儿说："那就太谢谢山中兄弟了。"

他们在山中老人带领下又走了一程路，来到了一片丛林前。这时，就见山中老人仰头朝天，张开嘴，把双手合拢捂住了口鼻，一使劲儿，然后仰天长啸起来："呜——呜——！呜——呜——！"

许久，只听沟塘里也传出"呜——呜——！呜——呜——！"的声音。于是，山中老人仍以相同手势又发出"呜——呜——！呜——呜——！"的叫声。

突然，他们看见，前面的草树在动了。

这时，就见从前边不远的沟塘林丛中走出一只行走飞快的老棕熊，可是再一细看，原来是一个披着熊皮套袄套裤的老者。

那老者边走边说：

"东边一条河，

西边一趟沟；

不知来者是河上客？

还是一个沟上客？

蒙德儿一愣，刚要搭话，却立刻被山中人制止了。

山中人说："别动，他的话还没完！"

果然，那人停在那儿，又说道：

"河上客就河上说，

沟上客就沟上说，

沟河混了没个过！"

山中老人这才回答道：

"东边一条沟，

西边一条河；

今日来的是沟中客，

就要见你有话说。"

对方又说道：

"沟中客，沟中说，

暴马条子带几棵？

这时，就见山中老人从自己的帽子里抽出两根暴马子树的枝条，然后说道：

"沟中客，沟中说，

暴马条子带两棵；

一根留给我自己，

一根送给老大哥！

原来，这都是北土山林中的隐语。沟中客，就是指从山里来的；暴马子是一种树，带上两根暴马子枝条，是表明报喜来了（山中人将暴马子树枝当作鞭炮，点燃后噼啪作响，以示有喜事）。

在底卜失山里老人引见之下，纳哈出与蒙德儿才得以结识了道宝的山中长者，此人年龄在七十大多了，可是却蛮精神。这时山中老人向他说明了纳哈出、蒙德儿他们此次来，就是想开通交通大业，由此向北通往蒙古地方，加强联系，想在道宝这儿建个据点儿，希望得到帮助。

道宝老者说："既然是这样，又有底卜失哥们儿领着引见，那咱们就先进屯再说！"他说这话时，不停地上上下下打量蒙德儿，把蒙德儿看得直发毛。

在道宝老者的引带下，他们穿过一片草甸，前边是两个山岗，中间一个山口，他们从这个谷口进去，就见前方有一处好像是村落，但房舍高低不等，大小不齐，一条一条街道上，有人在来来往往走动。道宝老者说："这是咱道宝老屯。"

山中老人说："你可别小看这屯子，这里啥手艺人都有，就比如说打制斧子、菜刀吧，就是在这里的铁匠铺打制的，连我们底卜失也是上这儿来取刀！"

纳哈出道："这可是一处好据点儿。"

蒙德儿说："将来，这里可设一个兵站，占成咱们的军队后备库，那可就有了靠了！"

他们说着话，道宝老人已经领着他们进了屯口。道旁的头一家有个院子，是用白碱土砌的院墙，里边三间大房子，也都是白碱土砌的，很结实古朴，门开着。山中老人说："走，先上道宝大哥这儿。"

于是，他们一前一后地进去了。

屋里，也是一面大炕，四面用白碱土抹的墙壁，干干净净，炕上坐着十几个野叟。这些人有年老的有年少的，都习惯地称为野叟。大家在抽着烟，说着话，内中有一老者坐在中间，他白发银须，腰板笔直，手持一柄一尺多长的大烟袋，正在喷云吐雾。

道宝老者小声对纳哈出说："山外客人，炕上中间那位就是俺们道宝地方的老大哥，有啥想要说的话、要办的事儿就对他说。"

纳哈出立刻向那老人叩拜，说道："道宝老山人，老仙人玛发呀，我等是朝廷派来的先遣官，今后想在这儿建立个传递点儿，以便通往四面八方，联络各地，还望老玛发指条明路。"

炕上那老者一听，把烟嘴从嘴里拔出来，说道："远来的客官，先上炕，有话好说。"

纳哈出瞅瞅蒙德儿，他先上了炕。道宝老玛发拍拍炕，让纳哈出挨着他坐在他的旁边。蒙德儿也上了炕。都坐下后，纳哈出又一五一十地向老山人说出了自己的打算，讲了如何开发金山，联合各方，打通要道，要做好给女真百姓造福之事，他说得很动情，末了又加了一句："老山人，老玛发，你放心，我金山如果建好了，咱们各地女真部落的百姓也都好了，我建这些驿站，一是为了国家，二更是为了百姓，咱们有了路，有了道，还愁不富吗？"

他的话，让朴实、诚恳的老玛发连连称是，于是对下边人说："去把咱们兄弟都找来，干脆大家也当面议议。"

不一会儿，一大帮野叟乐呵呵地站在门口。这时，纳哈出突然发现，内中一个老野叟酷似蒙德儿！蒙德儿也看见了，那个人多像自己呀！

老玛发也发现了，他不断地打量蒙德儿。这时，门口站的那个"蒙德儿"一步步走上来，蒙德儿也不知不觉地跳下炕去，二人站在一起时，谁也分不清谁是真蒙德儿谁是假蒙德儿了！

那酷似蒙德儿的道宝野叟见了蒙德儿，双手搓摩着，以自己铁匠的大手上去一把抱住蒙德儿。这时，坐在炕上的道宝老叟首领纽祜鲁安班达玛发（女真语：管狼的大爷爷）明白了，因为他听道宝野叟说过在十多岁时与亲哥哥分别的事，眼前这个蒙德儿肯定就是他哥哥了。于是发话了，他说："让他们俩去吧，去述说述说以往吧……"

蒙德儿瞅瞅太尉纳哈出。

纳哈出看出蒙德儿的眼神在征求自己的同意，于是也说道："蒙德儿啊，既然纽祜鲁安班达玛发发话了，你就去吧。"

蒙德儿低首叩拜，说道："那就谢谢老玛发，谢谢太尉了！"于是两人就手拉着手走出了纽祜鲁安班达玛发的屋子。

那野叟是一个出名的铁匠师傅，他领着蒙德儿进了铁匠铺，烘炉前两个汉子正在打铁，那两个人一见蒙德儿，惊得停下了手里的活计，不错眼珠地盯住蒙德儿。道宝野叟说："你们干活去吧！"

然后，他拉住蒙德儿走进了里屋。

此时，屋里就他们两人了。道宝野叟上了炕，掀开炕上一个红漆大木柜，在里面摸了半天，摸出一个长长的油纸包，他慢慢地打开纸包，放在炕上，他说道："兄弟，你来看看！"

蒙德儿走上前去，发现那是一柄古旧的烟袋，足有半尺长，乌木杆，绿玛瑙嘴，黄铜烟锅，锅和杆交接处系着一朵杜鹃花，是用红绸子系的。

这时，屋里静静的，蒙德儿和道宝野叟已是满眼的泪花了……

道宝野叟说："哥，这是咱额娘留的物哇！"蒙德儿当然记得，一声不吭，只是点头。

蒙德儿直觉着天昏地暗，他的记忆一下子飞归到久远的岁月，他顿时趴在炕上，双手攥着额娘的烟袋，沉入了思念。

元代的北方，当地的女真人憎蔑元朝廷的苛政，不堪忍受欺凌，一个个潜匿山坳，终年弃世。逃往山林和荒野中的女人自然是少数，一个女性，那是山里野叟共有的女人，她没有固定的夫主，只要是野叟，都可与之交媾，不准拒绝，这是对女性的山规。为了繁衍后代，山野叟为女人专门盖有"籽房子"或曰"籽窝棚"，一般是选在好一些的向阳坡上。如有野叟来，屋主女人便拿一块红布条子系在窝棚外的门框上，别的野叟一见，便自言自语地说："有客。"于是只有溜走，不能进。任何野叟不准在这儿久住，所以山里的孩子只知其母，不知其父。

山里女子，自己的名字早已隐去，她们自报山号，或"山格格""山大姑""大烟袋"等。由于荒山野土男人多，女人少，女子们除"来红"（来月经）、孕产期，得经常"接待"山里野叟。还有一个规矩，凡是来者，都得给"山大姑"带些吃穿用的东西和"礼物"，如人参、蛤蟆油、五味子，还有獐、狍、鹿的心、肝，河里的鲜鱼、虾，再就是各种时鲜的山果子，以给自己心爱的女人补补身子。这些男人也都是有情义的男人。

除了补身子的补品，野叟们来时，还要给"山大姑"们带上些化妆品，让女人将自己打扮起来。

"山大姑"们染上疾病或是到老那一天，是很悲惨的，不少人是自寻短见。

> 河里的水呀有源，
> 山上的树哇有根，
> 有谁知"山大姑"伤透了的心？
> 千年的恩怨风吹散，
> 妹的尸骨难找寻哪，难找寻……

"山大姑"唱着古老的歌谣走了，到一处悬崖纵身跳下。山里人会把这些无名尸骨收捡起来，以礼相葬，立一个"大姑坟"。

现在，蒙德儿抱着那旧烟袋"呜呜"地哭开了。哥俩回忆起那连姓名都没有留下的额娘。他们不知什么是父爱，额娘是他们唯一的亲人，额娘也把他们看作是生命的唯一希望，视若宝贝，为他们做衣服鞋袜，好吃的好喝的尽可着他们，冬天怕冻着，夏天怕热着，真是呵护得无微不至。可是，额娘却总是被"大大"们占有着。那时，凡是来找额娘的，孩子们都叫他"大大"。"大大"一来，就不准他们进额娘的屋了，偶尔闯了进去，额娘便抚摸他们的头，流着泪说："崽儿，出去好好玩儿，别总往额娘屋里来……"

他们哥俩从小就恨"大大"，常常在背地里发誓，一旦自己有了能耐，长大了，非得好好揍一顿这些"大大"。

当时，蒙德儿他们也恨过额娘，怎么就不让自己的孩子进额娘的屋呢？后来，他们发现了一个秘密，有时额娘招手叫他们进屋的时候，往往都是窝棚门口杆子上的红布条已摘下去了，额娘拿出许多好吃的东西给他们，什么糖球、烧饼和梨，只有这时候，额娘好像才格外地疼他们，爱他们，也愿意和孩子说话，唠嗑。

那时，蒙德儿兄弟俩也就十一二岁，也懂点儿事了，看着额娘天天"接待""大大"，很心疼，她太受累了。一个冬天的下晌，哥俩一生气，就一个人蹬着另一个人的肩膀，上去把系在杆子上的红布条给扯下来，扔了，然后二人就跑到雪野里玩儿去了。

就在这时，来了一个"大大"，看木杆子上没有红布条，就进屋了，恰好把另一个"大大"和他们的娘堵在炕上。

他们的额娘惊呆了，说："你怎么违规？门上不是挂着红布吗？"

"哪有啥红布？没有哇？"

于是，两个"大大"便打起来，从屋里打到雪地，开始动拳脚，后来打红眼了，抄起顺手的家伙往死里打。

他们的额娘说："住手！你们两个都给我住手……"可是，两个愤怒的男人，谁也不肯让谁。突然，她回身进了屋，手拎一把钦刀跑了出来，她用刀对准自己的喉咙喊道："你们两个如果再斗，我就死给你们看！你们两个没出息的东西，用得着这样吗？"

她这一说，倒把二人说愣了。二人气哼哼地走了。

他们的额娘望着两个男人各自走了，身子一软躺在了雪地上，她哭哇，她悲苦地叹息着自己命运不济，为何会让她摊上这种事儿？有一年，山里的"山人姑"也出过这种事儿，后来，那个女的一头撞死在大树上了。她知道，这事儿一出，她要按山规受到严厉处罚，无论怎么说也是同时接了两个男人，这个规矩是她破坏的呀。

于是，她有了一个打算。

那时，山里人生活清苦极了，也没有什么好东西，她把一盆大饼子、给蒙德儿兄弟缝的几件衣裳，还有她觉得孩子们日后能用的东西打了一个包裹，放到院子里，上面插上草标。插草标是表示人已经走了。

这时，蒙德儿哥俩正玩儿得起劲儿。

突然，弟弟说："哥，你快看！好像额娘的窝棚着火了！"

蒙德儿一看，可不是咋的。这是她自己放的火，她恨这个"籽窝棚"，她要把它连同自己一起烧成灰。

于是，兄弟二人撒腿就往回跑。

许多山民正在救火。额娘已被人抬了出来，她已经奄奄一息了。

他们听到人们议论说，是因为额娘窝棚上的红布不见了，于是两个"大大"发生了械斗，额娘才寻死。蒙德儿小哥俩这才知惹祸了，这事儿正是他们干的。

老山叟老玛发下令说："查一查，是谁干的，定要处罚不饶！"

小哥俩一听，吓坏了。

哥俩趁着人们都忙着救火，他俩撒腿就跑了，在一条大路的十字路口，蒙德儿对弟弟说："兄弟，咱们别往一个方向跑，如果抓住，咱俩都完了，干脆，你往北，我往南，就是抓住，也只死一个。日后咱俩有一个活着，也好能照顾照顾额娘，这都是咱俩惹下的祸呀！"

弟弟哭着说："好吧。"

小哥俩抱头痛哭，就此分手告别。

蒙德儿一直往南，又一点点逃到了金山，赶上太尉纳哈出起兵，他先是跟着当小"攸达"（干杂活儿的），后来长大了，这才当上了纳哈出手下的兵丁。

现在，已经长大的小哥俩在道宝相见，蒙德儿指着额娘的烟袋问弟弟："兄弟，后来你是怎么见到了咱们额娘、又怎么得到这烟袋的呢？"

道宝铁匠说："我往北逃，逃到了墨尔根。一次，我到铁匠炉去讨饭，恰好那铁匠缺打小锤的下手，我就跟着干上了。后来，我长大能挣饭吃了，就回道宝看额娘。额娘被那场火烧得脸上、腿上都是伤疤，她再也不出屋，怕别人看她的脸吓着，就这样，还有"大大"来找她……说到这儿，道宝铁匠已泣不成声。

道宝铁匠告诉蒙德儿哥哥，后来她的身板已不能动了，有一天，她把道宝铁匠叫来，说："崽儿，娘不行了。娘走后，你把娘埋在'山大姑'那块墓地，别坏了山规。"又对道宝铁匠说："崽儿，把娘的烟袋拿来，我抽一口再走——！"

道宝铁匠说："哥，这是额娘临死说的最后一句话。下葬时，我给娘新做了一柄烟袋，于是把这杆烟袋给留下来了。"

说到这里，哥俩又忍不住抚摸着额娘的遗物痛哭起来。

就在这时，外屋的炉子间有人问："师傅在吗？"有一个中年汉子走进来，他是道宝以北的泰来炭匠，来送木炭。道宝铁匠一见此人，立刻拉住，对蒙德儿说："哥，你看看，他像不像咱俩？"

蒙德儿一看，哎呀，此人真像自己，也很像道宝铁匠，只是比他们哥俩年轻了有十多岁的样子。

见蒙德儿发愣，道宝铁匠说："哥呀，其实他也是咱们的弟弟！他是后来额娘又得的一个小兄弟。"于是，道宝铁匠对泰来的山叟说："弟弟快来，拜一下，这可是咱们的亲哥呀！"

泰来山叟一听，立刻上前叩拜道："大哥，是您来了？早就听哥哥说我还有一个大哥。今日才得一见。"

蒙德儿也上前一步拉住这个弟弟，再一次打量起来，真是又惊又喜。

这时，蒙德儿心生一念，他决定给额娘上坟。

他说："兄弟们哪，我看，趁我这次来，咱们一起去给额娘上上坟，扫扫墓，也让我这儿子尽尽孝吧。"

道宝山叟和泰来山叟一听，连连地说："你说得对呀，应该给额娘上上坟，你来一回也不易呀！"

于是，哥仨就决定，择日给额娘去上坟。

这时，纽祜鲁安班达玛发派人来唤蒙德儿回到老玛发那里去吃饭。席上，蒙德儿请求老玛发说道："老玛发，老山人哪，我如今已见了我的两个弟弟，我们哥仨想，我回来一次不易，我们想给俺额娘去上上坟，扫扫墓，您看行吗？"

纽祜鲁安班达老玛发一听，说道："蒙德儿啊，山外来的贵客呀，你们去，一定要去，我派人给你们备上祭品。谁也不是石头疙瘩蹦出来的，人得记住自己的来历呀！"

夜晚，蒙德儿与纳哈出住在一铺炕上，他把自己如何见到了他的弟弟，又如何回忆额娘的事儿一五一十地说了一遍，说着，又呜呜地哭开了。

纳哈出说："蒙德儿啊，怪不得你盼着回故土看看，原来这里有你的兄弟和额娘的坟茔啊，好样的，有情有义，我佩服。"

蒙德儿说："谢太尉大人。也请你谅解，一提起额娘，我就止不住心酸，让你也休息不好。"

纳哈出说："啥是歇息不好？我也想起了我的额娘了，唉！多少年了，我一直没给她老人家去上上坟，烧烧纸，上上供，心里有愧呀！这么的吧，明天，我跟你一起去给你额娘上坟，也权当是敬仰俺的额娘了！"

蒙德儿说道："谢谢太尉！我代表兄弟们谢谢你。"

这一夜，二人彻夜难眠。

第十二章　兄弟定名分

次日早上，蒙德儿早早就起来了。

道宝纽祜鲁安班达老玛发早派人备好了牛车，共四辆：头辆车上是按照女真人的习俗，由扎彩匠扎制的纸窝棚、纸人、纸牛、纸花、金银楼阁。第二辆车上，装的是馒头、水果、猪头、猪蹄等供品，还有两坛子老酒。另外两辆车是为了给蒙德儿和纳哈出大人坐的。

道宝铁匠山叟和泰来炭匠山叟各自备了一些北方纸作坊做的老黄表纸。因当地有说道，给亲人上坟，别的东西可以别人帮着备，可纸不行。因为纸码是当钱来烧的，送给遥远的地方的亲人，一定要亲人亲自备才行，所以道宝野叟和泰来野叟分别各自备上纸码，又领蒙德儿，一大早洗洗手，亲自到纸作坊取来纸码一一摆在车上。

临走，他们哥仨没忘了带上额娘从前使用的烟袋。

额娘"山大姑"的墓地在道宝西北的塔拉盖，那儿是非常荒瘠的地方。但由于人烟稀少，平时也分外安宁。春夏，各种野花开遍了原野，还有野杏林，一到早春三月冰雪一化，杏花都开了，从远处望去，就犹如一片晨雾，所以此地又叫"塔拉雾都"，是说那杏花如春天早晨的雾一样美丽。

还是纽祜鲁安班达老玛发想得细，他说："不能这么悄没声地祭你们的额娘，要有点儿动静，咱虽然不大吹大动，但也得请一个鼓乐班子，告诉你们的额娘，她的崽儿，蒙德儿从中原特地回来，来看她来了！"而且，那个鼓乐班子是由二位老萨满领着。

牛车浩浩荡荡，直奔塔拉盖。

萨满带的鼓乐班，一路吹奏着苍凉而充满情谊的祭祀曲。

听到动静，许多当地的野叟都走出自己的窝棚来观看，大伙儿议论纷纷。

有的说："真行啊！你看人家中原人，也挺有情！"

有的说："哼！看看吧！也许祭完就走！"

有的说："看样子不像，挺虔诚。"

渐渐地，额娘的坟出现在眼前。

人们打眼望去，只见在塔拉盖荒原的一处高岗上，有一座坟，由于有道宝铁匠山叟年年来填土、祭扫，那坟堆挺大，坟旁长满了野花，还有一棵青松郁郁苍苍地长着，可能是当年立坟时栽下的，坟前还立有道宝铁匠野叟亲自刻的"山大姑之墓"一块青石墓碑。

一见土坟，蒙德儿立刻跳下牛车，他跟跟跄跄地奔向土坟，呼唤起来："额娘！额娘啊，崽儿蒙德儿来看你啦……"说这话时，热泪早已涌出他的眼窝，眼前一片模糊，仿佛又听到小时额娘管他叫"崽儿！崽儿！"的声音。

哥仨哭了一通，开始布置祭场。

他们在坟前的空地上，打扫出一块地方，铺上黄纸，摆上供品，还把额娘生前用的大烟袋也用一块红布铺好放在上面，然后又拿出盅子斟上"查干香"老酒，接着，点燃了带来的纸码。

突然，萨满的皮鼓"当当"地敲响了。两个老萨满腰上的铃铛"唰唰"地一齐摆动起来，他们边舞边唱响了苍凉祭歌：

"啊，我见到过一个沙格达妈妈，

她的眼睛像兴安的秋水，

照亮了一片原野。

她的头发又细又长，

鱼儿见了她忘记了游，

大雁见了她也落在了地上。

啊，善良的沙格达妈妈，

啊，美丽的沙格达妈妈，

啊，勤劳的沙格达妈妈，

啊，给世人爱的沙格达妈妈。

子孙们不会忘记你，

大青山不会忘记你，

兴安的老林不会忘记你，

北土厚厚的冰雪不会忘记你，

春天开江的浮冰不会忘记你。

砍树伐木的人哪，

冰河淘金的人哪，

森林挖参的人哪，

野甸采药的人哪，

世上什么都忘了的时候，

也不会忘记你——沙格达妈妈。

让那久远的记忆从头开启，

让大地沙土都沉落下去，

让太阳把暖光铺洒在地上，

让漫野的花儿一齐怒放，

人间的一切生灵都在呼唤：

沙格达妈妈——！

沙格达妈妈——！

人们发现，老萨满唱祭歌时已是满眼的泪水，那种对先人的深深的怀念，让在场的人无不动容。

这时，蒙德儿跪了下去，哭泣着说："额娘，沙格达额娘，崽儿蒙德儿和另外两个兄弟，来看您来了！您一生受尽了凄苦，现在，您的崽儿已长大，我们永远记着您的恩情。额娘，沙格达妈妈，我这次来北土，一是来看您，二是从今后，我再不离开您，我要在这里建'传递所'，让这儿通往金山，通往中原，通往漠北，通往东海，让北土四通八达。额娘，您是崽儿们的靠山，您给了我们生命，我们离不开您哪额娘！"

蒙德儿的呼唤使所有人都动情了。太尉纳哈出拈起一炷香，双手合十，走向坟前，他"扑通"一声跪下了，大声地叨念道："沙格达妈妈，老山人，您虽然不是我亲额娘，但也是咱们女真的老仙人，请受我纳哈出一拜！"说完就叩头。

这时，蒙德儿又点上一炷香，对着坟头说："额娘，今天来拜您的，不光是崽儿，还有朝廷的太尉呀！"

"啊？他是太尉？"不少在一旁看祭祀的人都以敬仰的目光打量纳哈出。是啊，这太尉可是个大官，他都来敬重咱们女真人，真是值得敬仰啊。

蒙德儿继续说："额娘，太尉纳哈出大人敬仰您的人格，说什么也要来看您，祭您，拜您。他老人家是真心要为咱们百姓造福，我们将在一起建道宝'传递所'，让这儿通往四方的主意就是他出的，求您保佑他，保护我们这些崽儿，您的骨肉，我们会在这里站住脚，让纳哈出太尉和崽儿的愿望实现吧!"

然后,蒙德儿又领着两个弟弟,给额娘坟填填土。这时,道宝野叟铁匠往远处一指说:"大哥,你看看,那儿也有三处坟!"

蒙德儿说:"谁的?"

道宝铁匠说:"听说也是'山大姑''山格格'的。她们的后人知道咱们把额娘葬在这儿,于是,也把她们的额娘安葬在咱们额娘的旁边了。"

蒙德儿说:"兄弟,自古道,宁落一屯别落一邻,这些'山大姑',说不定生前也是咱额娘的朋友,姐妹。咱们今天祭扫额娘,也给她们送上一份祭奠吧。"

道宝铁匠说:"我也是这么想的。"

于是,蒙德儿和道宝铁匠、泰来炭匠兄弟三人,又点燃了几刀纸码,到额娘旁边的那几座坟前,也给她们上上供,摆摆酒,点燃一些纸码。

祭奠完了,蒙德儿、纳哈出站在这里往远处一望,纳哈出说:"蒙德儿,这个地方十分敞亮,前后四处都有道口,以后如在道宝建'传递所',像这样的地方都应列在你的'传递所'的驿道图上,我看,这个地方可屯兵、设驿,派人把守。"

蒙德儿点头称诺。随后,他们上车,告别了蒙德儿亡母之陵,往道宝屯里走去。

后来,这个地方建了一个大驿站,叫"大姑驿",也有的叫"额娘驿",就是纪念这件事。当然这是后话。

蒙德儿亲往祭祀额娘之举,让道宝一带的人对他和纳哈出刮目相看,首先当然是道宝野叟的老首领纽祜鲁安班达玛发。这天他把他的几个孩儿,还有铁匠野叟、泰来野叟都叫到身边来,老玛发说:"各位兄弟,你们也都看见了,这蒙德儿兄弟很有情义,他是咱们女真人,而纳哈出太尉,也是一个可以信赖的人,今天我召集大家议事,看看咱们怎么帮帮他。"

老首领纽祜鲁安班达玛发,这天是特意准备了一桌丰盛的宴席,他要好好地款待纳哈出和蒙德儿,并且详细商议在道宝如何建"传递所"的事。

他让纳哈出、蒙德儿一边一位,挨着他坐下,然后说道:"今日是双喜,一是我们相识了纳哈出太尉,一是蒙德儿找见了自己的两个兄弟,这是双喜临门。这双喜临门,咱们就喜事喜办。你们昨天到墓地上祭拜了你们的额娘,这事儿做得对呀,我赞成,你们的额娘在地下有灵,也会感知你们的孝心。所以今天我想，既然蒙德儿找见了你的两个兄弟，我看就从今日起，给他们也起个名吧，因为，你们的额娘已经找到了，这不容易呀，这是缘分哪！"

老玛发这么一说，大伙儿都惊愕了一下。

本来，按山里北方女真人的规矩，山林野叟只知母亲不知父亲玛发，因而不许打听人的姓氏和来历，只要是男人，一律互称兄弟，只要是女人，一律互称姐妹。可是如今却不同，蒙德儿已找见了自己的兄弟，他们也认了祖，拜了额娘。再说，提起此事的又是老玛发，这是一件好事啊。

于是蒙德儿说："那就多谢老玛发了。"

道宝铁匠野叟和泰来炭匠野叟也都说："感恩老玛发。"

于是，纽祜鲁安班达玛发想了想说："既然大哥叫蒙德儿，就按此名延续下去，二哥就叫渥德儿，三弟就叫赫德儿，如此，你们哥三个可以用此名，也使得我道宝地方人好记。"

大伙儿一听，都说好。

铁匠野叟、炭匠野叟也都上前拜谢，领了自己的新名字。于是，蒙德儿、渥德儿、赫德儿三兄弟又上前给老玛发敬了酒，给纳哈出也敬了酒，也给在座的一些野叟纷纷敬了酒。接下来，纽祜鲁安班达玛发说道："这第二喜，就是咱们道宝野叟相识了朝廷太尉。他此次来，是有朝廷大任，我想，还是请纳哈出太尉说说他的打算吧。"

这时，纳哈出举杯先敬了老首领、老玛发纽祜鲁安班达，然后把自己此次前来，主要是代表朝廷，开发北方交通要道，建"传递所"，以金山为轴，向四外通达，南北东西，各要寨都要建，把这些详说了一遍。他又加了一句："这些地方，如底卜失、道宝，都要有一个基点，有人在此长期把守，朝廷定期拨款项、军马、兵丁，守这些'传递所'，把中原朝廷的火信传递下去，要直接打通各处。"

纽祜鲁安班达玛发说："建所就要有房子吧？"

纳哈出说："要先建房舍。"

纽祜鲁安班达玛发说："我就知道这样，我已派人去北套木嘎给你请来了看方位的大萨满丹林太，让他见见你。"

纽祜鲁安班达玛发老人说完，一拍手说："请丹林太，拜见太尉。"

这时，走出一位萨满，只见他胸前后各挂着一个罗盘，前来向纳哈出施礼，说："丹林太拜见太尉。"

纳哈出连忙还礼说："多谢丹林太大师。"

纽祜鲁安班达玛发又对赫德儿说："赫德儿兄弟，太尉说建房舍、兵站，你就得开始领人脱坯、烧砖了。大房子要盖得漂漂亮亮的，将来谁见了，都得说咱们道宝的驿所像样才行！"

赫德儿说："老玛发你放心，我立即去办。"

纽祜鲁安班达玛发又转过头，对坐在蒙德儿身边的二弟渥德儿铁匠说："渥德儿兄弟，这回，你也有大任了。从即日起，你在建好的兵站、驿房子各处，开它一些铁匠铺子，咱们专门打制兵刃……"

渥德儿说："不就是长矛、大片刀吗？"

老玛发说："正是。既然太尉将军要建'传递所'，咱们的人马也得武装起来，一旦有事，咱们都是太尉的兵啊！"

听到这里，纳哈出眼睛已发亮，此时他仿佛已看到日后北土大路四通发达，各处驿连着驿，所连着所，他只要一声令下，就可以一呼百应了。于是他立刻举起酒杯，举向纽祜鲁安班达玛发说："老玛发呀，日后咱们行动起来，我能否一呼百应？"

老玛发说："太尉呀，你还没看出来吗？从今往后咱们这道宝，就是一呼百诺，绝无改变。我纽祜鲁安班达一言既出，驷马难追。"

纳哈出也猛地喝了一口酒说："好，老玛发，我纳哈出说话，也是一言既出，驷马难追。既然如此，我这就立刻告诉金山，让他们给你运来残刀废铁，以便你们渥德儿铁匠，即刻开炉，打造兵刃、马掌、斧子，等等一应用器，我立即发令。"

老玛发也乐了，当下写出手令，让渥德儿、赫德儿他们立刻行动。这时，在座的底卜失护送纳哈出、蒙德儿的野叟一听，说道："纽祜鲁安班达玛发，我有一事，不知当说不当说。"纽祜鲁安班达玛发说："当说无妨。"

底卜失野叟说："自从纳哈出太尉和蒙德儿大人离开我们底卜失后，我们那里也动了，前期已开始修建'阿什河'老酒作坊和'玫瑰谷'建筑，可是，我们那里还不会烧砖，只是派人脱坯。今听你们这里言说正在烧窑，能不能派几名烧窑能手，给我等以帮助，我代表底卜失隘口的大玛发郭勒敏福都力先感谢您了，感谢诸位兄弟了。"

纽祜鲁安班达玛发一听是郭勒敏福都力玛发的打算，就说道："哎呀，何提帮助，这是应该应分的，我与郭勒敏福都力老玛发是老朋友了，那老哥们儿是我最好的朋友。这事儿，就交给赫德儿去办吧！"

赫德儿说："老玛发请放心，我立刻办，我让人去底卜失帮助建窑，争取咱们一块儿开烧。"

大家越说越高兴，越谈越开心，就在这时，老玛发突然发现有一只绿色的鸟从窗棂上飞起来，抖抖翅膀，一下子飞走了。

纽祜鲁安班达玛发一愣，说："什么鸟？我看见它落在咱们窗棂上半天了。早不飞，晚不飞，等咱们说完话，它飞走了。这鸟好像也参加咱们的庆祝会呀！"

纽祜鲁安班达玛发说者无意，可纳哈出心下一惊，因为他心中有数，这是夫人彩彩派出的鹦鹉军，他知道，这些鸟时时在帮助他，这是夫人在关怀他，怕他出些意外，所以才以此鸟来协助，于是说："老玛发，这只不过是一些鸟在飞来飞去的。"

谁知，底卜失护熊野叟却不这么看，他说："老玛发，真有些奇怪呀！在我们底卜失请将军太尉大人时，也是来了这么一只鸟，它好像也是在听咱们说话，听着听着，也突然一下子飞走了，你说怪不怪？"

纽祜鲁安班达玛发老人说："纳哈出太尉，是这样吗？"

纳哈出说："啊，是，是吧。"

纽祜鲁安班达玛发老人说："这种鸟，挺像是鹦鹉鸟，这是一种南方中原一带的鸟类，我们这里有些少见。这鹦鹉，又称鹦哥儿、八哥儿，它能学舌，此鸟说起话来，也挺有意思的。我小时，曾跟随阿玛去过一趟辽阳，我在一户大户人家见过这种鸟，挺聪明，是一种挺有灵性的鸟哇。"

见老玛发只是说说而已，并未继续深究此鸟的来历，纳哈出心底才一块石头落了地。他想，回去一定要多加嘱咐夫人彩彩，不要轻易放出此鸟，以免引起外人的警觉。

这一日，道宝老玛发分外爽快。酒宴后，他又领着纳哈出、蒙德儿亲自巡看道宝地形地貌，也领去了老萨满丹林太。道宝西北有一座土山，土名叫鸡鸣山。老玛发带领众人登上山去，环视四周，这时，丹林太突然说道："老玛发，你看到了吗？在咱们道宝正北，大野有烁烁亮光升起数道，那儿正是九星飞泊之处。要建驿所，就在那里建，那里是紫白飞星！"

老玛发一听，乐了，说："走，那咱们快看看去。"纳哈出、蒙德儿与丹林太就跟随老玛发直奔九星飞泊之处走去。

第十三章　宝石风波

　　各位阿哥、格格、色夫，我朱伯西给你们讲的这个故事丁是丁、卯是卯，来不得半点儿含糊。建驿所，这是开山动土哇。在辽代，还有在后来的明、清时期，北土之人是严格遵守先人之生存观念的，盖窝棚选住所在他们的心底深处有亘古不变的老理儿，那就是要依山傍水，俯临平原，左右护山环抱，眼前朝山拱揖相迎，古语叫"左青龙、右白虎、前朱雀、后玄武"，人立此处有一种舒适安逸感，打眼朝前一看四野开阔，通达而广顺，而最为理想之地又叫"九星飞泊"。

　　九星飞泊那是以上古《洛书》之九宫顺序推排而来。

　　九星飞泊，是以住宅坐山为主，用后天八卦方位来分布九星，以一山所管的三山，将本山之星安入中宫，依《洛书》九宫分布之法，将中宫卦之五行与其他八宫卦之五行相互生克来决定吉凶，总体之意为建筑的依据，不论你从左向右，还是从右往左，由上而下，还是由下而上计算，加起来都是十五，其歌诀为：

　　　　戴九履一

　　　　左三右七

　　　　二四为肩

　　　　六八为足

　　这总约定为"三元九运"法。古人以十天干及十二地支组合成六十甲子纪年，每六十年为一元，每二十年为一运，上中下三元合起来总共一百八十年为一个正元。

　　上元运，一白，二黑，三碧，每运二十年，三运六十年；中元运，四绿，六白，每运三十年，二运六十年；下元运，七赤，八白，九紫，每运二十年，三运六十年。三元九运，总共一百八十年，称之为一个正元。所以无论是三元，还是九运，都是依《洛书》之次序演变而来，从中宫起点按顺序向前移动，最终无论是"八宅法"还是"玄空法"，都是将本宅坐山安在中宫，然后再依次序由中宫到乾、兑、艮、离、坎、坤、震、巽，再回到中宫，依次而顺布八方。

你想啊，那纽祜鲁安班达玛发是道宝一地之长，要在此地动土，建驿所，他能不亲临水土而看地势、山川、河流走向方位吗？于是，老玛发、丹林太、纳哈出和蒙德儿等人都来到道宝以北的那座山头，就把建驿所的地基定在了此地。纽祜鲁安班达玛发回头对纳哈出说："太尉大人，你尽管放心，你交办的事，我们现在就开办，明年春天，你便可以领军来驻扎，保你暖和，有吃又有喝……"

纳哈出说："那就太谢谢老玛发了。"

于是，纳哈出和蒙德儿告别了纽祜鲁安班达玛发，又顺路往北而去，他们要去开辟另一处"传递所"了。

离开道宝北山，前去的路越来越荒凉，夜里遇不上人家，纳哈出、蒙德儿便展开他们带来的皮筒子，解开系绳，人钻进去，头和脸以麻布盖上，就可以睡觉。好在走得又困又累，躺下也就睡着了。他们的三条狗分兵把守，为他们放哨，也使他们可以安心入睡。

一晃，他们已走了三天三夜，都是早起晚眠，有时贪黑顶着星星月亮地走。北土夜晚的大月亮，又明亮又孤单，好像一直在看着这两个人、三条狗，他们也觉着前去之途该是如何茫茫。有时二人躺在皮筒子里睡前互相询问："这条路，咱们何时走到头儿。"

大约在第五天晌午，他们发现前方有一个好像是楚勒罕（集市）之地，只见人来人往，还挺热闹，而且人们仨一伙俩一串地蹲在地上，好像是在交易什么。果真是一处楚勒罕。

楚勒罕是当地人的一种集会习惯，也叫盟会或集市，就是各人带着各人的特产来到这儿，大家互换互交，任意来选，男男女女、小孩子都有，但还是一些老人较多，他们走路都慢腾腾的，因为走着走着，就有人拦住对方，然后二人把手搭在胳膊上，把拿在手上的东西（货物）给对方看，如狐狸皮张、鹿肉、山鸡、蘑菇，也有衣物、农具和铁器等。于是，蒙德儿和纳哈出也走进集市。

进到集里他们才发现，这儿许多人在交易一种石头。

那些石头各种颜色都有，有黑色的、红色的、黄色的、绿色的，而且，有许多卖这些石头的人就是石头的加工者。他们坐在草地上，身前身后堆一堆各种石料，手里还拿着一块，用凿子、刻刀、锤子在慢慢地敲打，不一会儿便能敲打出一些艺术品来，什么马呀、牛哇、猴哇、狗哇，甚至还有叫不出名的宝贝，红红绿绿，闪闪晶莹，真是好看。

可是，让人奇怪的是，这些人都不说话，只是用手比画，说话也是发出"啊——！啊——"或"嗯——！嗯——！"的怪调。

蒙德儿终于发现，这些人都是哑巴！

纳哈出也发现了这个秘密。他和蒙德儿说："蒙德儿啊，这个地方叫什么地方？咋这么些哑巴？还有不少残疾人，真叫人太奇怪了。"

蒙德儿掏出他的"皮书"一查，原来这个地方叫星星泡，离道宝一百八十里，是个专门产砾石的宝地，怪不得这里的人都经营这些石料、石物、石器。

纳哈出说："咱们别吱声，也看看吧。"

蒙德儿说："可人家要与咱们说话，咱们也不会比画呀……"

正说着话，他们来到一个老叟前。只见他半跪在地上，身下骑着一块大石头，那石头上方有一个石蛋，有鸡蛋大小，却是血红血红的，那老人正以一把凿子在小心翼翼地往外抠，凿那宝石，许多人等在那里围着看。

蒙德儿曾在南京的古玩市场上转悠过，他多少懂些石性，于是小声对纳哈出说："太尉呀，这块石，是巴林石。"

纳哈出也一愣，因他多少也听说过，北土辽地巴林地带产石，最出名的就是巴林鸡血石。鸡血石很少裸露出来，是含在石块里，不识货者认不出来，往往以为平常的石头扔在一边。可是懂行的人，却将此石搬出矿洞，到烈日下暴晒，那石头立刻爆开，里面便是最好的鸡血石。还有一种，就是如眼前那老者正在凿的那种，那叫"翘翘包"，是说在石头上有一个"包"，里面包着一块鸡血石，要由识石的人以利器剔下，又不伤害原石。看来这老叟便是要从石上剔下这块鸡血石，据说，这种手艺叫"打包"。

那老叟果然厉害！

只见他，先是沿着石包的周围走刀、走锤，又准又稳，当刨到一定火候，只见他"当——！"的一锤下去，那石蛋立刻落在老人手上。

众人"哎呀——！"地叫了起来。

一个个手舞足蹈。

再看老人手上的鸡血石，已是一个晶莹剔透的亮蛋，圆圆的，还透着老人手上的纹路，简直就是一块晶莹的宝石！老人顺手掏出一块布，轻轻擦着"蛋"上的尘土、石沫，那圆圆的蛋更晶亮了，闪着软软的奶一样的波泽，好似一块水晶凝体。

这时，早已等在旁边的一些人开始交易了，有的拿出狐狸皮两张，举过去，老人摇摇头；对方又加了一张，三张狐狸皮，老人又摇摇头。那人干脆，递上五张狐狸皮，老叟依然不卖，不换。有人拿出两张上好的貂皮，老人又摇摇头。

谁知就在此时，忽听楚勒罕西头传来"嗒嗒"的马蹄声，就见一个光着头，长着黑黑连毛胡子的人骑马奔来，那马蹄踏起一片尘土，后边还跟着一个随从跑着。人们都慌忙四处躲开。

来到这里，那人在人群后一打量，立刻跳下了马。

地上凿石的老叟见他，立刻收拾东西要离开，可是那人早已一个箭步蹿上前来，伸手将老人的胳膊一拧，那老叟"啊——！"地疼得发出一声叫声，手中的鸡血石掉了下来，那人从地上捡起，回身就要上马而去……

这一幕，被纳哈出和蒙德儿看个一清二楚，这还了得，这不是白日光天之下明抢吗？纳哈出哪能看下去这个，他乘那人返身蹿出人群要奔向自己的马想上马时，只这么轻轻一跷脚，那人没有防备，一下子被绊了个前趴子，手中的鸡血石蛋骨碌碌地在沙土地上滚着，纳哈出上去弯腰拾起，交给了正在一旁哭泣的老者。

那老者惊喜万分，接过石球，连连向纳哈出点头致谢。谁知就在此时，纳哈出的胳膊被人给狠狠地拧住了。原来是跟那骑马的一块儿来的那个人，他哇哇地叫着，指指那趴在地上的人，又指指那个拿着石头的老人，又指指他自己。啊，这一下，纳哈出明白了，他是说，你是谁，你是从哪儿来的家伙，竟然敢管大爷我们的事？我们主人抢他的石头那是便宜了他，你竟然还敢管我们主人的事？

纳哈出一急，他一下子懂了哑语。

只见他指着那个人的鼻子说："你别管我是哪儿来的，你抢人家的东西就不行！"

这时，趴在地上的那人已起来了，他拍打一下身上的土，上来就给了纳哈出一脚，那个先前拧住纳哈出胳膊的家伙也乘机对纳哈出大打出手。

可是诸位阿哥呀，我不说你们也明白，这两个人哪是纳哈出的对手？不用蒙德儿上手，也不用三条狗，只见纳哈出一抬膝，又一反掌，只听"叭——！叭——！"两声，轻松地打了那两个人两个嘴巴。那两个人就疼得"啊啊"怪叫着，立刻松了手。纳哈出又对他们一跺脚，一下子踩在他们的脚上，那两个人疼得立刻抽脚回头就跑，马也不顾牵了。可是，他们边跑边对纳哈出指指点点，那意思是说："你等着——！有能耐你等着——！"

这时候蒙德儿才发现，楚勒罕上的人都吓得跑散了，只有那个被纳哈出抢回石头的老人又跑回来，拉着纳哈出就往集西头一个院子跑去！

纳哈出、蒙德儿跟着这位老者进了一座院子，才发现这是一个大车店，一个和这老叟长得差不多的老者一见他，立刻打开一个地窖子盖儿，把他们几个都关了进去，然后上面盖上了谷草。

地窖子里，开始漆黑一片，老人从墙上摘下一盏灯，挑了挑灯捻，一下子点亮了。

老人说："恩人，你们从何而来，怎么敢得罪方才那两个人哪？"

纳哈出、蒙德儿一愣："怎么？你会说话？"

老人点点头说："我不是哑巴。"

纳哈出、蒙德儿不解地问："那你怎么装哑巴呢？"

老人说："客官哪，你们有所不知。这个地方叫星星泡，是一个四通八达的好地方，而且产一种著名的黑砾石，所以自古以来，这儿就有许多的石匠、工艺匠在这里。可是，由于这里是一个'山大姑'与多个男人在一块'撒籽'而形成，长此以往，人与人近亲交配居多，哑巴、残疾人增多，被人称为'哑巴窝稽'，可由于石头出名，许多残疾人都居在此地以刻石手艺为业，渐渐地也就形成了屯子，这儿又叫'匠人屯'。我本是离这里二百里以西的巴林人，虽然那儿产石，但不如上这儿来卖得快，价钱也大，于是我经常到这'匠人屯'来卖石头。但凡是到这儿做买卖的，都得是哑巴，本来不是，也得装成是！我这儿有朋友，这个开大车店的哑巴野叟，就和我的兄弟一样。可是，方才那家伙可惹不得呀，你要不来，他抢了也就抢了。他名字叫'狠棒泡子霸'，是这一带的一霸，手下有好几百人，这一带让他给欺负坏了，谁也不敢惹他。现在，你们惹怒了他，说不定一会儿他就会回来，要害你们的！"

纳哈出说："那可咋办？还望大人多想法子。"

巴林石匠老叟想了想说："这样吧，我现在马上返回巴林，让老玛发想法子，想法儿来救你们！你听，他们已经来了！"

这时，就听大车店外边的草甸上响起了"嗒嗒"的马蹄声，还有"啊啊——！"的阵阵怪叫，声音从远而近，这是狠棒泡子霸来了！

巴林石匠老叟说："你们就在这地窖子里躲好，等我，千万别露头！"说完，他披上一件衣裳掀开地窖子的盖儿钻了出去，外面已经喊声一片。

来的人马正是狠棒泡子霸。

这人本是星星泡一带长大的野叟的后代，后来他自己不学刻石、雕石，却养成了吃喝嫖赌、聚众闹事的恶习。他收拢了几百名不安分的小子，多是残疾者，什么哑巴、聋子，还有些一只眼的"独眼龙"，到处抢夺，霸占草场、水泡子，专门抢山丹和楚勒罕大集，谁也不敢惹，谁也不敢管。为首的那家伙为啥叫"狠棒泡子霸"，就因为他的这些人马每人手里握着一根棒子，对有不服者，一律乱棒打死。今天这还了得，竟有人敢把他喜爱的玩物抢走，这不是找死吗？于是，狠棒泡子霸回到离楚勒罕十几里远的驻地纠集了人马，人人手持大木棒，叫号而来，定要把纳哈出他们打碎、打烂。

星星泡匠人屯的人都吓得躲藏起来，楚勒罕大集上已冷冷清清。他们那些人里偶尔也有一些人会说话，只听一个声音叫道："压——！压压——！"

这"压"，就是搜，或者找的意思。

又一个声音传来："从东往西，挨门挨户'压'，他跑不了——！"

纳哈出心想，完了，这回准死在这些聋哑瞎恶的人手里了。

蒙德儿也一筹莫展，怎么办呢？突然，他看见一直紧贴在他们身边的猎狗，心下有了主意。

蒙德儿说："太尉呀，此刻你我要想走脱，看来是万万不能。我想，干脆让猎狗大黄去道宝送信，让纽祜鲁安班达玛发他们赶快派人来搭救咱们吧！"

纳哈出想了想说："看来，也只有这么办了。"

于是，蒙德儿从自己包袱里的"皮书"上撕下一条来，掏出他常年带在包袱里的木管笔，给道宝老玛发写了一封告急信。写好，又把信用皮子裹好，一捻，就成了一根只有筷子粗细的小卷儿，然后，他把自己的大狗抱过来，轻轻地揉着它的肚子，说道："黄啊黄，你此去道宝，见一见纽祜鲁安班达玛发老首领，把信交给他，然后领人速速来搭救俺们。黄啊黄，你忍着点儿，我要下'信'了……"

说着，他以一个指头在黄狗的前腿窝处一点，那是一个穴位，这样可以减少狗的疼痛，接着拉出牛耳尖刀就划开了大黄的肚皮，把"信"卷放入后，又迅速掏出针线缝上伤口，然后，又一点狗的穴窝，那狗"扑棱"一下站起来，抖了抖毛，好像啥事儿也没有。

干这一套，蒙德儿是手到擒来。他多年在外行军打仗，遇上过无数次险情困境，也多次以狗军来传递信件，这事儿会万无一失。

这时，外面人的喊声越来越近，而且此时，天已渐渐黑下来，从地窖的缝往外一看，院子里一片火把在晃动！

蒙德儿拍了一下狗的屁股，说："黄，一路顺风，快快上路。"

黄狗伸出舌头舔舔主人的脸，然后，蒙德儿推开地窖的盖儿，刚刚开一条缝，那狗立刻钻了出去，消失在漆黑的夜色中。

这时，大车店外早已被狠棒泡子霸的人马占满，院子里也是有人走来走去。纳哈出想了想说："蒙德儿啊，看来，我们的藏身之处也不靠谱，他们这么翻腾，要想躲过，已万万不能。不如趁夜黑风高，咱们离开这个地窖，到地面上找个地方躲起来，不然，狠棒泡子霸他们一旦在这个地窖里抓到咱们，不又得连累人家好心的大车店主人吗？"

蒙德儿说："也有道理。"于是同意了。

这样，二人趁黑趁乱，慢慢爬出地窖，爬到了院子里。一看，外边道上全是人，到处火把闪闪。他们一看院里靠墙有一个草堆，于是两人和两条狗贝贝、黄黄就趁机钻进了谷草垛。

这些人马，足足找了大半宿，也没发现纳哈出和蒙德儿他们，可是他们一点儿也没有要走的意思，更加麻烦的是，有一伙人竟然就驻扎在大车店的院子里。

等到院子里没有了动静，纳哈出从谷草垛的草缝里向外打量，他发现这个院子真是一个好位置，四四方方的院套，冲正南开了一个大门，三面的院墙又高又齐，四角处各有一块平台，可以供人在这儿走动，并可以站在上面瞭望！日后如能在此安置一处驿所可算一个好地方。

蒙德儿也看出了太尉的心思，于是说："太尉呀，这个地方真是不错。据《洛书》上说，现在他这个大车店正是个坐山方位。本来，大多数人普遍以为山应与大门的方向一致，其实不然，一般的人家住户，大多数大门开在主房的正前方，家院的大门也都开在与堂屋相对的正前方，但也有些大户人家大门不是开在正前方，而是开在左边或右边，或左前方与右前方。这是因主房与前山或大野相对。例如一家坐北朝南子山午向的房子为主屋时，对面有南屋门得朝北开，东面必是院墙，门向西开，门前是街道，像这样的房子叫子山午向，而不能称为卯山酉向，要将主屋的坐山朝向建得高大威武，这也是咱们驿所的定位。"

纳哈出说："这里是个好方位。"

二人在草垛里，有点儿忘了人已被困，还在津津乐道地谈论着未来驿所的方位。真是两个开驿站迷！

这也难怪，因星星泡这个地方的地理位置极其特殊，四周各有山，而且双双依靠，到了匠人屯时，归成一片平原，这也正是民间所说的"九星飞泊"。泊，就是星星泡！可是，星星泡在哪儿呢？

本来，这星星泡真有其泡，它在西面双山之下，离匠人屯五十里之遥，平时风平浪静，夜晚星光投下，亮光点点，白日风刮日照，也是平静光闪，因此人称"星星泡"，这就是古语说的背靠依山，脚踏莲花之宝地。所以难怪这纳哈出与蒙德儿就是被困在草垛里还禁不住议论此地的风水。说话间，他们睡着了。

第二天天大亮之后，他们在草垛里听人声嘈杂，似乎院子里那帮人要撤走了，他们窃喜可能躲过这一劫。就在此时，狠棒泡子霸的一个头目之类的人走了过来，他比画着向守在院门口的一个人问，仿佛是说："这里，都搜了吗？"

看守此院的人又比画着，意思是此地已作为队伍安歇之处，马匹吃草、饮水之处，于是那人走出了院子。

可是，那人进来时，带着一条狗。

只见那狗，低着头嗅着什么，一点点地奔草垛走来，到了草垛前，它突然跳到了草垛上，然后冲着人马狂吠不止。

看守院子的兵丁一看，发现那狗不下草垛，而且不停地上下点头，又用前腿不停指点脚下的草垛，那意思已很是明显——快来呀，这里有人，有狗，有贼，快来看看是不是咱们要找的歹人。

它这一叫可了不得了，院子里的兵丁立刻又招来许多人，并比画着说，赶快关上院门，别让歹人跑了。

这时，有人跑出去，不一会儿就领来了那个狠棒泡子霸。他进了院子，手持大棒子对着草垛一打量，说（其实是比画）："来人！放火！给我将草垛点着！"

立刻有人进屋从灶坑里抽出一根正在燃烧的柴棍子，往谷草垛上一扔，顿时，那干燥的草垛便熊熊燃烧起来。火一蹿，烟一起，蒙德儿和纳哈出再也待不住，先是贝贝和黄黄蹿了出来。一看里边有狗，狠棒泡子霸大笑起来，一指草垛："搜人——！"

这样，不费吹灰之力，院里的人马一下子把他们二人从草垛里搜了出来，立刻上来几人将纳哈出和蒙德儿给捆绑起来。捆绑纳哈出的时候，狠棒泡子霸不错眼珠地在一旁看着，有人举棍子想打，被狠棒泡子霸拦住了，他一扬手，让人将纳哈出和蒙德儿二人押出了院子。

第十四章　丝绸结缘

　　狠棒泡子霸抓到了纳哈出和蒙德儿，这是经过一天一夜的工夫，他觉得这是大获全胜，为啥没有就地打死他们呢？其实这是他发现了纳哈出的一个秘密，原来，就在捆绑纳哈出时，他见纳哈出皮袄里头穿了一件丝绸衫……

　　这引起了他的深思，这人看来有来历呀。

　　原来，这狠棒泡子霸虽在外边为非作歹，可他却是个孝子，他有一个八十多岁的老额娘——"山格格"还活在世上，而且，额娘酷爱中原的丝绸。

　　各位阿哥、沙拉细，我朱伯西要讲什么都得有头有尾，有理有据，也是为了让你们记住这历史中的许多事情。其实在元代、明代所说的那些驿站、驿所在从前被统称为丝绸之路，这是和那时的中原地带养蚕业、纺织业非常发达旺盛有关。一开始，西方人不知中国的丝绸是怎么来的，甚至有西方人说中国的丝绸是长在"树"上，其实也对，蚕不是养在桑树上吗？我们聪明的祖先，采桑叶、建蚕坊，将野生蚕变为家养，蚕吐丝、蜕茧，再经过缫丝、纺织便成了丝绸，再染上各种颜色，便成为最漂亮、最美观的衣料。丝绸，是用来交换的贵重商品，生意人将其贩运到各地得通过各地驿站、驿所，这驿站、驿所连贯起来便称为丝绸之路。

　　那时，中原南北丝绸之路已四通八达，经长安延伸到许多国家，而北方交通闭塞，商路艰难，人们很少见到丝绸。朝廷为笼络北方少数民族，以丝绸为赏赐品赐予北方官府，那也是只有少数人才能得到。因而，北土人更将丝绸视为珍贵之物。

　　北丝绸之路，出山海关到达兴城、金山，以此为起点通北镇、辽阳，达古伊秀河一带，向北，还有底卜失、道宝、星星泡、巴林、哈尔套，北达墨尔根，东北毛怜，均由纳哈出所打通，这是后话了。

　　说来，也就巧了，这狠棒泡子霸认得丝绸，一见纳哈出露出新鲜高贵的丝绸衫，不觉心下生出疑问，这人准不是一般人，不要打死，要留下他，交给额娘"山格格"处理，由她老人家去盘问。所以他急命手下之人，快把纳哈出、蒙德儿押往额娘的驻地，离星星泡十里远的匠人屯北的一个驻地。

狠棒泡子霸心里还惦着那像蛋一样的大宝石，他以为，这两个人藏到草垛里，说不定那拿着宝石的巴林石匠叟也藏到了什么隐蔽的地方，于是，在将纳哈出和蒙德儿押走之后，他带着一帮打手和猎犬继续仔细地搜索。

天已到了下晌，狠棒泡子霸一无所获，真的要带他的人马撤走了。就在这时，从南边草甸子围上来一伙儿人，手里拿着钩杆铁齿，气势汹汹地高喊："快把纳哈出、蒙德儿二位大人给放了，要不然就把你们灭了！"原来，是大黄把纳哈出、蒙德儿在星星泡遇难的信送到了，纽祜鲁安班达老玛发派渥德儿、赫德儿兄弟俩带着道宝的人马营救来了。

说时迟那时快，双方打了几句嘴仗就动起手来，道宝来的这帮人是山林野叟派来的，打起架来敢拼命，星星泡那帮人每人拎着一根棒子也不甘示弱，混战在一起难解难分。双方直打到又累又饿时，狠棒泡子霸高喊："你们要的人不在这儿，等明天你们拿宝石赎人！"渥德儿哥俩不知宝石是怎么回事，觉得其中必有缘故，便暂时休战。于是，各自打起了火堆，找水喝，吃干粮。

虽然休战，道宝这帮人却堵着星星泡那帮人的归路，不见着纳哈出和蒙德儿怎肯罢休？星星泡那帮人都豪横惯了，不打赢怎肯罢手？其实，都在运气准备着继续恶斗。

再说狠棒泡子霸的额娘。

狠棒泡子霸的额娘"山格格"其实是一个心眼儿好使的"山大姑"，她有多少儿子，自己也记不清，可就是这个儿子让她操心，平时，倒也孝心，一有点儿好吃的、好穿的，他都打发手下的人来先送给额娘。这不，这一次，他看到纳哈出穿着丝绸衫，知道额娘喜爱丝绸，他就直接把人给送来了，并派人给额娘捎话："这人身上有额娘想要的丝绸……"

额娘"山格格"从前也有一件丝绸汗衫，那还是一个"大大"去山外办事，特意从远地方给她带来的。可是几十年过去了，那件丝绸汗衫已经破了，旧了，但是"山格格"仍然舍不得扔，依然穿在身上，不知是因为喜爱丝绸呢，还是怀念送她这件衣衫的人。

"山格格"命人给纳哈出和蒙德儿松了绑，语气温和地说："你们是哪儿的人哪，咋让我的崽儿给抓来了？"

蒙德儿一看这老者，也是个慈祥的"山格格""山大姑"，就忍不住落下泪来。

谁知，对方也真是心软，她说："哎呀，你们别哭哇，我见不得人受委屈，快说，到底是怎么回事，有话好好说。"

于是，蒙德儿便把他们如何在楚勒罕集上走，看到一个石匠在剥鸡血石，可是没想到一个叫狠棒泡子霸的人伸手便抢，他和太尉上去制止，却惹怒了那个人，于是那个人就把他们给抓起来了的事一五一十地说了一遍，又加了一句："大人哪，老首领，我们是好人哪！这是我们的太尉呀！"

"山格格"一愣，说："太尉？那他不在朝廷做官，上我们这北土来干什么？"

于是，蒙德儿又把他们这次来北方是为了要打通由金山通往四面的交通，在重要的地方选址，建驿站，建"传递所"，造福当地黎民百姓的事又一五一十地说了一遍，然后还加了一句："我和太尉大人都是咱们北土女真人，我们是一片好意来为民谋福，还望老首领开恩……"

这时，"山格格"一边听着蒙德儿的述说，一边点点头。突然，她发现了纳哈出身上穿的丝绸，眼睛顿时放出惊喜之光。她叫人拿来热饭和咸菜，让他们吃着饭时她才说："你们穿着的那是啥呀？"

蒙德儿从老人不断盯着纳哈出上身的衣服的眼神中已发现了，她是看上了纳哈出的衣裳，于是说："老人家，那是丝绸。"

"山格格"说："是江南的湖丝吗？"

湖丝是江南湖州产的最有名的丝绸，看来她还真懂得。这老人肯定有不凡的来历。

蒙德儿说："正是。"

"山格格"说："到近前来让俺看看，我眼神不济啦。"

蒙德儿说："老人家别急，人家穿着，也不好看，我这里备有给太尉穿的丝绸衫，您来看！"

原来，这蒙德儿是细心人，自从金山出发，他特意给太尉带了些路上吃的、穿的、换用的各种用品，其中还真就带了两件丝绸衣衫。

他打开了纳哈出太尉的包袱，"山格格"上前一看，一把就抓起了一件丝绸衣。那是一件软乎乎的丝织内衣，虽然是男人用，但那质地相当好，洁白的丝料，肩和胸前还刺着两串花纹，袖口也有云卷纹，从肩部往下，由洁白渐渐变蓝，最后衣衫底部如大海一样，像海水似的花纹泛起了蓝色的浪花，仿佛将海天一色融在了一起，直看得那老"山格格"爱不释手。

这时，纳哈出说："老首领，老额娘，您这么喜爱，就送给您做个纪念吧。不过……"

"山格格"说："怎样？"

她以为有什么特殊条件，有些惊异。

但纳哈出说："老人家，我等此次前来，还望您老人家多多指教，日后我们要在此建'传递所'，与当地人合作管理驿道，您也得出力而为之！"

纳哈出这么一说，"山格格"才如梦方醒，她认真地听完了，点点头说："我懂了，原来，你们此次前来，就是要在此地设站、设所，那我等定要鼎力相助。不过，我听说是有人抢吾崽儿的鸡血宝石，而你们帮着抢，所以才抓你们。"

蒙德儿说："哎呀，大人，全都弄反了，不是人家抢你们的宝石，是那个狠棒泡子霸抢别人的东西！"

"山格格"听了，气得发了怒，她说："这个混账东西。他对我说是别人抢了他的东西，我才准他发了兵。他是我的崽儿啊，你们不知道吧？"

纳哈出、蒙德儿都愣了，原来那恶霸竟然是"山格格"的儿子，以为这下子完了，自己告状，告到了人家亲额娘那里，这不正是抓个正着嘛！

谁知，老首领"山格格"爱丝绸是爱丝绸，她却是个正直、讲理的人，于是立刻告诉下边的人说："去，快把我那个混账崽儿给我叫回来！"

下边的人答曰："是，这就去。不过……"

"山格格"说："还啰唆什么？"

下边的人说："大人，他正在和攻打我们的人打斗，那些人口口声声说要灭了星星泡、匠人屯。"

这时，纳哈出一看时机已到，便说出了自己的打算，他说道："老首领，老大人，咱们俩一起去，就能制止住这场恶斗！"

"山格格"说："能吗？难道你认识那些来攻打星星泡的人马？"

纳哈出说："老人家，你听我说，我们何止认识，而且，他们还是来救我们的人马。"

"山格格"又一愣："是你们引来的人打我们？"

纳哈出说出了这些人都是道宝的老玛发，是纽祜鲁安班达玛发的人马，他们以为你们把我俩给抓了，杀了，所以前来解救，双方只要把话说开，一切误解便会解开。他又加了一句："不过老大人，这得咱们一块儿去，当场向厮斗的人说明，别再这样打下去了！"

这一下，"山格格"老首领听明白了。

于是，"山格格"老玛发下令："快！备马。"

当下，"山格格"让人备好了马。"山格格"、纳哈出、蒙德儿三人立刻上马，他们一齐向星星泡的平原野甸上奔去。

那里，果真又打起来了。而且，巴林老玛发接到石匠叟的报信，也派人来救助了。道宝人和巴林合兵一起，星星泡的人马有点儿招架不住了！

就在这时，"山格格"首领和纳哈出、蒙德儿他们赶到了。

还未等下马，"山格格"一挥手喊道："停下——！"

纳哈出也一挥手喊道："别打了——！"

道宝的领军人物是渥德儿和赫德儿，他们一看，是纳哈出来了，是兄弟蒙德儿来了！

于是，双方的争斗都停了下来。

"山格格"说："这一切，都是我的混账崽儿惹的，来人，给我将他拿下！捆起来！"

立刻上来几个人，要将狠棒泡子霸捆起来。这时纳哈出连忙说："大人息怒，事情虽然怨他，但一切又是一场误会。事情已经过去了，请您老人家饶恕他吧……"

于是"山格格"说："崽儿啊，还不快来谢恩。"

那狠棒泡子霸在双方打斗过程中已经知道纳哈出和蒙德儿的身份，一听额娘这么说，立刻上前对纳哈出叩拜，说："还多谢大人的开导，在下有眼无珠，对你们多有得罪，还望谅解。"

纳哈出亲自下马，将他扶起。

这时，"山格格"对那些坐在草地上歇息的人马说："兄弟们，无论是道宝的，还是巴林的，来到我星星泡，咱们就都是'曲曲'（朋友之意）了，今儿个，由我'山格格'做东，设宴招待各方。你们也不要推辞，走，进庄！"

大伙儿一见"山格格"这么大度、慷慨，并且对自己的儿子严厉处置，也都很佩服。这时，纳哈出也对道宝的渥德儿、赫德儿、巴林的石匠老叟等人说："诸位，既然'山格格'老首领诚意邀请大家，我们就一齐请吧。"

于是，这三支方才还在打斗的人马转眼成了朋友，人们浩浩荡荡地跟着"山格格"老首领进了星星泡。

第十五章　恨刺鹦鹉鸟

　　"山格格"老玛发①在星星泡之地设宴款待道宝部和巴林部的消息迅速在当地传开。"山格格"的慷慨、大度也让纳哈出万分感激。他对"山格格"说："老首领，这样吧，我做东，你请客，这饭就由我来出。"

　　"山格格"执意不肯。她还说，她不单单是宴请，还要让他的恶崽儿今后多懂事理。纳哈出也只好如此，但他决定日后在一些馈赠上补报。他还建议把底卜失老玛发长寿翁郭勒敏福都力大人等都请来，大家干脆在星星泡之地会一会，把建驿站之事落定。

　　这一日，可真是个热闹之日，隆重之时。

　　那时，北土许多部落和族人召开联会，议定大事，时兴"击鼓传旗"，就是大家围成一个圈儿，然后由主人来敲一面大圆鼓，一个小旗在一人手中拿着，鼓声一响，拿旗人要将旗帜传给下一个人，鼓声一停，这个没有传出旗的人便要讲话，以此来决定谁讲话。但其实这一决定完全由击鼓人说了算。

　　先由"山格格"老首领开鼓。

　　她的手一举，鼓声"咚咚咚"的响了起来，纳哈出、蒙德儿、狠棒泡子霸等急忙按鼓点儿将手中的旗传了下去，在每人手中一连传了三遍时，当旗再次经过纳哈出手中时鼓声停了下来，该纳哈出太尉讲话。

　　对这种议事方式纳哈出感到真是新鲜。于是他从座位上站起来，对"山大姑"玛发一施礼，说："'山大姑'玛发，本人纳哈出今经过此地，是来筹建一处驿所，也就是山里人所说的'打尖窝棚'，万万没有想到与'山大姑'玛发之子发生一场误会，千不该万不该互相争斗，我要感谢道宝和巴林的朋友们对我的情谊，更要感激'山大姑'玛发明智、大度，并设此'鼓会'盛宴，让我等见面，还求大家体谅体谅……"

---

　　①　那时山里人管女首领也称玛发。

这时，鼓声又响了，纳哈出还想讲话已经不行了，他急忙传旗，旗到"山大姑"玛发自己那里停了下来。

"山大姑"玛发说："啥也别说了，太尉大人今来到我部落，就是一种缘分。太尉的为人和德行，我今已经领教了。现在我下令，帮助太尉建一处'打尖窝棚'。打尖就是歇脚，歇脚就是打尖，要建得像模像样才称得上驿所，就这么定了。你们大家意下如何？"

大家一看"山大姑"玛发说话了，于是坐在下边的道宝部、巴林部、长寿翁郭敏福都力，还有那些铁匠、木匠、石匠、纸匠、车匠一个个的都表示同意，就是坐在一旁的狠棒泡子霸一言不发。

"山大姑"玛发就直瞅他，他直低头。

其实，他是在众多山里大人面前，有点儿理屈，愧得慌，他知道自己太没礼数。

于是纳哈出说："'山大姑'玛发，先不谈这个，咱们先开宴吧！"

"山大姑"玛发说："好。开宴！"

"山大姑"玛发一声令下，众人面前立刻有人端着送上一个木盘，盘上摆着各种吃的，有饼子、雁腿、煎鱼、山菜合子，还有一壶酒、一个杯子，就放在每个人的腿上。

于是，这丰盛的餐宴就这样开始了。

谁知就在这时，远方突然起了一片烟尘，接着又有了马匹踏地的"嘚嘚嘚"的响声，还有马儿"咴咴咴"的叫声，只见一队人马涌进了"山大姑"的院子，还抬着一顶轿子……

原来，这是田殿率人从金山赶来了。

田殿自从上次救父亲纳哈出解脱"亮山"大水之后，他见父亲还是执意要远行，继续筹建处处的驿所，很心疼父亲，于是他与母亲彩彩商议，决定给父亲纳哈出送来一顶轿子，又派出十多名"脚力"专门抬轿，以便父亲在山野行走省些力气。而且，母亲彩彩想得更是周全，怕大人在途中寂寞，又拿出两只鹦鹉鸟，悬挂在轿内的横杆上，以便给丈夫消愁解闷。

这些人马到了人们面前，为首的田殿从马上跳下来，到纳哈出面前施礼，说："父亲，孩儿田殿前来拜见……"

纳哈出说："我这里好好的，不用拜见。来，你先拜见你'山大姑'玛发！"

于是，在纳哈出的指点下，田殿上前拜见了"山大姑"玛发。纳哈出又一一给田殿介绍诸位山中首领，田殿也都一一作拜。

这时纳哈出问："你们怎么抬顶轿子来呢？"

田殿答曰："是给父亲您的。"

纳哈出说："给我？"

田殿说："对呀，怕您一路旅途劳顿，也得不到安歇，我与母亲商议后，决定给您送一顶轿子来，以轿代步。而且，母亲想得格外周全，轿里还给您带来了诸多新的丝绸衣衫，还有两只鸟……"

纳哈出问："什么鸟？"

田殿说："就是母亲的鹦鹉鸟，咱们家的。母亲是怕您寂寞，特带来与你解闷的。"

纳哈出听着田殿的话，他那充满智慧的眼神不断地在众人的脸上扫来扫去，于是，有一个主意在他心中生出。

纳哈出明白，现在田殿的突然出现，其实给他创造了一个收买人心的好机会。因这荒村野甸，哪有什么轿子，坐轿让人抬着会让那些山林野叟们忌恨，如此下去，便脱离了这些山林野叟，还怎么联合他们开辟自己的天下？

本来，自己此次返回辽东开原金山地方，就是想尽可能地占据一方，扩充力量，与大明对峙，这就必须想方设法地笼络人心，而且，绝不放过任何一个机会去达到这个目的，现在，这个机会自己送上门儿来了！

想到这里，他突然站了起来。

纳哈出指着田殿的鼻子开口就骂道："混账！你个混账东西！送什么轿送轿？我就特别呀？你不看看在座的这些首领，哪一个不是受人尊敬的大人、功臣，他们勤俭生活，辛苦为我等建立驿所而奔忙，谁坐轿子啦？谁每天被人抬着啦？我为何要坐它？来人哪！"

蒙德儿说："大人，我在。"

纳哈出说："把轿给我砸了！"

蒙德儿小声说："太尉大人，你砸它干啥？不坐就不坐呗，不坐就让田殿他们抬回去不就完了吗？"

纳哈出给蒙德儿使了个眼色，也小声说："你懂什么你？"接着又大声地说："给我砸！"

纳哈出不等蒙德儿同意不同意，自己从座位上站起来奔向众人都瞪瞪在目看着的那顶华丽的轿子，到了跟前，他上去一脚，踩在了大轿的木腿上，只听"哗啦"一声，那大轿就塌掉了一边，他又连踹带踩，那轿不一会儿就已七零八落，内中那两只鹦鹉鸟，一只一下子落在了蒙德儿肩上，另一只从破碎的轿子里钻出来，一下子飞走了……

见纳哈出这么刚毅、义气，众野叟万分感动。"山大姑"玛发说："咳，看来这太尉大人真是为咱们来的，有情有义呀！和咱们一条心哪！来！喝酒，给太尉助威！"

大伙儿一起喊："太尉大人——！干杯——！"

这时，轿已被纳哈出砸得稀烂，里面带来的丝绸衬衣撒了一地，"山大姑"一见，说："哎呀！这么好的衣料，我要……"她从大座位上站起来，小心翼翼地走上去，要收拾那些丝衣绸布。

纳哈出又说："田殿哪，把这些绸料都送给'山大姑'玛发。另，你赶快回去，再取一批布帛、丝绸、衣衫来，送给'山大姑'玛发和众位大人。"

田殿答道："是，父亲。"

"山大姑"乐得说："太尉大人哪，够了，有这些就足矣。他们下人不穿，不要，就是我喜爱这些东西。这些就不老少了，别再送了。"

纳哈出说："'山大姑'玛发，要送。这有些是送给您的，还有一些，是送给在座的每一位，大家都有份，留着做个纪念也好。大伙儿这么帮我，我也无以所表，就只好把这些东西送给各位，以表表我的心意罢了！"

大伙儿齐说："太尉呀，你心意已表！你砸了这轿，就是最大的表示，我等真是从心底感到，太尉是真要与我等同甘共苦，重新建设北土，以图国之大兴！"

太尉纳哈出说："哪里哪里，过奖过奖了。来，我们一同庆祝今天这日子，喝酒！干杯！"

大家一齐又举杯，连连干杯。

大家的情绪一下子让纳哈出的砸轿举动给调动起来了，一个个情绪高涨，慷慨激昂，都要跟随太尉纳哈出干出点儿事业来。

这时，"山大姑"玛发靠近到纳哈出耳边，说："我说太尉呀，我求你一件事……"

纳哈出说："'山大姑'只管讲。"

"山大姑"玛发说："我求你，把我儿子——狠棒泡子霸收编了吧，让他成为你手下的兵。其实，他也挺有能耐的，跟上你，定会有前程，就此一求。"

纳哈出说："山大姑，您的想法很对，我也是这么想的。我给他任命一个副统领，在此地组织起一支队伍，一边保卫此地，一边等待我走一遍北土回来，一并整编，眼下就让他和田殿他们共同建业。可是，不知他自己是否愿意。"

"山大姑"玛发说："他不敢说不愿意，有我呢！"

于是，"山大姑"立刻叫过自己的儿子狠棒泡子霸，对其说明了旨意，又教训道："崽儿啊，你任了副统领，可不是一般的人了，再不可胡作非为，要好自为之。"

狠棒泡子霸立刻跪倒，向"山大姑"玛发和纳哈出施谢，引来众人的一片喝彩。

这时，纳哈出发现，在他砸烂的破轿旁，还站着两个女子，便不解地问田殿："她们是什么人？从哪里而来？"

田殿说："父亲，这是母亲给您派来的两个丫鬟，是让她们在路上侍候您的！"

面对站在那里的两个女子，他有了主意。

要知道，他纳哈出是何等聪明的一个人哪！大宗民间口碑资料证明，在东北清时盛行的驿站，最早都源于明初大元开原王纳哈出。纳哈出为了返回辽东开原金山地方，尽可能去占据一方，扩充力量，与大明对峙，他便处心积虑，想方设法地去巩固和霸占辽东全境至松花江流域、黑龙江流域以及黑龙江入海口，一直进入东海的港湾，收拢人才，大兴土木，创建了联络八方的车船中途休息的"打尖歇脚"之所，这些就是后来的交通驿站、邮递站，成为东北邮递史的发端。为此目的，纳哈出聚拢、起用在大元朝几十年暴政下数万离乡背井、隐居山林的罪人、叛犯、难民。这些人，经年累月地藏在荒山、老林、野甸之中，他们老死荒山，与世隔绝，社会早已忘记他们的存在了，而纳哈出却发现了他们的智慧和潜力，让他们发挥作用。

纳哈出一改元朝廷的重典苛刑，在他所到之处实行大赦，既往不咎，整肃豪强恶霸，使"罪民"免除刑责，受欺凌者免除后顾之忧，这真是在收买人心。

纳哈出这个人的最大本事，便是收买人心。就说儿子田殿怕其走路劳顿，特亲自送来一顶小轿，让他坐坐，可他，竟然当着众人的面，狠狠地把轿给砸了，他这样一来，还真就让那些常年居住在荒山、野甸的野叟们格外地钦佩。现在，他看见儿子田殿给他送来两个女仆人，心上又有了主意。

纳哈出打量着这两个女人，于是把两个女仆叫到跟前，问道："你们都叫什么？"

那个个子高一点儿的女子说："回太尉，我叫田丫。"

那个个子矮一点儿的女子说："回太尉，我叫媛丫。"

纳哈出说："好。如今，我东西南北地奔走，也没个安身之处，你们跟着我也属遭罪，不如给你们找个安身之所。"

田丫、媛丫齐声说："愿听太尉的。"

于是，纳哈出便指着纽祜鲁安班达玛发对田丫说："今后，你就去侍候纽祜鲁安班达玛发首领，和他一起生活吧……"

田丫说："太尉，这……"

田丫这时才发现，纽祜鲁安班达玛发已经是五六十岁的老人了，而自己则刚刚二十出头！

纳哈出也看出了田丫的情绪，于是说道："田丫啊，人不要以年龄来定终身，有人看上去年岁是大了些，但功绩累累。今本太尉给你定的就是一位老功臣哪！"田丫无奈，只好答应。

纳哈出又对媛丫说："媛丫啊，你就去侍候咱们的副统领吧。"

纳哈出伸出手，拉着媛丫来到狠棒泡子霸跟前，把媛丫的手交给了狠棒泡子霸，说："媛丫啊，今后你就侍候这副统领了，他可是统领上千人的大统领啊！你就是出名的统领夫人了。我也衷心地祝你们幸福。"

媛丫和狠棒泡子霸一齐说："谢太尉大人。"

纳哈出于是对田殿说："你回去吧。回去后你告诉你母亲，让她来侍候我。"

田殿说："让她来？能行吗？"

纳哈出说："为何不行？就得她来。省得她成天在家费心费脑玩鹰驯鸟的……"

田殿说："是，父亲。"然后，转身走了。

酒宴也就此散了，大家都各自返回驻地去了。纳哈出与蒙德儿也回到了"山大姑"玛发给他们准备的一个住处去安歇，准备安歇几日后继续出发。

各位阿哥，你们此时能否猜出纳哈出为何突然提出让田殿回去告诉彩彩，让她来侍候自己吗？这是因为纳哈出感觉出一个迹象。什么迹象？就是鸟，鹦鹉。

他发现，自从自己离开金山，总有一种"影子"跟着自己——那就是鹦鹉。本来，这些鸟的习性他是熟悉的，他也非常喜爱这种鸟，他也支持夫人彩彩饲养这些鸟，可是如今他渐渐地发现，这些鸟总是在暗中跟着自己。有几次，他甚至看着它们飞来飞去地跟着自己，他就起过疑心，难道这是夫人使的计？派这些鸟来跟踪自己？而且他发现，当他踹了轿子后，突然有一只鸟飞走了，而另一只，却总是前前后后地跟着他们，还竟然站了蒙德儿的肩上。

纳哈出是一个疑心很大的人，入夜，他和蒙德儿准备躺下安歇时，突然，纳哈出发现这只鹦鹉出现在他们住的房子的屋里窗台上，纳哈出有了主意。

他假装靠近蒙德儿，又仿佛对着蒙德儿说什么，靠到蒙德儿的耳朵边儿。

就在这时，纳哈出发现，那只鹦鹉也一下子跳下窗台，悄悄地向这边靠拢。

纳哈出不动声色，他等那鹦鹉靠前，他装作什么也没看见，这时，他突然一伸手，一把将它抓住了。

纳哈出抓起炕上的一把剪子，"咔嚓"一下子，剪掉了鹦鹉的一支膀子，说："我叫你跑来跑去通风报信！我叫你通风报信！"

那鹦鹉疼得"嘎嘎"叫，说："有人让——！有人让——！"

纳哈出说："谁？谁？"

鹦鹉说："我不说！我不说！"

纳哈出气得又一剪子扎在鹦鹉肚子上，那鸟"吱"地叫了一声，扑棱扑棱翅膀，死了。

这时，蒙德儿说："太尉呀，你扎死它何用？"

纳哈出说："这是个奸细。"

"奸细？"蒙德儿也愣了。

蒙德儿想了想，也说道："对呀！怪不得咱们自从出发，时常就看见这种鸟总是上上下下前前后后地跟着咱们。这种鸟会记话，会传话……"想到这儿，蒙德儿更愣了，这鸟向谁传话呢？不是别人，那正是太尉纳哈出的夫人，他的爱妻彩彩呀，难道彩彩在暗中干着监视太尉和他的勾当？如此说来，此事有来历呀。

见蒙德儿有点儿吞吞吐吐，纳哈出说："蒙德儿，你说呀？你怎么话到嘴边留一半儿？你说，这鸟的主人存什么心吧？"

蒙德儿："这……"

他又不敢说下去了。

这时，纳哈出说："你不说，我给你说。这个女人，心比毒蝎子还毒。过去，我一直挺珍爱她，看重她，现在想来，她是朝廷刘伯温刘大人安插在我身边的一把尖刀哇！她小时就和刘伯温有关系，刘伯温将她一点点养大，到有用了，就安在我身上了，刀把在他手里攥着。我这边有一点儿风吹草动，她那边通过这些个死鸟子告知她，她再告知她的主子，怪不得这些玩意儿神出鬼没地缠着咱们。这回，我要彻底割断这条线。"

蒙德儿说："太尉呀，就算你分析得有道理，头头是道儿，可人家不承认咋办，你也没有证据呀？"

纳哈出说："所以，我将了她一军。"

蒙德儿说："将她一军？怎么将的？"

纳哈出得意地说："任何人敢于和我作对，我都让他付出代价。难道你忘了吗？咱们在'山大姑'玛发的酒宴上，田殿给我送轿，临走时我告诉他，告诉彩彩，让她来侍候我。这是其一。其二，她派来的两个丫鬟说不定是她的心腹来监视我的，而我却将她们送人了。这不是将她一军吗？"

蒙德儿说："我明白了，这就是考验她的心眼儿，看看她对你把两个丫鬟送人是什么态度，更看看她来不来，敢来不敢来。"

纳哈出说："她如果敢来，就说明我分析的是错的，她养这些鸟不是在监视我，而真是在时时了解我的情况，省得她惦记；如果她不敢来，那就说明我分析对了，她一直在监视我，而且知道了我已发现了她的秘密。"

蒙德儿说："要是这样，那她根本就不会来了。"

纳哈出说："哼，拭目以待吧。她这个人，心眼子很多。"

蒙德儿说："事到如今，太尉呀，我太钦佩你了，你是一个粗中有细，细中更细的人哪，要是我，怎么也想不到这一层。"

纳哈出说："不想不行啊！蒙德儿，你想想，自从咱们离开江南，回归北方，我的心一直在想一个事儿，难道他朱元璋傻呀，还是刘伯温痴啊？都不是，这二人，鬼着呢，坏着呢！他们把大明江山的今天和明天看得透透的。他们知道我纳哈出在北土、在辽东的实力和人缘，故意放我出来，表面上看是他们多么宽仁厚德，不计前嫌，信任我纳哈出，其实，他们心底打的那个小算盘珠儿噼里啪啦响几下，我清清楚楚的。他们是利用我。他们知道，我一旦回到北方，就好比蛟龙归大海，我定会大肆扩军、建军，修驿道，通联北土四方，笼络人心，等翅膀一硬，就会与他们对抗。蒙德儿啊，他们分析对了！我纳哈出正是这么想的，也是这么干的。所以，他们一是需要时时掌握我的动向，二是不等到我翅膀硬了，他们就该像我剪掉这只鹦鹉的翅膀一样，剪掉我的翅膀。所以，摆在我纳哈出面前的也是两条路：一条是安分守己地做他大明的顺臣，一心一意地为他朱元璋干事；二嘛，就是'反'。咱们把咱们的军队建立起来，把北方的地盘四方通联起来，与他大明对抗。只有这样，也许他才能承认我这个人。蒙德儿啊，他朱元璋一撅屁股，我就知道他屙两块什么样的粪蛋子！所以眼下，我们必须速速拉拢各处的山林野叟，组织他们与我们一起去对付中原，这样，东北才能真正成为我们的。"

蒙德儿说："可是，你这样对待彩彩，你的打算不是更得让朝廷知道吗？"

纳哈出说："我的蒙德儿啊，不是我让她知道，现在是她早已在监视我，恐怕朝廷现在是早已知道我纳哈出的一切心思了……"

第十六章　怒杀彩彩

再说，田殿回到金山，立刻到母亲彩彩处向母亲禀报："母亲，父亲让孩儿告知，请您立即动身，前往父亲身边去照顾他。"

彩彩说："知道了。"

她说得很平静。

其实，她内心一点儿也不平静。

在田殿来传达这个消息之前，彩彩夫人已从种种迹象中发现纳哈出仿佛已经知道了她的不轨。在她干这种勾当时，其实她早已想到了会有这一天。她与女婢明养鹦鹉，暗通南明，这一旦让纳哈出知道，那是罪该万死，定杀无赦。可是长期以来，她有一种侥幸心理，一是她养这些鹦鹉纳哈出也是知道的，他并不会怀疑她，二是不管怎么说，她和纳哈出也是夫妻，一同出生入死，有了患难之交。可是，如今看来，事有变故哇。

还在田殿给纳哈出送轿没回来时，她派出的两只鹦鹉飞回一只，不停地向她汇报说："砸了！砸了！轿子砸了——！"

彩彩听了，心下一愣。

她明白，这纳哈出最会收买人心。明明给他坐轿，他却当众砸轿，以示自己与民同甘共苦，他这一手，彩彩是领教过的。纳哈出不但会收买人心，而且现用现交，很会在短时间内迅速取得别人的信任，可他一旦变性，就会露出杀人不眨眼的本性。现在，他下出旨令，让自己前去陪伴他，她明白，自己的死期到了。

彩彩知道，自己逃不出纳哈出的手心。

现在在辽东金山，离南明太远，到处是纳哈出的人马，朱元璋和刘伯温就是知道了她的处境，也是鞭长莫及，无法救她，也可能自己今生今世已经阳寿到限，自己的归宿早已是上天钦定。于是这时，彩彩反而沉静下来。

她现在要做两件事：

一是马上给刘伯温写最后一封密信；二是要确定纳哈出让她去的地方究竟是哪个"打尖窝棚"，她也好预测出这个地方的方位与周边的情况，以做最后的安排。

她提笔给刘伯温写信说：

> 父亲，您接到孩儿此信时，孩儿我可能早已不在这个人世上了。他纳哈出已发现了我使用鹦鹉军监视他的行为，一怒之下，已将鸟儿扎死，而且命孩儿前往他的身边去陪他。我知道，这不是让我陪他，是让女儿去送死。对于他这样一个人，对大明江山恨之入骨，一旦他东山再起，您与圣上将难于收拾。动手，要趁早，一旦他羽毛丰满，您们便再也无法挽回天下了……

> 女儿彩彩绝笔辽东

彩彩写好此信，将其装在长途飞往京师南明的一只信鸽翅膀下的皮囊里，然后走到窗前，轻轻地打开窗子，说："鸟儿啊，你飞走吧，快快地飞走吧！"然后向空中一扬手，那信鸽"突突突"地从她手中起飞，飞向高远的天空，渐渐地消失了。

彩彩叫来女婢，收拾衣物。

本来，那刘伯温不是彩彩的亲生父亲，只不过是朝廷中控制她的大人，但平素关怀照料她，亲如生父。而纳哈出最爱女色，也最爱女中豪杰。他在江南时，第一夫人是从辽东带去的女子，后来在江南过世。朱元璋与刘伯温商议，纳哈出要回到辽东，刘伯温建议将义女赐给他，以便利用并监视他纳哈出。朱元璋同意此法，于是便将刘伯温的义女彩彩这位秦淮才女赐给了他纳哈出。平素，纳哈出是金屋藏娇，走到哪儿都与彩彩形影不离。自从到了开原金山，纳哈出为了开创大业，才抛下爱妻，与蒙德儿只身出行，奔波于北土荒寒的山林、野甸之中。他怕彩彩受苦，才忍痛割爱将彩彩丢在金山家中的。如今，他突然宣旨放出消息，让自己去陪他，彩彩明白，这是等于告知她，你的死期已到，我不能再怜悯你了。因此，她要做准备，那就是死的准备。

婢女胡胡看出彩彩夫人心有焦虑，但也不便说什么，只是按照指点，将夫人平时使用和穿戴的一应物件一一包好，又问夫人："鹦鹉咋办？"

彩彩说："我本想杀了它们。可又一想，它们都是条性命，不能因为我而丧了小命，你把它们都放了吧……"

于是，婢女胡胡出去放鹦鹉。

彩彩又叫人找来田殿问:"你父亲没说我何时出发?"

田殿说:"立即出发。"

彩彩问:"去往何处?"

田殿说:"他交代,是三姓牛马站。"

这三姓牛马站是在星星泡北的江边,那里四周山高林密,纳哈出让田殿告知彩彩到这里汇集是他推算出应该到达的里数、方位。果然,当纳哈出与蒙德儿等人到达三姓牛马站时,彩彩的轿车也缓缓地赶来了。

一见彩彩真的来了,纳哈出心中大吃一惊,她难道就不知我纳哈出的真实意图?她真的甘心来送死?但表面上他还是客气地说:"夫人一路劳顿,还是请快些安歇吧。"

这牛马站,顾名思义,是一个饲养牛、马、羊的理想之地,许多牧人在那无边的草场上放羊、牛、马,还有许多村落是以牛、马、羊这些畜力而发展起来的相关作坊、店铺,如屠宰户、皮铺、裁缝店、鞋靴业等,一个屯子都是一种活计,一种手艺,每一村落都有一个大爷,他是说了算的人物。由于"山大姑"玛发派人引荐,纳哈出被一个叫牛屯的老首领所接纳,安置在牛屯的一个有三间房的大院套里,正好是纳哈出住一间,彩彩领婢女住一间,蒙德儿住一间,旁边便是一个又一个的牛栏,那些牛都是大黄牛,白天放牧到草甸,黄昏前有专人将它们赶回。

这天晚上的晚宴,是彩彩的女婢亲手做的饭菜,纳哈出、蒙德儿又吃到了"家"的感觉的饭食。晚餐之后,彩彩要与女婢回房去,纳哈出叫住了她:"彩彩留步。"

彩彩说:"大人,不是留步,我不走了。"

于是彩彩回头对女婢说:"你先回去吧,我与太尉大人要叙谈叙谈。我们已很久没有叙谈了。"女婢答应一声,走了。

屋子里就剩下他们两个人了。

纳哈出站起来,走到门口,"咔嚓"一声锁死了门插关,然后抽出自己的腰刀,"咣当"一声拍在炕上,然后说:"彩彩,你知道我叫你来的意图吗?"

彩彩不动声色,只把背对着他,哭泣着。

纳哈出喝道:"我问你话,回我的话!"

许久,彩彩低声回答:"知道。"

纳哈出说:"你知道什么?"

彩彩说:"你要杀死我。"

纳哈出说："那你为什么还来？自奔死期？"

彩彩说："我如果不来，那不是我彩彩！"

纳哈出说："此话怎讲？"

彩彩说："太尉呀，我与你成为夫妻，你难道还不了解我吗？当年，圣上和刘大人把我赐予你，就已决定了我的前程和命运，我知道自己虽然活着，也等于死了。因为我并不在乎生与死，能活到今天，已经是活得够期了。所以你邀我来，我便如期而至。你要杀要砍，妻把脖子伸给你……"

说着，彩彩款款脱掉长裙，露出雪白的脖颈，又继续脱着内里的衣衫，并说道："太尉呀，你我夫妻一场，今日在妻归死之前，好好地陪你一次吧，谁让咱们是夫妻呢！"此刻，彩彩已脱尽了身上的衣物，露出丰乳肥臀，只是始终将背留给纳哈出，不肯回过头来，依然低首而泣。

纳哈出是个最爱女色之人，平时他也最敬佩那些慷慨大度不惧生死的女流，现在，却见彩彩对于死根本无所畏惧，反而提及夫妻情肠，便也有些动心，于是说："彩彩，不是我纳哈出心狠，可你千不该万不该竟然做出背叛我的事来，你怎能用那些鸟来监视我并在暗中与南明通风报信？让我纳哈出怎么原谅你？"

彩彩说："提起此事已有一年多。你知道，养那些鸟也是你怕我寂寞让养的，长期已成为习惯。这种鸟就是这么个本领，你不让它传话办得到吗？再说，说我监视你，那都是你多心，说我与南明通风报信，那是委屈为妻，不管怎么说，我是你的人哪，此事我做不出哇？"

说完，彩彩回过身来，一下子扑进纳哈出的怀中，用舒身秀臂搂住纳哈出了……

纳哈出自从离开金山与蒙德儿四处奔波，就已多日不寻女色，加之每日繁忙，几乎已忘掉夫妻之事，现在彩彩的搂抱一下子使纳哈出回到了往昔与彩彩的夫妻温存之中。于是他也就顺势把彩彩抱起来放在炕上。那彩彩也属聪明灵慧之女辈，一见纳哈出伸出手来，她便主动为纳哈出解着衣衫，转眼间剥去了纳哈出的衣袍，二人已一丝不挂。

此时，彩彩已娇喘微微地劈开双腿，娇声催道："丈夫哇，你快些来亲亲为奴，我已多时没有与你有过大妻亲情了！"

纳哈出早已是干柴烈火，答道："就来！就来！"于是，他急忙在彩彩的拉扯之下，趴在了彩彩的身上！

可是，只听"噇啷——！"一声响把纳哈出惊得一震，原来是自己先前要杀彩彩的钢刀不慎被他碰到了地上。

这动静一响，一下子把纳哈出震惊了，他于是从情人女色的迷惑中清醒过来，他一把推开了彩彩的情手，跳在地上。

纳哈出说："刀哇刀哇，你此时响动太及时了，不然我险些被这恶毒女人的迷人之情所诱惑。好了，好在我已醒过来了！"纳哈出顺手从地上拾起宝刀来。

炕上，那彩彩反而镇静了。她披衣坐起，说道："来呀。我就是来送死的，还怕你的刀不成？你亲手杀死一个手无寸铁的女人，这就是你纳哈出的能耐。来吧！动手吧！"

纳哈出此刻心里非常清醒，他觉得自己再也不能听这个女人的花言巧语，于是握紧刀把直奔彩彩而去。

前书说过，朱元璋有一个爱好，那就是放风筝。

这一日，天晴日朗，正是放风筝的好时候，他便约爱臣刘伯温说："走哇，咱们去郊游，放风筝去。"

于是，主仆二人便兴致勃勃提着风筝来到京师郊外，在一片空地上放起风筝来。朱元璋所放的风筝是一条龙，放飞之前，先要"点睛"，就是以朱笔在龙的眼睛上点出一个红点儿，表明这巨龙活灵活现。点睛时，两个仆人端着龙头，刘伯温将墨盘里的笔，蘸饱了朱墨，递给他，朱元璋提笔向龙珠上点去，一切准备就绪，开始放飞了。

那条巨龙是南京民间艺人风筝张张德有的精湛之作，所制巨龙格外逼真。借着风力，刘伯温向高空一抛，朱元璋手一抖，只听"呼"的一声，巨龙风筝便升上了天空。皇帝手中的线轮"哗啦啦"的响着，那巨龙越飞越高，越飞越高，渐渐地变小了。

朱元璋非常高兴，对刘伯温说："爱卿啊，此龙越飞越高，好风得力呀……"谁知，他的话还没说完，只听"嘣——！"的一声，风筝线断了，那风筝在空中飘着飘着，滚向了远方。

朱元璋说："爱卿啊，这是怎么回事？"

刘伯温心下也是一惊，说："风筝线断了。"

朱元璋说："是啊，线断了。"

朱元璋心下已有感应，天下要出什么大事了吗？怎么我手中的风筝线竟然断了呢？就在此时，一匹快马从远处奔来。

那是宫中的信使官送信来了。只见他骑马来到朱元璋面前，飞身从马上跳下来，从身上取下一个信管，呈递上来说："这是北方辽东送来的急函……"

朱元璋接过信管，展开信管里的信笺一看，脸色突然变了。

刘伯温一见朱元璋的脸色，已猜出有大事。

果然，朱元璋将信笺塞到了刘伯温的手里，说道："你看看吧，这都是你干的好事……"

刘伯温接过信一看，是彩彩写来的绝笔信，而且告知这将是最后一封信，收到信时，自己可能早已不在人世了。更重要的提示是，纳哈出已经彻底与大明一刀两断，他驻兵建站，拉拢人心，以明示东山再起，要与大明对着干了……

朱元璋说："想当初，我说不放这个纳哈出去辽东，让他就在咱们身边，他就是再有反心也不敢动啊，可你，偏说什么他有能耐，可以让其去开拓北疆，建一些驿、所、卫，日后咱们可以利用。又说，他跑不了，他好像一只风筝，有线拴在咱们手中，咱们想什么时候拉，就拉，想什么时候收，就收！现在可倒好，线，断了吧！他现在远走高飞，已经翅膀硬了，要和我朱元璋叫板了！你呀你呀，尽出馊巴主意！现在怎么样？怎么办？"

刘伯温说："圣上别急，让臣想想！"

朱元璋发怒说："想什么想？现在他纳哈出已经在北土辽东站住了脚跟，他不是为我大明，而是为了他大元！现在，他突然杀死彩彩，这真是风筝线断了，我们对他的下一步举动一无所知。你说，怎么办，你说话呀！"

刘伯温："这——这——"

他说不出话来，真的是这个结局他万万没有料到，这也是他刘伯温的重大失误，没有想到纳哈出会有这一手，对他低估了。

这时，朱元璋再也无心放什么风筝，他急忙上轿奔往宫中，刘伯温也急随在后返往朝中。一入宫中，正好碰上了李善长。

李善长一见皇上和刘伯温急急回宫，又带着风筝轮子，就打趣地问刘伯温："刘军师，你不是与皇上放风筝去了吗？"

刘伯温说："是啊，放了。"

李善长说："咋不放了？怎么这么快就回来了？"

刘伯温说："皇上没有兴致。"

李善长说："皇上没兴致你有哇！你别回来，继续放啊！"

刘伯温没心思与他斗气，一扭头与朱元璋进了内宫。当即，朱元璋下令让众臣立刻聚齐，他要商议如何对付纳哈出之事。

众臣纷纷判断，眼下，得知纳哈出迹象和动作的消息只是来自鹦鹉捎来的彩彩的一封密信，恐怕还不知纳哈出如今的真相，还是要先派人去北方辽东打探一下，就是日后出兵，也得先派人去摸清情况啊。

朱元璋同意众臣的分析，可是派谁去呢？

这时，刘伯温上奏说："圣上，我看，还是让马云和叶旺他们派人前去勘察。一来他们在山东登州，渡海便可到达辽东，去往北土方便；二来就是日后出兵捉拿纳哈出也得让他们了解迹象，方能交战擒拿纳哈出。"

这次，李善长等军师众臣也都同意刘伯温的奏议，并说："此次一定要稳妥，再不可如当初放虎归山，还美言什么风筝有线拴着，他跑不了……"

刘伯温说："你又来了，趁机奚落我！"

李善长说："不是我说你，现在又如何，要知如今，何必当初？"

朱元璋说道："各位爱卿，不必再争吵了，事已至此，只有快些将纳哈出情况摸清，以便将他捉回，免得再酿成大祸，危及我大明江山。就以刘爱卿之言，让马云、叶旺他们派人，从登州渡海，去往辽东金山，打探纳哈出的行动，以便下一步动手。"

当下，朝廷派出使臣，立刻动身去往登州，并带去朱元璋的旨令，速速摸清纳哈出的动向，以便派出剿军捉回纳哈出。

杀死彩彩之后，纳哈出觉得自己一身轻松了，他决心快速行动继续完成自己的大业，于是与蒙德儿商议，去往重要地段墨尔根。这墨尔根可太远了，是在星星泡大北边，要经过瑗珲、额雨尔、枯木、喀塔尔奚、科洛尔才到达，经过的这些地方，纳哈出都一一拜见当地的一些山林老叟。那些人见纳哈出和气待人，都对他十分友好，并见有底卜失、星星泡、牛马站等一些老野叟派出人与之随同，这一路经过之处各地首领都信任他们，接待他们，而且，那些首领有了女人，这让他们十分羡慕。

原来，这都是纳哈出所为。

杀死彩彩的消息，是纳哈出亲口告诉儿子田殿的。纳哈出这一日将田殿召来说："儿啊，我将你母亲杀了……"

田殿也很平静，说："那是她犯了不饶之罪呀！"

纳哈出说："她明养鹦鹉，暗报南明，已犯下死罪，如果我不杀她，咱们父子的大业就难以实现。我杀她，也是杀一儆百，一旦有人日后胆敢妄为，我定如此办理。"

田殿说："父亲所办，儿定随之。"

纳哈出说："好。你去为父亲办这样一件事。彩彩死后，她身边那些婢女都闲暇无事了，无事之人，就易起是非，你快回去把她们都给我带来……"

田殿说："父亲，母亲的婢女想来总有三四十人之多，都带来吗？"

纳哈出说："孩儿你有所不知，这三四十还不够呢！"

田殿说："这么多还不够？不就是侍候你一个人吗？"

纳哈出说："孩儿，你理会错了。这些女人，不是给父亲我，而是，而是给那些山林野叟，他们，他们一个个捞不着女人，甚至……唉，别问了！"

田殿说："父亲，我明白了。这么说来，何止三四十，还有咱们寨子里许多女仆、女佣，总的下来，可有不下二百女人！"

纳哈出说："统统都给我领来！"

田殿立刻又返回金山，一是把彩彩的尸首运回金山，埋在寨子附近，也算尽了她为父亲之妻的一个情分；二也是为警示后人，如果谁胆敢与纳哈出作对，当杀不赦。于是他开始集合女人，寨子里凡是十六岁以上、六十岁以下的女人，有些姿色的，都被田殿选上，然后登名造册，押往北土。

这些女人被带出金山大寨时，不禁纷纷地问田殿："田将军，让我等去往北方究竟何事？"

田殿说："是父亲让你们去，我也不知。"

女人们说："太尉要我们吗？"

又有人说："太尉一个人，能用得了我们这么些人吗？"

有人说："太尉身子好，听说一晚要用好几个！"

人们，说什么的都有。

田殿说："不许胡猜乱想，到时候你们就知道去做什么了。"

其实，事起牛马站。

杀死彩彩后，纳哈出感到格外孤单，他想到，从未有女人陪伴的野叟们就更难过了，由此他悟出一个道理：费心费力建起的一个个"打尖窝棚"、驿所，如果没有人家定居，怎能坚持下去？而要有人家定居，就得有女人哪！

纳哈出对蒙德儿说出了自己的打算。

就这样，纳哈出是在办着一件大事。

那一日，田殿带领二百女人，到达了父亲已选定的牛马站。一见这么些女人来到这里，牛马站的野叟们，一个个的都震惊了。

要知道，在北土这片高寒山林、野甸之地，女人不易存活，加之，这里多是逃出来的"罪人"，自然是单身、孤独的男人们的群体呀。

第十七章　金锁闯山

又一个秋天渐渐来了。

这一天，纳哈出把几位野叟叫来。

那几位都是他在放荡沟见到的。

现在，他们见太尉召他们来，不知何意。

那些野叟都坐下来，纳哈出说："诸位老友，我纳哈出自从到此，得到诸位的全力相帮，我也无以回报，今日，就要给你们安家。"

野叟们都一愣："安家？"

纳哈出说："是安家。"

野叟们说："我们有家呀？"

纳哈出说："那不是家。"

野叟们说："此话怎讲？"

纳哈出说："古语讲，有女人，才能称其为家。"

野叟们听了哈哈笑了，说："那没办法，此地没有女人……"

纳哈出说："如今，我给你们带来了。你们自选，每人一个。"

纳哈出知道，让野叟们自选，其实也是他纳哈出指定，他是以对方年龄的大小来给野叟们安排，但是年龄还是无法对等，只能大体上双方匹配。

一听说要给他们女人，野叟们一个个受宠若惊，他们连连说："太尉呀，我们都是罪人哪！是朝廷追杀的罪犯，你却这样待我们，该让我们如何是好？"

纳哈出说："朝廷说你们是罪犯，那正是我的朋友，其实，我也是朝廷罪犯！"

野叟们说："此话怎讲？"

纳哈出说："我与你们罪犯共事，我不是朝廷罪犯又是什么？"

"哈哈哈，"老叟们听了纳哈出幽默的比喻都乐了起来，连连说道，

"如此说来是罪犯！是罪犯！"

这时，纳哈出一挥手，从外边走进来头一批女人。那些女人在男人们面前站立，供野叟们去打量挑选。那些野叟们一见这些花枝招展的女人，早已按捺不住，一个个眼睛睁得大大的，看哪个女人都好，于是最后说："都好，都行！太尉呀，你别让我们挑了，选了，我们一看，就看花眼了，你干脆给我们定一个吧，哪个都挺带劲。"

纳哈出说："好吧。"

于是，根据双方差不多的条件，年龄、长相、胖瘦、个头，一一对等，然后选配之。

双方都十分满意。女人不满意也不行。她们知道自己的命运全都捏在纳哈出手里，他让谁死，谁就得死，他让谁活，谁就能活，他匹配给的男人，也应该是她这辈子的归宿，莫不如就高高兴兴地接受。而野叟们呢，那更是心满意足，对于一个白捡到手的女人，甚至他们已不看什么长相、胖瘦、高矮、大小，只要是女人，就足够了。

一分到手，他们立刻站起来，走到女人身前，拉起手就走，甚至有的野叟嫌女人只低头笑，走得太慢，便直接抱起扛起就走，犹如扛一个粮袋子一样！引得众人哈哈欢笑起来。

纳哈出此举，真是大得人心。

那些分得了女人的牛马站的大爷、头人、把头，一个个非常钦佩纳哈出，也看出太尉是真正地拿他们当人看待。于是他们立刻发动所有村屯人众，在这里建立了草场大军，每日训练马队、牛队，习武练兵，可以有攻有守，并在当地建起了一大片窝棚，称为牛马站歇脚地，所有外来的人均可以在此住着，歇脚，有吃有喝。等纳哈出离开此地时，已建成驿所，牛马站已是一处出名的繁华之地了。人们对纳哈出恋恋不舍。

纳哈出带着那些女人离开时，牛马站的人很不情愿，于是又由头人出面，向纳哈出讨要了十名女人留下。

队伍到达墨尔根，已是这一年的初冬了。

墨尔根更加靠北。

冬季，北风一起，寒冷无比，飘飞的大雪日夜不停，四野白茫茫一片。由于有女人存在，她们的妙手日夜不停地劳作，给男人们做了一条条棉裤、大氅和鞋帽，女人们自己也穿得暖暖乎乎的。但是，女人们越来越少了，因每到一个地方，纳哈出都要选出几个女人留给当地的野叟大爷、头人和把头。到达墨尔根时，女人已只剩下几十个了。

墨尔根东靠黑龙江，西是大兴安岭，森林和水道十分发达，可是由于多年的战乱，此处已是荒芜一片，一些"老山头"——常年躲在山里的"老冬狗子"们都躲在窝棚里，不肯出面，纳哈出望望前面的大山，不敢贸然进入。

于是，他派出一个人先进山打前站。

那人在村子里往前走了不到半里地，突然，只听"咕咚"一声，一下子落入了陷阱。

那种陷阱都是"活套"。人或动物一落进去，立刻便被陷住，然后有一个兜网从树上落下，将猎物高高兜起，悬吊在空中……

打前站的人大喊："救命啊——！救命啊——！"

纳哈出领人来到近前，一看地势，就知这儿离"老冬狗子"们的驻地不远，但是任凭打前站的人如何喊叫，也不见有人出来。

这时，纳哈出见吊在树上的打前站的兵士不停地喊叫，也没人来到跟前，而吊人的那棵大树布满了"销弦"，人只要一碰，就会有暗箭射出。无奈，纳哈出拿出身上的弓箭，"嗖——！"的一声向那捆着打前站人的绳索射去，只听"咕咚"一声，那人从树上一下子落下来。

可是就在这时，只听周边山野的雪林子里突然响起一声"吱——！"的呼哨，霎时间，雪地上站起一片人来，原来他们一个个身披白熊皮，头戴白熊帽，不到近前，根本看不出是人来，还以为是一片林中雪地。

他们手举火铳，对准了纳哈出他们。

那些跟在纳哈出后边的女人，一个个吓得"呀呀——！"的叫。

只听山林雪野中一个人喝问："你们是什么人，竟敢闯入我墨尔根山爷的领地？"

纳哈出给蒙德儿使了个眼色。

蒙德儿立刻双手施礼，上前一步说："众位山爷息怒，我们陪同纳哈出太尉大人进山，就是来寻找你们诸位的……"

有一个声音说："找我们干什么？难道是来捉我们不成？"

蒙德儿说："不不不，不是的。太尉是来看望各位。而且，而且还是……"

对方喝问："吞吞吐吐说什么？"

蒙德儿说："还是给你们送家口来了。"

对方喝问："家口？什么家口？"

蒙德儿说："是女人。"

对方喝问："女人？"

蒙德儿说："就是媳妇。"

对方又问："给我们媳妇？"

蒙德儿说："是这样子。我们太尉见北土山人生活太苦闷，又缺少家口，所以把自己府上的女子都领来了，也是为你们送媳妇，也是给她们安家呀！谁都得有个家呀。"说着，蒙德儿一指队伍中的女人。他们一看，果然是一名名的漂亮女人……

对方沉静了。过了一会儿，有一个人慢慢地走过来，是一个身披豹皮的长者，他对蒙德儿说："我是山大人的侍卫。山大人已经回山寨窝棚了，他让我感谢太尉的好意，如此说来，那么就随我走吧。"

自从纳哈出他们从金山出发，一路上不断结识新的伙伴，他们的队伍在不断壮大，如今加上这些女子，他的队伍已足有三百多人，大家在纳哈出的带领下，随着那位山大人的引领，踩着那人的脚窝，一字向山林里走去。

走了大约半天的工夫，来到一个地方。

只见那是一个大大的院套，院墙全是以整根的木头垛起来的，显得很结实、威武。四周是哨兵把守的木哨楼子，中间是五间大木房子，正中开着一个门洞，也有人持枪棒把守，侍卫直接把纳哈出、蒙德儿二人带了进去。

推开头道门，一股热浪迎面扑来。这里木柴多得是，外面怎么冷，屋里也烧得暖和。

只见在他们眼前，展开一铺大炕，上面坐着五七个野叟，一个个都光着膀子，手里拿杆大烟袋，在不停地抽着，吞云吐雾。

内中一位老者，头顶上高高地梳起了一个发髻，发髻的中间，有一根筷子长的木棍穿过，木棍两侧各绑着一只雄鹰头，使老人显得无比威武。他一见侍卫领进两个陌生人，便问道："是从哪儿把这些'外码'人带来的？"

侍卫说："是在道口。"

老人问："他们要干何事？是路过，还是想站一站？"

侍卫说："他说，他是给咱们送媳妇来的。"

那老人一听，四顾看了看另外几位野叟，说道："这可真是奇事。我们素不相识，他咋给我们送媳妇？看来，来者不善，先把他们给我'看天'吧！"

　　立刻上来几个人，答道："是，山爷！"于是，他们一下子将纳哈出和蒙德儿按倒在地上，接着五花大绑就往外拖。

　　纳哈出大喊："山爷！住手哇！"

　　蒙德儿喊："山爷！救命啊！"

　　蒙德儿大喊救命是有道理的，他明白这"看天"是山林里的一种酷刑，就是把一根碗口粗的树干削尖，然后狠狠地插进受刑人的肛门里，不死也残。

　　纳哈出大喊大叫："放手——！放手哇山爷，我纳哈出真是来给你们送媳妇来的！"

　　山大爷哪听这个，因为他根本不信，还有人给他们送女人？这根本不可能。再说这北土墨尔根，荒寒无比，哪里有女人？这不是一派谎言又是什么？所以，山大爷一见纳哈出他们求情，就更觉得是在戏弄他们，也更加来气地说："拖出去，快些把他们给我拖出去，给他们看看天，这样他们就会老老实实了。"

　　谁知，就在这千钧一发之际，门突然被推开。有个小女子闯了进来，大喊："住手——！"

　　山大人一愣，问："你是何人？"

　　那小女子说："我就是纳哈出太尉要送给你们的媳妇……"

　　山大人一看，这真是一个二十岁左右的小女子，长得十分秀美，白净净的皮肤，穿着一件粉色小花棉袄，圆圆的小脸儿，已被风雪冻得通红，瞪着大眼睛，一发怒，更显得浑身豪气、英俊动人！

　　纳哈出立刻也认出来了。这位小女子，是田殿从金山带来的其中一位待分配给野叟们的美丽聪慧的金山小丫鬟，名叫金锁，想不到，这小丫头在这个生死的关键时刻，竟敢挺身而出来对付山大王。

　　她这一出现，真就把"老冬狗子"给镇住了。

　　山大人一看，中途杀出一个程咬金来，而且真真切切，人家不卑不亢，口口声声地声称自己是送来的媳妇，看来，这是不假呀！

　　于是，山大人就对那几个正在拖纳哈出和蒙德儿的人说："你们住手，下去吧。我倒要问一问，这到底是怎么回事儿。"

　　松绑之后，山大人让纳哈出他们坐下说话。蒙德儿就把纳哈出太尉如何从朝廷出来，代表大明朝的宰相看望地方上的野叟，并请他们帮助建一些"打尖歇脚窝棚"的事一五一十地说了一遍，又加了一句："太尉是真心来看望你们的，这是真情，不是假意。"

老野叟说:"太尉不是元廷的太尉吗?"

蒙德儿说:"如今,元已灭,改为明了。太尉已是大明之官员,那些害人的元廷官员已没有了,是你们久居深山,不知外面的世道哇!"

山大人说:"啊!原来是这样。如此看来,真是我等错怪了太尉大人。快!快有请太尉上坐。来人哪,上老山茶!"

立刻,有人端上老山茶。

那种老山茶,用开水冲时要加蜂蜜,却仍是又苦又涩,但只要喝上一口,人顿时神清气爽,浑身舒服,越喝越想喝。

纳哈出就这样被这墨尔根一带的野叟们看成是真诚的朋友了。纳哈出询问此地情形才得知,原来这里的山人,全靠冬季伐木,大木伐下,春季开江,顺着大江把大木头漂到下游的出海口,卖给一些商人或老客,以此为生。但此处多年战乱,木帮也不敢出山,生计艰难,还何谈娶妻生子,于是一伙伙地老死山林,无以为家。今见纳哈出诚心相待,带来了这些女子,为他们解决家口,真是感恩不尽。

纳哈出给野叟媳妇不是对方选,而是由纳哈出给配对。

谁知,山大人看中了一个,向纳哈出索要。那个女人是谁?其实,我朱伯西不说大家可能已经猜出,山大人看上的女子就是那天突然闯进屋来的那个女子,金山小丫鬟金锁。

金锁,真是个不错的女子。

这金锁从小在父母身边长大,其父都尔沁索钦玛发是北国松花江反元大头领,女真人,身边拥有众多赫哲渔民,占据漠北,声势浩大。小时,金锁常常跟随阿玛出海打鱼、进山狩猎,武艺高强,而且心地善良,一次江里发大水,金锁被大水冲走,恰被路过此地的田殿大将军救出,于是带到金山大寨,成为彩彩夫人的女婢。金锁为人处事与众不同,爽快、泼辣、大气、宽厚,给人以耳目一新的感觉。

这次,在这千钧一发的关键时刻,金锁冲进山大人的木屋,既勇敢又从容,这才救下主人,使得纳哈出十分钦佩。可是,这一下子也使山大人看上了她。

这天入夜,纳哈出正要安歇,突然,哨兵报告:"太尉,有人求见。"

纳哈出说:"进来。"

门开处,只见是金山小丫鬟金锁。

金锁进了室内,立刻给纳哈出跪下,说:"大丞相,您老如果能娶我做您的夫人,我有办法在黑龙江、同江、乌苏里江到出海口三千多里远的水路上，也帮你建成舒心的歇脚窝棚。"

纳哈出一听，吃了一惊，问："你能？"

金锁说："我能。"

纳哈出问："怎么个能法儿？"

因为纳哈出实在不信，这么一个平平常常的小丫鬟，怎能办得了如此重大的边陲大事，这可能吗？是否背后有什么背景。

他从以往的许多事情中观察出，这小女子真是与众不同，她平时不显山不露水，可是办起事来，大大方方，泰然自若，颇有大将风度。不仅如此，还聪明、伶俐，格外招人喜爱，有胆有识，说话非常中听。当问到她如何能够在往北的三千多里的路途上帮助纳哈出建"歇脚窝棚"时才得知，其父是著名的北国松花江反元大头领，女真人都尔沁索钦，纳哈出这才有些相信了。

因他曾与都尔沁索钦打过交道，那是一名分外能干的首领，而且人缘好，武艺高强，手下有数千人，一旦他能帮自己，那真是如虎添翼。于是纳哈出问："你真是都尔沁索钦之女？"

金锁答："这还能假吗？你看看……"

说着，金锁撩开自己的胸袄，只见她雪白的胸口处双峰之间悬挂着一只鱼骨雕刻的精美的鱼像，那是一只昂首向上的大鲤鱼，是代表着都尔沁索钦族人的符号。

这时，那金锁一下子扑进纳哈出的怀里，说："大人，自从您第一夫人死后，我见您每日辛辛苦苦奔波，没人疼爱，心下万分不舍，大人哪，我多想真心地侍候你、疼你、爱你，你也该身边有个人照顾了——！"

说着，抱得纳哈出更紧了。

纳哈出再也忍不住这金锁的柔情，他一下子将女子金锁搂在怀里，抱到炕上，与其成为真正的夫妻。

二人恩恩爱爱，直至天明。这时才想起那墨尔根处的野叟山大人也点名要金锁。可是，纳哈出觉得她可爱可亲，不能给别人，这可怎么办呢？

还是金锁有办法。

金锁说："大人哪，这么办。把我放在我们一起被您带来的女仆、女婢之中，我们有好几位长得一模一样，如果再穿上一样的穿戴，让玛发山大人去选，就说我们不好意思出嫁，所以才让他挑选。我想，这样一来，他就不会选上我的。我来打扮大家。"

纳哈出说:"这样可也行。至于娶你的婚礼,等到了下一站,在途中,我找一个地方,咱们隆重为你举行婚礼,我要在大营鸣响三百响铜锣,杀鳇鱼,摆酒宴,为你举行大礼。这一点,我纳哈出说到做到。"

当下,他让金锁出面去准备,找出了十几个与金锁高矮、胖瘦、肤色、举动都差不多的姐妹,并嘱咐她们,由于山大人要在众女佣中挑选夫人,所以咱们都得打扮成一模一样,让他来挑选,而金锁由于给大家打扮,所以她故意让自己不太显眼,出色。

果然在那一日,山大人来挑夫人了。可是,说是挑,也是在纳哈出派出的兵丁的看守下来到山大人的院子里,纳哈出说:"山大人,这里有一个女子,是你那日看好的人,可是,她们都得想做你的夫人,又都有些腼腆,于是都穿了一样的衣裳任你选,这样,双方都是平等的机遇,只好看你的运气了。"

山大人其实根本不管谁是谁,谁做他的夫人,都是漂亮的美女,所以爽快地答应了。而金锁之外的其他女人根本不知金锁已与纳哈出成就了夫妻之美,所以也就大大方方任其挑选。

果然,一切如愿,墨尔根山大人在那十多个"金锁"里挑走了一位,正是第一位,而真正的金锁却在第八位。

第十八章　亲子献图

　　纳哈出答应金锁，择机为她举办大婚之礼，但已是在第二年的春天了，那时大队人马离开墨尔根，到达了更加遥远的塔哈尔。

　　塔哈尔，那是一处人烟稀少的古地，纳哈出决定在此为金锁举办婚礼。

　　当人马都驻扎下来之后，纳哈出先派人去捕来一条大鳇鱼，命厨子将大鱼制成了丰盛的鱼宴，又从当地的烧锅运来了土酒，选出五张大桌子，摆上了婚宴酒。纳哈出把婚宴定在了夜晚。

　　当西边的太阳刚刚落下山岗，纳哈出行营的三百面大铜锣就"喤喤"地敲响了，震耳欲聋，十分隆重。接着，由金山来的女婢搀扶着金锁夫人，缓缓地从一个窝棚里走了出来。

　　纳哈出也穿上新郎衣衫，等待着夫人过来。这时，夫人已走至纳哈出丈夫面前，抬眼望着他。

　　纳哈出说："夫人，你知道金锁这个名字意味着什么吗？"

　　金锁说："还请大人重新释义。"

　　纳哈出说："这金，是黄色的光芒，那是一种吉利的希望，会有幸福和美好的前程；锁，就是将美妙和财富固定住，是你的，我的，而不是别人的。这整个金锁之意，是排除万难去追寻幸福的前程。"

　　金锁说："太尉大人，您说得太好了，这正是为妻的意愿。"

　　纳哈出说："我很幸运，得了你这样一个宝贝，你是我的心头之宝。"

　　小夫人忍不住，依偎在丈夫怀里。

　　纳哈出说："我还要封你一个官职。"

　　小夫人说："封我？"

　　纳哈出说："既然你要帮我做大事，没有名正言顺的官职怎么行？"

　　于是，纳哈出推开金锁夫人，当众向大家宣布："现在，我封金锁夫人为金山都招讨黑水部平章执事，统率兵马。"

金锁夫人小声说:"感谢大人。"

纳哈出又对众人说:"金锁夫人在墨尔根救我的功劳,她的能力和武功,你们都知道了,从今天起,她任金山都招讨黑水部平章执事,你们可要听她的指挥呀。"

下边人一齐回答:"听平章执事指挥。"

于是纳哈出说:"好,现在咱们一齐喝喜酒吧……"

顿时,整个营地,一片欢乐的盛景。

离开金山大营两年多,纳哈出还没这么愉快过。是啊,他怒杀了怀有反心的夫人彩彩,现在又有了可心的新夫人金锁,而且,金锁通情达理,智谋过人,聪明美丽,善良大度,特别是她的玛发竟然在漠北一带赫赫有名,如此看来,只要金锁夫人出面,从这里直达遥远的出海口,便都可以安设驿所,统一北方,就指日可待了。

这一日,纳哈出喝了许多酒,几乎是被夫人金锁给抱回了大营。

第二日,金锁夫人金山都招讨黑水部平章执事便开始行动了。她从众兵丁中挑选出一些壮汉,组成一支随她北上的小队伍,开始进行训练,每天起早贪晚练武功,她给兵丁们介绍北疆的民风民俗和禁忌。她还说:"你们都是旱鸭子,游水行船的功夫还差着呢,在路途中还得继续练哪。"

事隔数日,北上的一切准备都妥当了,金锁对大家说:"我们这支精悍的队伍就要出征了,你们还有何顾虑吗?"

大家齐答:"听金锁平章执事指挥。"

金锁说:"好。那咱们现在拜山。"

于是,在金锁夫人带领下,大家向塔哈尔的一处山神爷庙和一处水神爷庙顶礼朝拜,立下大志,开拓远方。

是夜,金锁与纳哈出难舍难分,如胶似漆。金锁夫人说:"夫君,我走之后,你就得自己多加保重了,没人能像妻子这样照顾你,一早一晚,要多加注意,别着凉,你年岁大了,腿脚更要多加保护。男人老在腿上,外出爬山过坡,注意别磕着、碰着。天下的大业,还指望您去建立,为妻在北方助你。等我见了阿玛,一定让他快速筹建北土三千里之地的'打尖窝棚',到那时,你的兵马人众每路过一地,都是一呼百应,为妻就是死,也就瞑目了。"

纳哈出突然伸手捂住了夫人的嘴。

纳哈出说:"不能说这个字。这个字,是个忌讳。但你既已说出,也是说破了,没事的。"

可是，再看爱妻金锁，已是满眼泪花。

金锁恋恋不舍地依偎在丈夫纳哈出的怀里说："夫君，不知为什么，我总觉得妻与你的幸福，来之不易，我真怕它丢失。这种恩爱能长久，该是一件多么让人欣慰的事啊！"

不知为什么，纳哈出也感觉出，爱妻金锁今天尽说这些个绝望的话，难道会有什么不幸出现？难道这就是人们常说的有"兆头"？

纳哈出说："金锁，要不然，你别走了。"

金锁说："怎么？不去干大业？"

纳哈出说："我有点儿……"

金锁说："都是我婆婆妈妈的。好了，不提这些。你还是让为奴出发吧，我会有好消息带给你。而且，有我扫北，去往北边到达出海口的这条漫长之路，你就不用再往这个方向走了，你们干脆直奔毛怜吧。"

金锁所说的毛怜，就是今日的珲春。这儿也是出海口。如此看来，金锁夫人去往北部，到达北海出海口，纳哈出率人去往东部，到达东部东海毛怜出海口，这样便会加快北方大业四方联通之日的到来。这真是一个好主意。

纳哈出忍不住地说："还是我的爱妻呀，如此说来，你可为夫君做下了一件大事。这样一来，我便可以一心一意地打通去往毛怜的路线了。只是，我担心，你的身子……"

金锁夫人笑了，说："我年轻轻的，别怕。再说，有我阿玛在这一线上助我，想来我们的大业定能实现。"

夫妻二人，一夜欢娱。东方出现鱼肚白，头遍鸡也叫了，金锁立刻跳起，率领自己的队伍，告别夫君纳哈出说："大丞相，妻要走了。人必有信，一言既出，驷马难追，岂能为片刻之福不出发，这有损大丞相的宏图大业呀！妻金锁这就告辞了。"说完，领兵走出了院子。

金锁夫人带领人马，划着小船奔赴黑龙江下游的同江地方去了。

金锁夫人离开夫君纳哈出，这一去就是数载，杳无音信。纳哈出是日夜想念自己的金锁，常常在梦中突然醒来，叫道："金锁——！金锁——！"可是，没有他的金锁。

我说书人朱伯西不得不先告诉你们一个结局，那是关于金锁夫人的惊人的故事。

明洪武八年，纳哈出大帐前，一位将军领来一名不知从什么地方来的大约十一二岁的孩子，这孩子见了纳哈出，一点儿也不惊慌失措，而是跪在地上，对纳哈出叫道："父亲……"

纳哈出说："谁是你的父亲？"

孩子说："你是。"

纳哈出说："你认错人了吧？"

孩子口口声声地说："没错。我就是你的亲生骨肉哇！"

众人十分惊奇，纳哈出不信孩子的话。

纳哈出说："大胆，你竟敢冒充我的孩子，我没有你这么个孩子啊！简直是无理取闹。"于是，纳哈出命令兵士们说："把他给我撵出去，这个无理取闹的小家伙……"

谁知，那小孩却说："住手——！"

他一声喝叫，倒把兵士们都吓住了。

小孩儿指着纳哈出的鼻子，说："你，你是不是叫纳哈出？"

纳哈出说："是。"

小孩儿说："是，那就对了。你就是我的父亲！不然，我也不会来找你……"

小孩儿毫无惧色。就见他说着，从自己的怀里掏出一张地图来，双手捧着献了上去，说道："纳哈出，你不要忘恩负义……"

纳哈出："啊？我忘恩负义？"

小孩儿说："对呀！你好好看看，这是我额娘为您建起的二十余处通向海滨苦兀荒岛的驿路。我额娘，已命丧黄泉了。"

纳哈出说："你额娘？她是谁？"

小孩儿说："就是金锁夫人。"

纳哈出一愣，说："啊？金锁夫人？"

这时，纳哈出慌忙打开孩子带来的地图。一见那图，纳哈出再也忍不住自己的悲痛心情，他放声地痛哭起来，说道："哎呀，金锁呀，金锁，我的小金锁，你让我想得好苦哇，你可是咱金山的第一大功臣哪……"

这时，他一下子搂过那个孩子，张开大嘴痛哭起来，叫道："崽儿啊！你是我纳哈出的骨肉哇，是啊……"

孩子也一下扑到纳哈出的怀里说道："父亲！我叫金岗，是你的骨肉，这个名字是额娘亲自给我起的！"

纳哈出一听，又推开孩子，问："怎么，你额娘她……"

孩子金岗说："她已经不在人世了！"

众人也都落下泪来。

纳哈出更加紧紧地抱住这个孩子，大声地呼唤着："金锁，金锁呀，我的好夫人，你真的与我纳哈出天地两隔了吗？金锁呀，你等等我，我要去找你……"

所有在场的人，无不动容。

等沉静下来之后，纳哈出问孩子金岗："你额娘是如何遇难的？"

孩子接着重又展开他带来的那张图，说："阿玛，你再好好瞧瞧这张图！"

纳哈出重又拿起孩子金岗带来的那张图，再一看，只见那后面还有两张画，看着这画再听孩子的述说，勾起纳哈出无限的幸福回忆和痛苦的惋惜之情。

第一张图画中，画有一个美女，正在与一个男子结拜成夫妻。那美女下方，写着"金锁"二字；那男人的下方，写着"纳哈出"三个字。整个画的下方写着"鸣金成婚"四个字。

纳哈出终于记起，这是自己在塔哈尔与金锁成婚时，杀鳇鱼、鸣铜锣、设酒宴的隆重场面。画面上的美女羞羞答答，面带红晕，半推半就地被男子扶着，走入了洞房……

从清至民国，在北方民间曾经流传一幅年画，是著名的木版年画艺人李连春之代表作，就叫《鸣金成婚》，说不定那画的题材正是源于纳哈出娶金锁的历史故事。

看到这里，孩子金岗向纳哈出说："父亲，额娘在世的时候还告诉我，这上边讲的就是你与她成亲的故事。你说，这还有错吗？"

纳哈出说："没错，孩子，没错。金岗，这正是父亲与你额娘的故事啊！"

孩子说："还是额娘在世时，记得她常常夜里起来，捧起这张画，痛哭不已……"

纳哈出问："她还说了什么？"

孩子金岗说："额娘说，什么时候才能见到父亲你呀？纳哈出大丞相，你知道为妻为你遭的罪、受的苦吗？北土之地冬季苦寒冰冷无比，母亲忙着建驿站，修窝棚，来不及给自己做鞋袜，她的脚冻得裂了一道一道的血口子。"

纳哈出一把搂过金岗，又哭叫："金锁，金锁呀……"纳哈出悔恨万分。他恨自己当初不该把金锁孤单单地放走，让她一个人在荒寒的北方遭这么多的罪。

孩子金岗又告诉父亲纳哈出，冬天，北土难熬，可是夏季，蚊虫叮咬更难耐，那山林、荒甸、湿地、草塘一带，蚊子太多，那种大蚊子、小咬、瞎蠓常常把骡子、马、驴、牛咬得发狂。额娘身上被咬得尽是烂包，起了一层层。可是，她还不肯停下来，金岗说："父亲，母亲是一心一意为您打江山。"

纳哈出说："孩儿，父亲我发誓，下辈子再做人，还定要去娶你母亲，绝不娶别人！"这时，金岗展开了第二张画。

第二张画的是熊熊燃烧的大火之中，有一个女人和男孩，非常潦草，看不出是什么意思。

纳哈出问金岗："这是怎么回事？"

孩子金岗就一五一十地给纳哈出讲述那幅画上的故事。

原来，金锁带领兵马往北走，去建立"歇脚窝棚"——未来的纳哈出驿站，越往北，越靠近了火山。在北土苦兀和堪察加半岛一带，其实遍布着火山和地热，冒着浓浓的黄烟。

有一天，金锁领着大伙儿在一个山岭上建起了一处驿站。

那驿站，初时叫"歇脚窝棚"，是用花岗岩和火山灰的硬块搭砌而成，不惧怕烟熏火烧，金锁她们就领人住在这里。

可是，这天夜里，突然石缝冒火，

岩浆从石缝里喷出，烧向那窝棚。金锁和众人正在里边，她一看不好，立刻让众人快跑，而这时小金岗还在睡觉。

突然，一个人闯进来，来救金锁和他，那人是都尔沁索钦玛发派来的，叫老鬼叔。老鬼叔力大无比，他上去挟起金锁和金岗就跑，可是，老鬼叔挟着两个人跑，既跑不快也跑得没有力气了。

这时，额娘为了更快地逃离这地方，便挣脱了老鬼叔的胳膊，她迅速地把这张画简捷地画好，交给了老鬼叔说："大叔，你快跑吧，带上小金岗，日后好让他去找他的父亲……"

老鬼叔背着小金岗跑在前面，金锁跟在后面，越跑她落得越远，而后面的火舌滚滚追来，回头望去，只见额娘的双手从火焰中伸出，够向远方，仿佛是在极力地挣扎着要出火海，可是，火海吞噬了她……

孩子金岗告诉纳哈出说："父亲，这里就是我额娘被野火烧死的地方。族人们为了纪念她，就在这片坟地上建成了一座'歇脚窝棚'，并起名'火烧岭'。"

后来火烧岭被正式命名为"火烧岭驿站"，一直传诵后代。

小金岗讲到额娘被地火烧死时，已是满眼的泪花。他忍不住又叫起来："额娘——！额娘——！"纳哈出也是热泪涌眶地喃喃叫道："金锁呀，我的好妻。"

直到很久以后纳哈出才知道，金锁立这功劳全靠着一位老人在背后的支持，那老人，就是金锁的阿玛都尔沁索钦玛发。老父亲都尔沁索钦玛发，派出了好几伙儿人，在女儿金锁的带领下，分头开进了海路、陆路、森林、草甸，修起了一座座"打尖歇脚窝棚"，总共有二十几处。

在这个基础上，纳哈出才逐渐地打通了一条由金山大营通往北土的路，建立了一个个驿站。从齐齐哈尔的索伦总管布克村，连接上了塔哈尔站、宁年乡、拉哈河站、博尔多站、喀木尼喀站、伊拉哈站、墨尔根站、科洛尔站、喀塔尔奚站、枯木站、额雨尔站、瑷珲站。这是后话。

当下，他一是思念金锁，想寻找她的坟茔，要亲自祭奠令人敬佩的贤妻；二是想亲自踏查那些北疆新建的驿站。黑龙江流域的那些驿所，是爱妻以生命换来的呀，他决定重新去走一遍。他让田殿率人继续打通去东海的毛怜一线，自己率一部分人马去往爱妻金锁走的方向。

第十九章　巧遇"小河北"

　　纳哈出与儿子田殿告别之后就与蒙德儿率队北上了。为了要快速到达北疆出海口，有些地方就得靠船了。这一日，他们的船正往前行，就见前面江的右岸有一座山，山崖上有一座小庙，香烟缭绕，纳哈出就让人停船，上岸打听这是什么地方。

　　江边有个打鱼的野叟告诉纳哈出，这个地方叫蟒吉塔，山上有座庙，是蛇仙庙。

　　纳哈出好奇地问："为什么要建个蛇仙庙呢？"

　　那打鱼的野叟就向他讲了这庙的来历。

　　相传老早年，有个孤身小伙儿叫白亮，一年春天，去前边的岛子赶集回来，眼看天要黑了，他想找个宿，正好前边有个村子，白亮就来到一户人家门前敲门。一个老太太开了门，老太太说："你就在这儿住吧，就我这个孤老婆子，很方便。"

　　傍黑，突然来了个姑娘讨宿，老太太也让这个姑娘住下了。老太太说白亮和这姑娘是天定的姻缘，在她撮合下，姑娘和白亮成了亲。

　　原来，白亮娶的这个媳妇是个蟒精，那老太太是她妈老蟒精。老蟒精已吃了九百九十九个人的心了，再吃一个，世上就没有什么办法能治她了。她想吃了白亮的心就够数了。白亮媳妇把这事儿如实告诉了白亮，并说："我是我，我妈是我妈，咱俩已成了夫妻了，我不能害你。"结果，老蟒精加害白亮的各种花招儿都被白亮一一化解了。可是，老蟒精不饶自己的女儿，将其治死了，她自己也未能修成"正果"，完蛋了。白亮感激那小蟒精，含泪走了。

　　后来，人们就在这儿建了座蟒仙庙，取名叫"蟒吉塔"，这蟒仙保佑着这一带在江上走船的渔民。

　　纳哈出一听，说："这个地方在哪儿？"

　　野叟说："就在靠江崖的山上，这儿已是当年金锁夫人建的驿，有一个叫'双江'的老叟在这儿守着。"

纳哈出急不可耐地说："走，快领我去看看。像这样有传说，有故事的地方，一定要建站，而且，这也是我夫人金锁留下的旧地呀。"

这时，一直跟在纳哈出身后的小金岗说："父亲，额娘在世时说过，守在这个驿中的就是叫'双江'的老叟，成天穿件网衫，守在驿舍……"

于是，野叟领着纳哈出来到这座山下，一看，这儿四野开阔，登高望远，山顶上，正有一座"歇脚窝棚"，有人来来往往的也真方便。

野叟们也说："金锁夫人很有眼力，这儿真是一个建窝棚的好地方。干脆，就在这儿建个村屯吧。"

纳哈出说："这里，紧靠江边，有河流过，干脆就叫小河村。"大伙儿都同意。这个地方，真是个天然的驿站，左侧是黑龙江从西北向东流来，右侧是乌苏里江，从南向东流来，在蟒吉塔这儿一汇合，又掉头直奔正东的入海口苦兀而去，周边苍苍茫茫，是个头等的军事要地，正是上好的驿窝子，足见当年金锁夫人也是这么考虑的。

野叟们还向纳哈出介绍说，蟒吉塔驿站旁边，有一个很大的大岛子，叫黑瞎子岛，岛上黑瞎子成群，人不敢入，可是，人为了生活，不敢入也得入，因为这黑瞎子岛上物产丰富，屯子里的人常常到岛上采药，采蘑菇，挖人参。

这时，空气中飘来了一股臭味，恶臭恶臭的，大伙儿说，这是从哪儿来的气味呢……

于是大伙儿都说，走吧，上那个蟒吉塔的窝棚里看看去吧。

先头，在大伙儿说不知从哪儿刮来的一股臭味的时候，那小金岗已先爬上山顶上的驿站窝棚去了。他顺着那臭味而去，正是那蟒吉塔驿站窝棚里传出来的，小金岗推开窝棚门喊："爷爷——！ 双江爷爷玛发，父亲来看您了——！"

突然，那小金岗"哎呀——！"地叫了一声，掉头就往外跑，说："不好了——！ 双江爷爷遇难了——！"

大家闻讯急忙奔那窝棚而去，这才发现，那看守窝棚的老野叟双江不知什么时候已被野熊啃烂了，地上那些蛆虫就是从这堆尸骨上爬出的。

大伙儿一见，都哭了。

纳哈出忍住泪，说："快，打扫出一块地方，咱们祭祀一下双江老叟吧，然后安葬。"

大家取来几把笤帚，把窝棚门前地上的蛆虫扫掉，又以红布将双江老叟的尸骨包裹上，然后平放在屋里炕上。院子里，大伙儿都跪下了，香火纸码也点上了，青烟袅袅，飘向天空和江面。

纳哈出率先跪下，他说："双江老玛发，老先辈，我纳哈出等人来祭拜您来了！今后我等将守住这驿、这站，从此保这一方水土平安，您老人家安息吧。"

大家也都虔诚祭拜，落泪。

从黑龙江伯力往出海口三千多里路上，都要建"打尖歇脚窝棚"，明清以来，陆陆续续开辟的大小驿路、驿站，留下许许多多奇奇怪怪的名称，耐人寻味。从那些驿站名称中，可寻觅到诸多开创驿站时的可歌可泣的往事。

从蟒吉塔再往前去，有一个驿站，叫"八面锣"，说起来，真叫人胆战心惊。

纳哈出率人到达的这个地方已经距出海口不远了。江的东侧，有一片湖泊，叫齐集湖，湖水清凉清澈，而且盛产肥胖的大白细鳞鱼。纳哈出一看这齐集湖地方好哇，交通方便，要吃喝又有天然的大白细鳞鱼，就命人马停下来，就此安营扎寨。

马队安营，人们安锅做饭，纳哈出就派人去湖里抓鱼。那白细鳞鱼成群，游过来时水面发亮，很显眼，人只需手提一个柳条筐一兜，大白细鳞鱼就被兜了上来。

纳哈出的人马，吃完饭天也黑了下来，他就命人赶快休歇，以便明日选址建驿。谁知夜里，他们的营地可就乱了套了。

午夜时分，大家正在安睡，突然，四野响起"咚咚"的奔跑声，是什么东西从远处奔这儿来了。接着，就听"噼里啪啦"的响声，人们白天刚刚搭起来的帐篷被拔了起来，人们急忙点上火把，爬起来看。不看则已，这么一看可吓坏了，是成群的棕熊袭来了，有人已被棕熊咬死咬伤。

蒙德儿喊："快救太尉大人！"

几个兵士跑过来，扛起没穿衣裳还光着上身的纳哈出就往山上跑，棕熊就在后边追，还"嗷——！嗷——！"吼叫，一副不咬死纳哈出誓不罢休的样子。

人们终于拼命逃到了山上，大家狼狈不堪地坐着躺着待在那里，唉声叹气。这时，就见山上林子里走出一个人来。此人，看上去已有五十多岁，但体格健壮，肩上扛着一只狍子，手上拎着套子，看来是刚刚捕获到了猎物。

此人一见纳哈出他们的样子，就笑笑说道："你们是惹怒了那些棕熊了吧？"

蒙德儿说："我们没惹它呀！"

那人说："你们惹人家了。"

蒙德儿说："我们只是在湖边上埋锅烧饭，怎么是惹它了？"

那人说："捕水里的细鳞了吧？"

蒙德儿说："鱼呀？捕啦。"

那人说："这就对了。那湖里的白细鳞鱼是人家棕熊的。你们随便动，它们能不赶你们嘛！棕熊这种动物，有占据领地的习性，它的地盘不许异类靠近，再说，你们又吃了它的白细鳞鱼，它不会饶了你们的。"

纳哈出已决定在这个湖边建通向黑龙江出海口的驿站，这齐集湖地方是必经的要道，而且又是重要的交通枢纽，必得建重大的驿站。他听了这个猎人的描述，便说道："这位兄弟，难道人就没什么法子了吗？"

猎人说："法子嘛……"

他犹豫了一下，不肯说。

纳哈出说："兄弟，你住在这里不远吗？"

猎人用手一指山上，说："不远。"

纳哈出说："我去串串门。"

猎人很热情，说："请吧。"

于是，那猎人头前带路，他的猎狗在前边开路，纳哈出叫蒙德儿给猎人带上一篓子金山老酒，又拿了几件中原丝绸，就跟在猎人的身边进了山林。

林子越走越密，不久，猎人的窝棚出现了。那是一片以木头搭建起来的窝棚，还有一个碾坊和一处苞米篓子。来到猎人的窝棚前，好几条凶猛的大狗立刻挡了上来，猎人"吱——！"地打了一声口哨，它们才不情愿地闪在两旁，但对纳哈出、蒙德儿和他们带来的狗依然不放心，不停地哼哼着，上前来嗅嗅对方身上的气味，并以警惕的眼神打量着这些外来客。

纳哈出、蒙德儿说明来意，并献上带来的中原礼物，猎人开始热情起来。他立刻亲手给狍子扒皮，撕出新鲜的狍肉，卜锅以清水煮熟，趁热端上来，然后大家蘸着盐面，喝酒吃肉，这才攀谈起来。

原来，这个猎手是河北乐亭生人，祖上姓什么叫什么已经记不清了，别人只叫他"小河北"。元中期，他家在河北乐亭开着一家店铺叫"老茂升"，专门经营各种山货、皮张、中药、土特产，很是有名。有一年，一伙儿东北人背了一捆子人参来了。那时，人参是朝廷统购的物品，民间不许随便交易，私卖人参犯的是死罪。可是也不是说民间就没有交易，就看谁走不走运了。当时，有个大户人家老刘家，就和"小河北"的父亲老茂升的掌柜说："干脆，咱们把这批人参收下来，我出钱收，放在你这儿卖，得了钱咱们二一添作五。"

"小河北"的父亲也是个义气之人，就说："那不行，有风险，咱们共同担。钱咱俩对半儿出，放在我的柜台上卖可以，谁让我有这个买卖啦。"事情就这么定了。

谁知，不久就犯事儿了。官府将老刘家老爷子和"小河北"的父亲老茂升掌柜抓捕归案。

押入大狱之后，人家老刘家有钱哪，就暗中买通官吏，推说私买、私进、私卖人参都是老茂升掌柜干的，与自己无关。果然不久，将刘大户给放出来了，倒把"小河北"的老爹判了个死犯，于当年秋季开斩。

"小河北"一听，不行，得救父亲哪。他于是去找老刘家，拿出当初两家签的合同，让老刘家大人给找找人，救救老爹。可老刘家矢口否认，说根本没有这回事，还把"小河北"给告上官府，说他暗中拉拢人众，搅乱朝廷命案。"小河北"一气之下，就在父亲惨死的当天夜里，他也趁着夜黑风高，把刀磨得快快的，把老刘家一家人全都杀了，没处去，于是他便只身逃往北方，来到了这黑龙江入海口处的山林里。

为了躲避朝廷的追捕，他已几十年隐姓埋名了，人们只知他是"小河北"。眼下，当蒙德儿说明了他们此次来的目的，又介绍了纳哈出的身份和建驿站大业，这使得"小河北"听了很是信服。他说："太尉呀，这么些年了，我从未对任何外人说起过自己的身世。"

纳哈出又斟上一碗酒说："兄弟，别难过，这种世道别说你呀，就连我都恨得咬牙切齿，有朝一日咱们得了天下，咱们兄弟就共谋大业！"

那一晚，他们唠得很开心，都是掏心窝子的话。

纳哈出问"小河北"："兄弟，你说说，难道就没有什么办法来对付这些棕熊吗？"

"小河北"想了想说："唉，办法是有。可我，可我如今是朝廷追捕的罪犯哪！干也没意思。"

蒙德儿说："什么罪犯？你是正义之士，铲除邪恶。"

纳哈出说："兄弟，从现在起，我纳哈出解除追捕你的暗令，你已是无罪之人。"

蒙德儿说："太尉，空口无凭，不如你出一纸明文，赦'小河北'野叟无罪。"

纳哈出说："你光站着说话不嫌腰疼，你快些给我找笔和纸啊！"

蒙德儿说："好好好！"

于是，蒙德儿找来一块白皮子，递给了纳哈出说："太尉，就在这上头写吧。这比纸还保靠，写在这上是'万年牢'，再盖上你的大印，就谁也翻不了案了。"

纳哈出在皮子上写道：

　　今查当年因违野山参统购律令的小河北人犯一案，得知其真相。小河北是被人诬告不得已才制裁真正的祸首，实属无罪。今特赦小河北，此案业已真相大明。

纳哈出太尉

写好后，蒙德儿交给"小河北"说："'小河北'兄弟，此文书一定要保存好，日后如再有人来追查就拿出此件，任何纠纷，一了百了。"

"小河北"千恩万谢地接过"皮书"藏在怀里说："太尉大人，放心吧，我'小河北'会尽全力去建驿站，修盖'打尖歇脚窝棚'，您放心吧，大人！"

这才回到用什么法子来驱赶熊群的话题上来。

第二十章　毛怜盛况

"小河北"说出驱赶棕熊的办法，就是东北民间常用的土法，用火、用声响将其吓跑，一般来说，这一招儿很灵。

"小河北"对纳哈出说："你得给我几个人帮忙。"

"需要多少人？"纳哈出问。

"小河北"说："八个人足够。"

开始时，他们捡些干柴枯枝，再每人拿一面锣，当熊群来时，"小河北"就点燃火堆，那八个人一起敲锣，真就把熊群吓跑了。可是人不能总待在这儿啊，等熊群来再去点火、敲锣，那熊不就扑上来了嘛！于是，"小河北"就想了一个办法，他先只身搬进离湖边很近的一个地窝棚里去，那个地窝棚一半儿卧在地下，一半儿露出地面，上边突出地面的地方是一个瞭望眼儿，上面种上草，熊不易发现，然后人在树上挂上用干艾蒿编成的艾蒿串儿。等棕熊一来，就由"小河北"偷偷地在地窝棚里点燃这些艾蒿串儿，烟火一起，人们在山上立刻敲锣，"喤喤喤——！"的锣声一响，加上艾蒿串儿的火光，棕熊一见非常害怕，于是它们就撤了。

可是，熊也是挺聪明的。它们经过几次的观察，发现总是先从湖边上的地窝棚里出火光、出响声，它们就记住了。

这回每次它们来吃鱼前，在头熊的带领下，先来到地窝棚，把人撵跑，再把地窝棚抠开，把里边的炕扒掉，把锅、碗、瓢、盆砸个稀巴烂，还在窝棚里拉上屎，撒上尿，让窝棚里臭气熏天。

这一切渐渐失灵，"小河北"为了保护那八个敲锣人的安全，就让他们把窝棚搭在离他的地窝棚再远一点儿的树上，有枝叶掩盖着不易被发现，"小河北"也更加隐蔽，他把窝棚挖得更深，是一种地道形。他的火攻也改变了招法。

暴马子，是山林中的一种灌木，树干有碗口那么粗，将其点燃，它会发出"噼里啪啦"的响声。"小河北"是个出色的猎手，懂得制土炸药的方法，他将暴马子锯成一节一节的，掏空木心，装上他从岩石里选出的硫磺石，压成粉末，制成了暴马子土雷子，将其点燃扔向熊群，这回可奏效了，真有的熊被炸伤了，再加上树上的人敲锣，就把它们吓退了。

纳哈出举行酒宴，款待"小河北"野叟，大伙儿也都称赞"小河北"的勇敢和智慧。但也有人担心地问："'小河北'老把头，你说，这帮野棕熊现在是被炸走了，可它们还会来吗？"

"小河北"野叟说："这……"他沉默了一下。

纳哈出看出他有心思，便说："'小河北'老把头，有话你就说，不妨的。"

"小河北"说："太尉呀你想，它们能不回来吗？这就像你坚决要在这里修驿站一样。你知道这里四通八达，它们也知道这里产大鱼呀，咱们是占了人家的地盘！"

纳哈出说："那可咋办呢？它们定会卷土重来的。"

"小河北"说："只有和它们对着干。"

纳哈出说："你是说，它来了咱就炸，它走了咱就建，它拆了咱再修？"

"小河北"说："只有这样。"

纳哈出真正担心的是，这样下去，啥时候是个完哪！而时间不等人。无论如何，也得在这个齐集湖站住脚，建驿站。

"小河北"大概也看出了纳哈出的意思，于是就说："太尉呀，咱们就这样和棕熊斗，展开拉锯战吧。干上几年，也许等咱们这地方人渐渐地多了，它们也就撤了，别无他法。你呢，你就信任我'小河北'，我领一些野叟，坚守在这个地方，和棕熊争夺地盘。你呢，该领人出发就出发，因为你还有大业，还有前程，朝廷离不开你呀！这个地方你放心，我守着，下次你来，保准让你见到完完好好的驿站。"

纳哈出一听"小河北"野叟说得在理，于是，就按"小河北"说的，趁这几天棕熊刚刚伤了元气，没有捣乱，立刻派出人马，在"小河北"的指挥下，在齐集湖东北边上，在靠近大道的地方，修建起一座驿站来。

这座驿站，完全采用巨大的石块子搭建，一块都有上百斤，一块压一块地垛起来，然后"小河北"带领八个铜锣手，坚守在这一带。"小河北"又发动齐集湖周边的一些窝棚的大爷、野叟，有事儿一听锣响，就全都敲锣，然后点燃火把，齐来相助。

一切安排妥当，纳哈出决定第二天从齐集湖出发，再去往苦兀方向。

谁知，就在这天夜里，"小河北"野叟遇难了。

那天晚上，酒宴之后，"小河北"照样高高兴兴地向太尉纳哈出告别说："太尉呀，明天你率人出发，我就不来送您了，因窝棚驿站离这儿太远，来回得十多里地，您就出发上路吧，祝您一路顺风，多加保重！"

纳哈出也说："'小河北'把头，您也要多加保重，千万小心。这些野熊虽然暂时被我们赶走了，它们就像你说的一样，说不定还会来报复，你一定要万般留意。"

"小河北"说："你放心，我多年与它们打交道，没事的。"

于是，二人挥泪而别。

谁也想不到，这竟是纳哈出与"小河北"野叟的最后永诀。

告别了纳哈出，"小河北"非常高兴，他觉得纳哈出太尉信任自己，把建立驿站的重任放在自己肩上了，自己一定好好干，让纳哈出太尉见到这北土的重要驿站齐集湖驿站。于是，回到窝棚，他借着酒劲儿，躺在热乎乎的窝棚火炕头上呼呼地睡着了。

第二天早上，在树上负责敲锣的兵丁来给他送饭，一推门，"哎呀——！"地惊叫了起来，只见"小河北"已让棕熊吃得只剩下头骨了！

纳哈出的人马刚要出发，敲锣的兵丁头儿骑马来报："太尉，不好了！'小河北'大人已经让棕熊吃没了……"

纳哈出立刻赶到地窝棚里，捧起"小河北"的头骨失声痛哭起来。

大家含泪掩埋了"小河北"。

为了记住这个惨痛的事，纳哈出命人在这座驿站的大门上拴了八面铜锣，驿站的人每天定时敲这八面锣报时报点儿。从此，这个驿站就叫"八面锣驿站"。

纳哈出这次北行，虽然未能找到贤妻金锁的坟茔，却看到了她建的各个驿站，并体验了在严寒、荒凉的北疆建所立足的艰难险阻，因而更加怀念爱妻金锁和她的阿玛都尔沁索钦玛发。好在，从开原金山抵达苦兀长达三千里的路途中，各处都有野叟帮建的驿所，尽管还比较简陋，各驿所之间的道路还不顺畅，但这开拓之功为以后打下了基础，这又让他很欣慰。

这年的冬天，先期到达毛怜的田殿将军捎来信儿，请父亲纳哈出亲自来过目和验收一下他建的驿站，看看对不对路子。他还给其父纳哈出画了一张驿图，那上面是他领着人在去往毛怜一线沿途建的一些驿站，看管和守护驿卫的野叟名字都记在上面，让人一看，也就一目了然了。

于是纳哈出就从北又到东，去验收他前期派出的田殿将军率人马并发动一些野叟建的各个驿站、驿所。

纳哈出和蒙德儿坐在一辆牛车上，让牛随意地往前走，能走多远就走多远，然后他根据太阳的升起和降落，再计算多远该设一处歇脚站。其实，纳哈出和蒙德儿一直在边走边计算着，马车一天能走多远，牛车一天能走多远，平地和山道车行速度能差多少，水路行船一天能走多远，这样才能确定在什么地方该设个驿站。还挺好，因为前期田殿到达一个地方，选在哪儿建点儿，也是按父亲的交代，设立一个又一个驿站，正好与纳哈出和蒙德儿测出的里程和时辰一致，大约是每三十六里为一小驿，六十五至七十二里为一大驿。这样，无论是牛、马、人走动、安歇、投宿、打尖，都可以放心了。

快到毛怜时，他们来到一个叫"老头沟"的地方，田殿忘在这里建驿站了，因为按里数来看，老头沟恰恰在两个驿站中间，不靠前，也不靠后，但这里如果设一个驿站，又打乱了原先设驿的规矩。"这该咋办呢？"有了难题纳哈出总是问问蒙德儿。

蒙德儿说："咱们先进去观看一下。"

老头沟里有三个老头，一个是铁匠，一个是油匠，一个是开烧锅酿酒的。铁匠姓郎，大家都叫他老郎头，老郎头最厉害的是他的榔头——锤子。他一共有七十二把锤子，又分大响锤、小响锤、方响锤、偏响锤、尖响锤、厚响锤、薄响锤，每一种响锤一种用途，敲打起来，声音也不一样；油匠也姓郎，但他是"小郎"，在当地，有"大郎""小郎"之分，不是一个家庭却是一个族人，大伙称他小郎油匠；开烧锅的是谷大爷，在当地有丁香作坊，谷家专门用山丁香酿造老酒，名声很旺，所以各地人一经过老头沟，都对这三家作坊的手艺有兴趣。纳哈出觉得，这三家老作坊应分别建在三处驿站上，这样可使今后的打尖歇脚处更加繁华和热闹，将人口和不同行当按建驿情况做些调整，驿站之地才能发展起来。

根据不同的职业和手艺，太尉纳哈出让铁匠老郎头的铁匠铺子开在去往毛怜的中间一个叫洋泡的打尖歇脚处，这样往来的车马可以先在这里安歇、挂掌、修车，然后开拔。小郎掌柜的油坊开在三家子古驿处，这儿在唐和渤海时便已是一处古驿，正好人车经过，油坊开业，可以通往四方；谷大爷的老烧锅可迁往最重要的驿口毛怜之地。这毛怜面对东海，每天来来往往的船只都得带上一些老酒。

三个老叟同意太尉纳哈出的安排，便于当年的冬天分别。

　　酿酒必得水好，谷大爷在毛怜的北岭山下有泉眼处选出一块地，这儿正面对着大海。几天的工夫，谷大爷就率人在驿站旁立起了"糟房子"——那是高高的酿酒房，除了继续酿丁香酒外，谷老爷子又增加了用山葡萄原料酿酒，真是让人羡慕不已。

　　由于纳哈出父子在毛怜建起了驿站，从这边境通往西部内地的交通便利了，这里渐渐出现繁华盛况。

　　毛怜有造船的铺子，那些匠人虽然不能造大船却有修船的手艺，这是必不可少的行当。

　　木铺也是大车铺，这里的木匠师傅各有各的手艺，能打家具、打棺材、打爬犁、做犁杖、修农具，也能盖房子、造大车。还有许多家土炉、窑帽，即烧陶的。所说"窑帽"，就是高高的大窑，上面以砖、坯砌成圆顶，形状像帽子，人们便将陶窑称为窑帽，能烧制缸、碗、盆、罐、盘、碟等各种陶器。

　　至于原来早已有的、围绕山林资源的各行当，如挖参的、采药的、贩皮张的、收山货的等，也更红火了。

　　在这闭塞的边陲之地，人们都知道世道变了，要改朝换代了，大元要玩儿完了，大明要兴起了。

第二十一章　风雪窝棚

冬季，去往四周的驿道全为厚雪所堵。

在北土，那冬季的大雪让人恐惧。开始下雪时，微风起，雪花悄悄飘落，那"美丽的雪景"瞬间即逝，紧接着便是朔风烟雪，那雪花成团，人称棉花套子大雪，视线被遮住辨不清方向，风助雪威，顶风走不动，顺风站不住，行路恐怕到冻饿不支时也走不出无边的雪原，一夜间，地表上的一切，都盖严了。道路不见了，沟壑填平，此时出门，不知哪一脚踩错便陷进深深的雪窠子里。

接着气温下降，天变得"嘎嘎"冷。这"嘎嘎"冷，其实是北土之人对"冷"的形象表述。本来下雪没有声息，可是人一踩在雪上，"嘎吱"声就出来了。冻破鼻子脸是常事，冻死冻伤也不稀奇。

一个大雪天，毛怜一线的北窝稽口老野叟申木克听说纳哈出来到了毛怜，他特来拜见。本来，纳哈出没与他见过面，而是儿子田殿在其提供的东海一线驿道驿站图里提到北窝稽口，提到老野叟申木克，于是，纳哈出在毛怜一酒肆里迎见申木克。

申木克野叟那年已有七十多岁了，他领着自己的两个儿子大申木克图拉、小申木克图拉，一块儿来拜见纳哈出太尉。他还特意带来一种独特的礼物——一小筐蝲蛄，这是北窝稽口一带的特产。

北窝稽口，由于雪大，冬季长夏季短，江河中的水特别凉，于是就产了这种小动物——蝲蛄。它长得不太大，形状像虾爬子却有个蟹钳样的夹子，其肉鲜嫩，是上好的下酒菜，纳哈出小时候吃过。

申木克说："太尉，这次，就是来请您去我们那儿看看的。可是……"申木克欲言又止。

纳哈出说："老玛发尽管直言！"

申木克说："可是，雪太大！"

纳哈出说："别人能走，我纳哈出也不例外。想来吾小时候，也是北土之人，还怕这冰雪天吗？且此次来，也正是要去看望你们，您就说何时动身吧？"

申木克说："那咱们就近日走吧。"

纳哈出听后，又不说话了，因他听到外面已起风了，而且大雪又飘刮起来了。

纳哈出的犹豫，蒙德儿是清楚的，像这种天气，别说外出，就是坐在屋里，如果不将火炕烧热，热得烙屁股，屋里都会冻得人坐不住，到户外，还能走路吗？再说，也没有道眼儿，不知该如何迈步，下脚！

申木克可能是看出了纳哈出的心思，于是说："太尉，您是想打退堂鼓了吧？"

纳哈出说："不是。只是这天……"

申木克说："天寒？雪大？"

纳哈出说："对对。"

申木克说："无法迈步？无法下脚？"

纳哈出说："对对。"

申木克立刻哈哈大笑起来，他说："太尉呀，殊不知，这场大风大雪正宜出行，还走得快呢！"

纳哈出说："此话怎讲？"

申木克野叟玛发说："太尉呀，你想，北土之人生在北土，大风大雪的日子，人也得活呀！再说，这种时候，正是山里砍大树、伐木头的好时候，山里热闹着呢，你正好去看看伐木！"

纳哈出说："啊？这种天还在外干活儿？"

申木克说："这是山林人干活儿的好天景，人们全靠这大雪，才能把木头滑运下山。再说，田殿将军在建我们窝稽口驿站时也说，冬季驿站、驿院也不能不留人，冬季也得有人留守、看护，风雪天也得接送朝廷火信，送迎接往啊。所以，冬季不可怕，雪大也有法子，保你太尉能顺顺利利、安安全全地到达。"

说完，他对两个儿子大申木克图拉和小申木克图拉说："你等分头去准备，两日后，我陪太尉去往咱们驿站，让太尉大人亲自看一看咱们的地方！"

两个儿子齐声答曰："知道了父亲。"于是分头去准备了。

只见小申木克图拉在门外已备好了爬犁。那是一驾狗爬犁！二十条大狗在雪地上欢蹦乱跳地等待主人的到来。

那爬犁上，还搭有一间小皮屋，四面各开有一个小窗子，带帘，人可随时掀起窗帘瞭望。小申木克图拉跳将上去，对父亲和太尉纳哈出打招呼，说："父亲，太尉大人，吾在窝稽口那驿屋里等你们，我走了——！"说完，他打了一声口哨，一条大灰狗随着口哨叫了一声，立刻跳入自己的套索里，别的狗也都自动入套，于是，那大狗——头狗向前一蹿，众狗一齐使劲儿，带篷的小爬犁启动了，"哗"的一声，爬犁在纳哈出面前飞出了他的行营院子，转眼就消失在茫茫的风雪之中。不要说步行，就是比牛车马车也快多了。

纳哈出已被这眼前神奇的景象惊呆了！他万万没有想到，生活在这无比荒凉、苦寒的北土之人，也有自己的绝招儿，这么大的雪，四野根本没有道眼儿，可是，人便能如此出行自若，真是太了不起了。

对于辽东北土生活状况与自然情况的了解，多数人只是从很少的古籍中微微知晓，不但正史中没有记载，就是稗官野史也所见不多，其所记与东北有关者，当首推南宋洪皓的《松漠纪闻》，其后有清人吴兆骞的《天东小纪》，还有就是高士奇所写的《扈从东巡日录》，加之《唐书》《水经》《辽志》《契丹国志》等。《契丹国志》记载："长白山在冷山东南千余里，盖白衣观音所居。"《松漠纪闻》称："其山禽兽皆白，人不敢入，恐秽其间，以致蛇虺之害。"又云："地极苦寒，屋高仅丈余，独开东南扉，一室之内，炕周三面，温火其下，寝食起居其上。""盖三月之前地冻未开，八月以后阴霜杀草。"《松漠纪闻》记载："冷山去燕山三千里，皆不毛之地。"《扈从东巡日录》记载："时时大雪弥天，百十里中，岫嶂嵯峨，溪涧曲折，深林密树，四会纷迎。映带层峦，一里一转，时时隔树，窥见行人，远从峰顶自上者下，自下者上。复有崖岫横亘，岭头雪霏云罩，登降殊观，恍如洪谷子《关山飞雪图》也。"

何为《关山飞雪图》？听起来壮美壮观，而人亲临其境才知其环境恶劣，冬雪落下，大地皆白，生息绝无；而春雪初融，地多泥淖，马蹄跋涉，登顿为难。时见千嶂嵱嵷屹立天际，涧底寒冰，春深未解，这里就是唐人所谓的"只今河畔冰开日，正是长安落花时"。

这些令人望而生畏的描述，是概括的、笼统的，那么，具体的艰险、恐怖情景不亲历是难以想象的。

纳哈出、蒙德儿完全没有想到今年这儿的雪如此之大。

按申木克玛发的吩咐，大儿子申木克图拉准备太尉前去巡望窝稽口驿站的交通工具，冬季冒风顶雪而行，只能靠爬犁。那申木克之子是巧手之人，在他的指挥之下，他领木匠在雪爬犁上架起两座暖窝棚，留给纳哈出和蒙德儿去乘，另一驾爬犁上的暖棚是留给老玛发和自己的。与小儿子的爬犁不同的是，套具不同，因为是由马来拖套。

第三日早上，风雪依然没有要停的意思，风刮着大雪，嗷嗷地叫，纳哈出太尉推门走出行帐，一开门，差点儿让风雪给刮个倒仰，让手疾眼快的蒙德儿一把给扶住了。

听说纳哈出太尉要去巡望窝稽口驿站，毛怜地方野叟尧山老玛发也要随往，总共有五驾爬犁同行，而且，为了能在大雪中不误住，申木克让大儿子选出二十位拨道手，随时准备将打误的爬犁拨动，俗称"拨道"。

拨道的人都是年轻的小伙子，每人手持一根木棒，类似船桨，称为"拨杠"。爬犁走着走着，一旦突然陷进深雪之中，或是被冰、树根子、石头卡住，动弹不得时，拨道的人就要立马上前，与赶爬犁的相配合，用拨杠将爬犁拨出来，拨道也讲求技巧。

爬犁下坡时也得用拨道人。北土坡陡，岭高，爬犁盘上后，还要盘下，那时，坡道就十分吓人了，往下一看，立陡立崖，马四蹄"坐坡"，支在雪地上，爬犁还是推着往下滑，一旦爬犁"蹿箭"可就危险了。这时拨道人就要拿出另一样工具——"花圈"，一下子垫在爬犁下，使迅速下滑的爬犁得以控制。

花圈，其实是一个铁索链子连成的有半铺炕大小的环状的防滑链子，平时就背在拨道人的背褡子里，一旦爬犁下滑时，便迅速拿出此物，抛在爬犁前边，制止爬犁下滑。

而这些"手艺"，全是北土山里木帮、驿道野叟的拿手好戏。现在，这二十名拨道手，每人背着花圈和拨杠，四人一组，分别跟着爬犁跑，随时准备处理大雪道路上的一切可知与不可知的种种情况。

上坡时，一驾连一驾，下坡时就不行了！下坡时各爬犁之间已拉开距离，相隔三五百米，以防后面的爬犁"蹿箭"，从上面直冲下来。拨道的人在上坡时不时地"嘿——！嘿嘿——！"地喊，以便能用上劲儿，下坡时要留人在岭岗指挥，等前一辆滑出一段距离时再放行后一辆。坐在上面的人更是刺激，随着险情，纳哈出、蒙德儿他们不停地"啊——！啊呀——！"地叫唤，那是爬犁在飞快行驶时躲过一些惊险之处时的惊喜和惊呼。

雪原上寒风刺骨，但纳哈出、蒙德儿并不挨冻，这种爬犁上的暖屋子里还点着炭炉，爬犁一走，带来阵阵冷风，刮得小火炉"呼呼"叫，炭火一旺，小皮屋子里十分暖和。那爬犁晓行夜停。夜里来到一处叫"天岗岭"的地方。夜间，纳哈出他们就宿在爬犁上的暖棚里，拨道手们就在树林子里的雪地上笼上一堆火，铺上一张狍皮，盖着一张狍皮睡下。睡一会儿，就要起来，围着火堆跳一阵儿，不然，人就会冻坏手脚。

看到那些拨道人太辛苦，纳哈出太尉感叹地说："看来，没有驿站，没有'打尖落脚窝棚'真不行！从毛怜达窝稽口本来不太远，可是之间没有打尖落脚之地，人不得安生！"

申木克老玛发也说："接您和田殿大将军来看看，就是因为我有个打算，想明年一开春，在这毛怜和窝稽口中间，再建两处窝棚驿站。"

纳哈出问蒙德儿："毛怜至窝稽口之间距离是多远？"

蒙德儿展开"皮书"，一看，说："不过一百六十多里地之远。"

纳哈出说："如此算来，可再设几处。"

蒙德儿说："建多了，也建不起呀！一是人太稀少，眼下来往之人有限，严冬许多时候只是那些山场子之人来来往往。"

申木克老野叟玛发说："可是，如不多设几驿，驿与驿之间人员稀少，此道就更加荒凉，无有人间气息，老林和荒野就更加可怕，更无人迹，也就更不利今后的开拓。"

纳哈出说："老玛发说得极是，建驿修站本是为了人通车达，就是要在荒无人迹之地开出道路。开始可能无人来往，一旦有了路径、驿站、卫所、窝棚，人和车马便会渐渐络绎不绝。这叫路使人聚，人使路忙，二者相辅相成。就在这条路上多建一处驿吧。在毛怜和窝稽口之间这个叫'天岗岭'之地，再建一处！"

大家也都非常赞同。

于是，申木克老玛发对大儿子大申木克图拉说："儿啊，太尉这么一说，我看就在这儿设一处驿点儿。再过一道岭就到咱们的老驿了，你弟弟还在那里等候我们。你呢，你就领几个拨道手留在此地，把这一处的窝棚再搭一搭，铺上狍皮烧火过夜，等我送太尉回毛怜，再与你会合。这儿也就是日后的天岗岭驿站了。"

大申木克图拉立刻说："父亲，遵命。"

于是，纳哈出、蒙德儿和申木克等人又冒雪出发了。

风雪弥漫，气温已下降到极寒，雪已变成了小冰粒子，俗称米糁子雪，被老风刮得抽打在人的脸上，就像有人抛来一把一把沙子，打得人抬不起头，就是坐在爬犁上的暖棚里，人也被那冰雪击打的"嘭嘭"声所震撼。

纳哈出说："老玛发，咱们是不是把爬犁停下，避避雪？"

申木克说："太尉大人，不要怕，快到了。到地方咱们就好了！您再忍一忍。"

于是，爬犁又冒雪前行。

那日，当天傍黑时，他们的爬犁一行才来到了窝稽口。可是，人们打眼一望，怎么什么也看不见！房子呢？窝棚呢？不知在何处，难道是走错了吗？

眼前，只是一片白茫茫。

开道的人问老玛发："驿站呢？"

申木克由于两个儿子都不在身边，一个已先期在这里了，一个还在半道上，于是，老申木克就自己跳下爬犁，直奔他记得的驿站的房子方向而去。那儿，原先本也没有什么记号，现在，更是无处可寻。可是，老申木克野叟终于指认了一处地方，可那儿已什么也看不出来了，只是一个大雪包！

申木克老玛发说："是这儿！就是这儿……"

于是，纳哈出和蒙德儿就指挥那些拨道手说："来，快来，大伙儿快挖！"

于是，所有的人都冒着风雪开挖。

挖着挖着，驿站窝棚的房架子顶端渐渐地显露了出来，大家心中开始紧张！人呢？看来是窝棚被大雪压塌了！

这时，老申木克的神情已有些狂躁了，他忍不住冲着已被大雪压塌的老房屋喊道："图拉——！图拉——！"

可是，四野一片风雪声，房框子里没有一点儿回音……

突然，几个正在挖雪抠人的拨道人从大雪下的房框子底下抠出一个人来，已经冻硬压死，早已变成一具僵尸，这正是申木克老人心爱的小儿子！

"啊——！啊——！"老申木克玛发一见儿子的尸体，他再也控制不住自己，大叫道："图拉！图拉！"然后挣扎着要扑上去，被大家给紧紧地抱住了。可是，老人悲痛欲绝，一下子昏厥过去。众人立刻将老人抬扶到爬犁的暖棚子之中。

那一夜，大家谁都无法入睡。

纳哈出、蒙德儿带领大家边连夜清雪，边抠挖被大雪压倒的驿站。窝棚的房子已让大雪给压散架了！这场雪太大了，真是一场罕见的大雪。

窝稽口驿站清理出来后，众人又找来老萨满给病倒的申木克老玛发治病。老人刚刚有些恢复，又有一个消息传来，先是传到纳哈出的耳朵里，原来，老玛发的大儿子申木克图拉在弟弟遇难之后，他又被这场大雪所毁。那天，他在半路上被阿玛申木克留在了天岗岭建驿，可是，万万让人想不到的是，就在那天夜里，他和六个伙计拨道手，一块儿在林子里搭窝棚，夜里就睡在里边，他们以为万无一失，结果全被大雪将窝棚压塌致死。这个噩耗传来，开始纳哈出对蒙德儿说："蒙德儿啊，现在老玛发刚刚失去一个儿子，而现在他的另一个儿子又遭不测，他会受不了这个打击的呀。先保密，先不要告诉他这个消息。"

可是，这种消息是瞒不住的。

老人经受不住打击。此后，老人变得沉默不语，一天不说一句话，只是默默地坐在窝棚里，一坐就是几天几宿。不到半年，当人们在窝棚里发现他的时候，老人已作古。

纳哈出决定亲自参加他的葬礼，在那年的春天，申木克老人和他被冻死、压死的两个儿子埋在了两处，一处是窝稽口，一处是天岗岭。为了记住这些遇难的先人，在窝稽口的旧窝棚一直没拆，而是在它旁边建了一个驿站，就是为了纪念在这儿被大雪冻死、压死的遇难者。

第二十二章　心朝金山

这年的秋天，奔波了几年的纳哈出回到了大本营金山。这一夜，纳哈出睡不着了。

他把蒙德儿叫来。

纳哈出说："蒙德儿啊，我觉得，咱们应该做一次东，请一请这无数的关东野叟，要不是他们帮咱们建了这些驿站点儿，咱们辽东今天能如此四通八达吗？"

蒙德儿说："太尉呀，你是应该请请人家了。而且，有些老叟，你再不请请，他们甚至等不到端你酒杯的那一天了！"

纳哈出说："你说在哪儿请人为好？"

蒙德儿说："太尉呀，本来这种请，是应该在咱们开原金山大寨，你的首府为好。但是我想，又不行。"

纳哈出说："为何？"

蒙德儿说："你想啊，金山在靠近辽南腹地一带，而我们这些建驿野叟分布在全关东地面，如何能够到达金山来呀？更有那远在三千多里远的出海口一带的山人、野叟，年岁都大了，腿脚又不好，行动不便，不如找一个中间地方，四方都能够得着的地方为好。我看，就在卜奎。这里两边四地都够得着，正是中间。"

纳哈出一听，连连叫好："对对，就在卜奎。其实啊，我也想到了卜奎这个地方。"

于是，事情就这样定下来了。纳哈出决定设千叟宴，好好招待一下各方野叟，而地点就设在卜奎。

卜奎，就是今齐齐哈尔。

卜奎这个地方，北去为穆江润、哈鱼、额图、勤得利、八岔、抚远、抓吉、蟒吉塔、双雄、八面锣，直至苦兀、庙街、奴儿干等地方；东去，又接得上海青、一部落、二部落、三部落、东安、四排、饶河、独木河、虎头、松阿察河、鸡东、穆棱、林口、牡丹江、宁古塔、鹿道、老头沟、马滴潺、三家子、洋泡，直抵毛岭；往西，可达窝稽口、天岗岭、冰湖沟、苏尔哈、一撮毛、一拉溪等地；往南，正是星星泡、拉林河、底卜失隘口、榆树台子、叶赫，直抵大营开原金山。所以在卜奎办这千叟宴是最佳之位。

纳哈出其人，是最会收买人心之人。这时他想，这将是树立威信、扩大影响之千载难逢的机遇。再说这也真是他应该好好地酬谢一下这些为自己朝夕卖命不计生死的老哥们、老野叟的时候了，自己欠人家的太多太多，这种情谊根本不是一顿酒宴便能报答的事，却是他表露自己人品之最佳时机，不能不做，而且他要办好这次千叟宴，办成千古留名的一次宴会。

要请来的都该是什么人呢？多几个不要紧，可不能落下该请的。纳哈出与蒙德儿精心排列人名，这一算不打紧，每一处来三至五名就已几百人。

这时，还是蒙德儿想到一件事，一个万不可不办的事。蒙德儿说："太尉呀，我们筹办这样一场大的欢宴，这是一个喜庆并隆重的事儿，咱们可不能忘了那些故去的人哪！"

纳哈出一愣，说："故去的怎么请？"

蒙德儿说："把故去的人的牌位'请来'。"

纳哈出说："蒙德儿啊，这是一个喜庆之事，欢乐之日，请那些故去之人如何是好？"

蒙德儿说："太尉，必须得请，越是在这种喜庆和隆重之气氛中，才必须把故去的人的牌位请到位。你想想，大家在这种时刻，怎么能不思念那些为了建驿、建歇脚窝棚而死去的人呢？再说，在这种时刻请回故去的人，立上牌位，才能愈加彰显您太尉的人品，说明您不会忘记为你而付出的人。祭奠亡者，更是教化活人，这是不能不做的大事。"纳哈出一听，一想，连连说："还是我的蒙德儿！你说得对呀。就这么办！"

他又派人立刻把田殿传到自己室中来，对他布置道："你立刻找最好的木匠，要那种做细活儿的'软木作'，给每一位为了建驿站而亡故献出生命的野叟，无论是遇难还是病逝，都设立一个牌位，包括那些德高望重、自然病故的野叟，只要与我见过一面的，也给做一块匾牌。要选上好的铁梨木去做，精雕细刻，长短大小一样，颜色一律绘成暗红色，古雅庄重。"

田殿答："是。请将名字告诉我！"于是，纳哈出与蒙德儿打开他的"皮书"开始统计故去的老野叟的名单。他们怀着敬意一统计，哎呀！也是好几百呀！

如金锁夫人，如"小河北"，如"山大姑"，如申木克父子，都已默默为筹建北土驿站、卫所、"打尖歇脚窝棚"而走了，永远地走了。"宴请"这些先人权当请他们亡灵回归。

卜奎千叟宴定在那年的八月中秋举行。从入秋开始，纳哈出就已派人专门筹备这次隆重的酒宴。他让田殿打前站，往来于金山和卜奎之间，运送各地的特产，打制故去的野叟们的牌位和供桌。

纳哈出决定，每一位故去的野叟的座位要与活着的野叟们一样，也是一把太师椅，一张红木供桌，桌上除摆着亡故之野叟的名牌外，也要备一套崭新的宴餐木盘，上面照样备有筷子、酒盅、碗、碟、勺子，这会倍加真诚、亲切。

这场宴会，工程量浩大。田殿按父亲的旨意，特带上一批能工巧匠，赶往卜奎，选在卜奎龙沙园里一处空场上搭建宴会的会场，购买和打制各种用具。

纳哈出差人从隆安运来肥猪，从同江和八岔运来大鳇鱼，从毛怜运来大金盆蟹，从长白山和松阿里乌拉运来各种野禽和山珍，还从金山挑选了多名厨师派往卜奎。

其实，说是纳哈出筹备千叟宴，实际上也是各个驿站、"歇脚窝棚"和打尖卫所的野叟们自己的奉献，他们一听是太尉召集自己要设宴，一个个也都事先将各自各地的土特产送到了卜奎。

转眼来到了八月十五。

八月初，纳哈出就先期赶到了卜奎的龙沙宴场。卜奎龙沙园是一处古地，《辽史》载："太祖神册二年，渤海遣使来贡，在唐时黑水地黑水洲龙沙园见待来者。"

如今，大宴场已变得隆重豪华，四周围起一圈木栅子，修了四个大门楼，挨着木栅子是一排排供各地野叟们来后歇息的窝棚。那时的一早一晚，天有些凉了，纳哈出考虑到野叟们年纪大了，各个窝棚里都给盘了一铺小火炕，有人专门负责烧炕、摆烟、倒水，侍候得周周到到，如在家里一样。

从八月初开始，就有野叟陆陆续续地从远方赶到。每当一位野叟进入龙沙宴场，就有门兵先宣报名号。如底卜失老玛发长寿翁郭勒敏福都力到，负责宣报名号的兵士就高声宣道："底卜失老玛发长寿翁郭勒敏福都力大人——来到——！"

立刻，只听鼓号手们一齐奏起鼓乐，铜锣"嚓——嚓——嚓！"三声鸣响，然后，纳哈出立刻迎上去，他单腿跪下，说："纳哈出迎接老人——！"

这时，对方也给纳哈出跪下还礼。

然后，双方又互相搀扶着站起，一起步入客人窝棚里安歇。有许多野叟，一见纳哈出太尉亲自出迎，便抱在一起，热泪盈眶。

八月十五日早上，太阳一冒红，宴场上响起十声礼炮，那十声是象征着向野叟致敬。同时，大鼓和铜锣同时响起，各位野叟从自己的窝棚里缓缓走出，大家首先奔向宴场正南的先人供桌台。那里，摆放着逝去的野叟的牌位。这时，有人上酒盘，上面放着一只只盛满酒的小杯，每位野叟拿起一杯。纳哈出在最前边，他手持一盅酒，高高举过头顶，然后单腿跪下，其他野叟也如他一样，举酒跪下了。

整个宴场，一片肃静。

纳哈出说道："各位先走的大人，各位老前辈、先人哪，今天，我纳哈出和这里在座的每一位大人来看你们啦，来给你们敬酒啦！你们为了我朝我族我土我民的安生，不辞万苦，艰难奔波，献出了自己的生命！你们虽然走了，可你们的音容笑貌仍在，你们没走，今儿个我请你们回来，各位大人请你们回来，咱们一块儿喝口酒吧，老哥哥，老姐姐，喝下吧！"

说到这里时，纳哈出早已泣不成声。

别的野叟大人也都哭泣了。整个院子里，抽泣一片。

但立刻，纳哈出抹了把眼泪，站了起来说："诸位大人，请就位。"

于是，各位野叟大人在诸多仆人、女佣的搀扶之下，一个个地就位了。

纳哈出喊道："上菜！上酒！"立刻，又是锣鼓齐鸣，厨子们排成长队从一头开始端上道道酒菜。

这时，纳哈出又满满地斟上一杯酒，端起来说："各位老大人，今儿个，大家原谅我纳哈出控制不住我的情绪，我是一想到咱们创业的那些岁月，就忍不住想起故去的那些先辈呀！好了，不说这个了，今儿个是喜庆的日子，让我敬各位老大人，谢谢你们帮我纳哈出打下了北土天下，建了这么些通达的驿站、卫所。你们每一位都是功不可没之人，永远是我的座上宾。来，干一杯！"

纳哈出一扬脖儿，又一杯谷家烧锅的老酒一饮而下。各位老野叟也齐喊："来，咱们敬太尉大人一杯！来！干下去！"

院子里，酒宴已达高潮，天地间一片喜庆，其乐融融。

卜奎大宴，一直摆了三天。

卜奎千叟宴之后，纳哈出威名大震，这使得纳哈出胆子越来越大了。纳哈出一改元廷对各类罪犯处以重刑、严加制裁的手段，他大赦罪人，只要肯改，便既往不咎，昭示罪民和那些逃匿深山野林者尽可公开露世，安居乐业。他说："凡能为金山竭诚效力者，必有重赏，便是功臣，便可封官晋爵。"

一时间，他贴在金山街头的"寻贤告示"天天有人来揭，那些人不是来献计，就是来投靠，更有人声明自己有特殊才干，有人就是想亲眼见一见纳哈出太尉。

甚至有伙啸聚山林的半民半匪的江湖人，由报号"小北国"的首领领着给纳哈出传信儿说："太尉呀，我们这山窝里有二百余人，个儿个儿是武艺高强……就等您来收编，您敢收我们吗？"

纳哈出高兴地将他们收编。

纳哈出礼贤下士，亲自骑马进山，寻找深受暴政迫害，逃入穷山恶水，隐姓埋名的众多女真遗老遗少，有的年迈体衰，奄奄一息，竟想等与纳哈出说上一句话再咽这口气。

这些兴安野叟，最熟悉当地的山路、老林、沟壑、江河、草甸、湿地，最熟悉各屯落之间的距离，知道怎样开辟道路是"走弓弦而不走弓背"，最熟悉当地的民风民俗和奇闻逸事，纳哈出叫人记下各位野叟口述的各种秘事，将其编成桦皮书，起名为《关东野叟录事》。可惜此书失传。

纳哈出发愤图强，是一个很有抱负或者说很有野心的人。他自从回到金山，亲率蒙德儿走南闯北，埋头苦干拼命了十几年，到元朝至正二十八年戊申，也就是大元最末一年时，金山发展得已非常强大了，远近闻名了。

想当初纳哈出归来时，这金山一片荒凉，到处是废墟，无人的荒野上不见人烟，可如今，每隔四五十里处，就都有了纳哈出亲自指挥建立的传递站。他广泛起用了荒山野岭中的遗老，当这些驿站的站官，一下子使这些遗老更有了劲儿，他们一个个成就斐然，从金山开原古城至东海，有十二个大的传递站，由开原古城北上，二十多个传递站可直达依兰，再北上可远抵黑龙江萨哈连出海口，从依兰南下，又可以到宁安、东宁，再到珲春入海，辽东全在纳哈出掌握之下。

由于开辟驿道，建立驿站，交通发达了，人口增加了，各地之间联系紧密了，与山海关内各地交流方便了，从而促进了经济的发展。金山，成了强大而富裕之地，甚至民间传出这样的顺口溜：

要成仙，去金山，

到了金山人是仙。

有吃有喝还不算，

要想干事能成愿。

第二十三章　反叛未遂

纳哈出自以为腰杆硬了。人，腰杆一硬，便会出事。

本来，腰杆子硬，是说明一个人有了本事，有了能力，这应该是好事，可人在腰杆硬时更要有自知之明，否则便会惹出是非。纳哈出便是如此啊。这时，纳哈出的野心急剧膨胀，他开始不把大明朝廷放在眼里了，并决心与明廷叫板，对着干。

而其实，这正是他多年的野心、决心。

那时，元帝已于明洪武三年死去，不久太子也死去了。纳哈出感觉到自己翅膀已经硬了，可以飞了。于是，纳哈出举旗造反，他认为辽东已在他的手中，可以与明廷一搏了，进而他公开出兵南下，进占辽南、辽东等处。

这一日，纳哈出的军队前锋已抵达辽南的金州、海城一带。前锋突然派人来报："太尉，不好了！前方发现明军队伍！"

纳哈出一愣："看准了？是明军吗？"

报兵说："正是他们的正规军……"

各位听者，其实我朱伯西在前面早已说过，朱元璋那次从彩彩放回的鹦鹉传话中已经得知纳哈出要反了，而且已经杀了彩彩了。书中说彩彩已被纳哈出所杀，但也有人后来说彩彩并没死，有的说没杀死，有的说杀的不是彩彩而是女婢丫鬟，后来彩彩只身逃走，回到她老家女真部落去了，说法不一。但是，朱元璋对纳哈出的警惕性是真有了。

朱元璋当时指责刘伯温说："刘基呀，你不是说放出这只风筝可以随时拉线吗？现在你再看看，他要反了！要飞了！拉呀！你给我拉回来呀！"

刘伯温只是"这这……"地说不出话来。

朱元璋在心中有点儿怨恨刘伯温，这些年这个军师虽然出过一些好主意，但也出了些馊巴主意。还不如当初不听他刘伯温的，不如听人家李善长的话，那时要听李善长军师的话，不放纳哈出北归，能有今天吗？

当时，刘伯温也觉得事情闹大了。为了防止万一，刘伯温经朱元璋同意，特给驻扎在登州的叶旺、马云发去指令，立刻派人去侦察纳哈出的一举一动，看看他是否真有反心，是否要动手。

可是当时，马云、叶旺也留了个心眼儿。

他们想，这么庞大的队伍，一移动，就会被纳哈出发现，使他有了警惕，不如先派出小股队伍，秘密进入辽东，察看一下他纳哈出的动向，也好下一步安排调动大队人马。马云、叶旺派出的那些人回到登州，告诉马云和叶旺，说纳哈出根本没什么动静，正在安心务农，建设自己的小家业金山，所以也没有引起马云和叶旺的疑心。不过，这马云、叶旺也不白给，他们不能只听信派出的人回来云云而述，还要执行朝廷的旨意。

因在朱元璋、刘伯温得知彩彩已被心狠手辣的纳哈出所杀时，就断定纳哈出之人必反，他不会安心对大明俯首称臣的，所以对这样的人，时时要有个防备为好，于是一而再再而三地给马云、叶旺下达指令，让他们立刻率军开赴辽南前线。

当时，以地域划分，辽南的海城、盖县、金州一带为明管控，而辽东开原、昌图一带是纳哈出的势力范围。所以在暗中，马云、叶旺也留了一手，他们率军每天夜里向前推进一段，用一年的时间，已经悄悄地将军队移动至金州、海城和盖县一带布控，那是二十万大军哪！这正是朝廷的主意，让他们在暗中盯住纳哈出，纳哈出不叛，就不必管他，纳哈出如若举旗造反，就剿灭之。

可是纳哈出哪知道哇。纳哈出想，只要先占领金州、海城和盖县，再与中原的朝廷叫板，到时你拿我也没有办法。

现在，他的军队已抵达金州边地一带，先锋军派出的探兵发现，那里已有朝廷大军驻扎，于是赶紧回头报告纳哈出。

纳哈出下令："先派轻骑兵去探清有多少人马？"

纳哈出的先锋军去打探发现，这金州只有三五万守军，都驻扎在一个山谷里，回来就向纳哈出报告。三五万人，纳哈出一想，以自己十万大军，拿下他三五万人，这是区区小事，于是他决定在第二日夜里攻击金州。

夜里，一片漆黑。纳哈出的兵都是野叟和野叟后代，他们作战有本事，行动迅速，神出鬼没。

纳哈出的人马看准了前面山谷里那一处处明军营盘，他命人夜里进攻。

那时，驻扎在金州的是叶旺的部队。马云和叶旺有分工，马云把守海城和盖县一带，叶旺把守金州一线，一有动静，互通信息，立刻援助，免出意外。

午夜时分，纳哈出一声令下，数万人众马匹直奔明军大营进攻。那些明军还都在梦中，一下子惊醒，于是立刻抓起兵械，慌忙跳出营盘迎战。

火光中，叶旺看见了一个熟悉的身影。

叶旺喝道："你是何人？竟敢夜间偷袭我明廷军营？"

纳哈出说："偷袭的就是你明廷军营。"

叶旺说："听声音，你是纳哈出吧？"

纳哈出说："正是你爷爷我纳哈出。"

叶旺说："你个叛贼。我想不会是别人！"

纳哈出说："少说废话，你快快交出金州，快快领人退出，我还能饶你一条小命，若不然，我就灭了你的人马！"

叶旺暴跳如雷地说："叛匪纳哈出，你休口吐狂言，待我现在就擒你，取你人头去朝廷报案！"说着带人上前与纳哈出对打起来。

可是，当时那叶旺对纳哈出的突然袭击没有一点儿准备，明军纷纷乱逃，已无法抵抗纳哈出人马的猛攻，明军一点点地败下阵来。双方的恶战直打到黎明鸡叫，叶旺不得不率领残兵败将撤出金州，奔往海城求援。

叶旺的撤军来到海城，马云才得知纳哈出果然反了，于是和叶旺商议，一面派人火速去往南京，报于朝廷纳哈出反叛，已举旗而起。这边，马云又立刻把驻扎在盖县的大批兵力调往海城，以便去收复被纳哈出抢去的金州。

再说纳哈出，也不是一般之辈。他知道叶旺虽然被自己击退，但他不会善罢甘休，定会带重兵回头征讨这里，便调集各处兵力布防金州一线。

果然，就在第三日正晌午，明军到了。

明军的大队人马浩浩荡荡地开了过来，军旗上正写着"马"和"叶"大字，那是马云和叶旺联合，率十五万大军开到了被纳哈出占领的金州一线。

纳哈出也率领着人马，等在那里。

在一箭之地外，马云、叶旺的大军停了下来，与纳哈出的人马列队相望。

马云说："纳哈出，你个叛贼，想当初，朝廷看你可怜，收留了你，并信任你，让你北归建家守业，可你，忘恩负义，竟然自立门户，与朝廷叫板，还不快快下马俯首听罪。"

纳哈出一听，哈哈大笑起来。

他说："你们是瞎了眼。当初我纳哈出是被逼无奈，才不得不拜在你们门下。我是受够了你们的支使。现在我正式奉劝你们，快快退出辽南，我纳哈出统管这关东天下。别说是这里，不久我会直逼南京，什么朱元璋，我要让他给我牵马！哈哈哈！"

纳哈出的狂言，一下子激怒了马云、叶旺，他们再也忍不住，大叫："弟兄们，给我上，要把这纳哈出老贼抓住，别杀死他，我要亲手将他押往京师，让皇上取下他的脑袋来！"说着，他们骑马举刀奔了上来。

纳哈出也立刻驱马前去，与马云、叶旺打起来。

两军激战，不分胜负。但渐渐地，纳哈出的军队就处于下风了。这些明军都是训练有素的军人，打仗是他们的家常便饭，所以不一会儿，纳哈出的人马就有些抵抗不住了。

正在明军胜利在望的时候，马云、叶旺却鸣金收兵了，纳哈出顺利地率军撤出了战场。

这一次，蒙德儿说："太尉呀，我总觉得有些异常……"

纳哈出说："何处异常？"

蒙德儿说："为什么我们先前轻易地便攻下了金州，而且接下来，又没大交战，难道他马云、叶旺就如此不堪一击吗？现如今他们为何又收兵了呢？"

纳哈出说："蒙德儿，你不要总是忧心忡忡的。我看好了，咱们也不进中原，打到山海关，便以此为界，关东整个都占下后，再和他朱元璋谈条件。眼下，我等要速战速决。"

可是，他万万想不到，朝廷的口袋已开口，正等着他往里钻呢……

那时，正面有明徐达大元帅的三十万大军，在山海关一线拉开了迎战的架势。南面，有叶旺的十万大军，在等着他；西面，有马云的十万大军摆开了架势，一场恶战，一触即发。

　　明洪武八年四月，关外的寒雪在渐渐地融化，纳哈出与明军正面交手于辽南海城，纳哈出还与初战告捷轻易攻下金州时一样，他的军队从金州出发，长驱直入，如入无人之境，几日内已到达海城以西的兴城一线，前锋才安营扎寨，等待后续人马到来。可是，就在这天夜里，纳哈出的人马才到达兴城，人马刚刚进入营盘，还没等安歇下来，突听三声炮响，正前方徐达大军便杀将过来。纳哈出指挥人马慌忙迎战，不料左侧叶旺的人马和右侧马云的兵士立刻出击，纳哈出的兵丁被三面攻击，立刻乱成一团。

　　纳哈出的人马一败涂地。

　　纳哈出在田殿和蒙德儿的救助之下，连夜逃回开原金山，再也不敢出来了。

　　此时，马云、叶旺向朝廷请奏，应一鼓作气，直逼金山，剿灭这个叛逆老窝，使得天下得以安宁。

　　可是，军师刘伯温又说话了。

　　刘伯温对朱元璋说："圣上，此时你若攻下金山，捉拿纳哈出，那是易如反掌，可是您记得古语的一句话不？"

　　朱元璋说："哪句话？"

　　刘伯温说："杀人杀个死，救人救个活。"

　　朱元璋说："这与我要杀他纳哈出有何关联呢？"

　　刘伯温说："这关联可就大了。"

　　朱元璋说："说说看？"

　　刘伯温说："想当初，是您将他纳哈出擒住，并给他一条活路，让他北归金山。天下之人都看在眼里，称赞圣上的恩德，宽宏大量，过往不计。现在，他又反了，他这一反，又可以衬出圣上的大德了。您这样待他他还反，这纳哈出真不是人！可是您如果杀他，事情就不一样了，您前期放他归乡，就成了假意，而您如果此时再网开一面，那就创造了世间宽宏大量的奇迹。事情有再一再二，没有再三再四，如今他纳哈出已是死物一个，而您却是堂堂大明之君。如果再次饶过他，您的仁德将会更加彰显天下。"

　　朱元璋说："你还是风筝理论？"

　　刘伯温说："正是。"

　　朱元璋说："你这个臭狗头军师，你可气死朕了！你还让我再放一次什么风筝？再饶他纳哈出一次？然后过几年他再卷土重来，天下岂不对我朱元璋耻笑万年？我不是个糊涂之君吗？你赶快收起你的那些狗屁风筝论，我再也不听你的了。你给我立刻命徐达大元帅发兵金山，剿灭这个老贼，奔个天下太平吧！"

朱元璋气坏了。

可是，刘伯温依然微微一笑，坚持自己的说法。

刘伯温说："圣上啊，现在您可以派徐达大元帅开赴金山，去捉拿他纳哈出，可是，您想过了吗？这些年，他纳哈出离开京师，回到辽东，他干了多大的事业呀？"

朱元璋说："何等事业？"

刘伯温说："纳哈出回归北土，他一天也没闲着，他四处奔波，开辟了多处关口驿站。这些驿、卫、所、"打尖歇脚窝棚"，这些地方都是我大明的重要关口。而且，那处处要塞，地位险要，物产丰富，管理人员都是他纳哈出的人马，要不然他能一下子这么胆大，竟敢公开与我大明抗衡？这说明他已具备了抗衡的力量，打不过，他就跑，他一跑，他必会把这些要塞一毁，让好好的驿站、要塞成为一堆废墟。现在，您觉得您可以擒住他，也能擒住他，但是，那些重要的地方，都会成了一个空壳，重要的东西不属于咱们了。现在，只有再次拉拢住他，利用住他，才能保住这些财产，这些要塞，这些驿站，这些个窝棚和边地的父老之心哪！"

朱元璋一听，这回真的听进去了。是啊，刘军师说得对呀，自己还真没有想到这一层。

可是，眼下朱元璋还是在生刘伯温的气，放也是你，抓也是你，如今不杀他又是你，你还浑身是理，可是如今这纳哈出已是惊弓之鸟，大军已将他的人马所灭，他还会听朝廷的话了吗？

这时，在一旁听了多时的李善长说道："圣上啊，我倒有一计。"

朱元璋说："请李大人快快说来。"

李善长说："方才，刘大人说得完全在理。过去，我与您是一个心思，当初就不同意将纳哈出放虎归山，可是后来您听了他刘伯温的主意，我等也只好如此。可是现在看来，如若再杀他也是个下策。不如将他押解进京，实行控制。对地方上，不要让他们看出是将他押入京师，要让他主动进京来见，完全给人一种是他自己靠近京师的样子，这样，不是一举两得吗？"

朱元璋说："如何能使他自觉自愿进入京师，又安安分分地听从朝廷?"

李善长说:"这一点,我早已准备好了。"

朱元璋说:"哦?李大人快说说看。"

这时,李善长抛出了自己的主意。原来,对于监视纳哈出回归辽东北土,他也安插了一条线,其实蒙德儿之妻吴莲,早是李善长的人了。事到如今,完全可以起用她去说服蒙德儿,假装给他们找出路,让蒙德儿把意图摆给纳哈出,表明他们现在已败,再表明已没有任何作用和好处,也办不到了。既然圣上还是宽宏大量,不杀他,不抓他,倒不如劝他主动靠近朝廷,免其罪过,让他重新做人,岂不是一举两得,各种矛盾不是都迎刃而解了吗?

朱元璋一听,这个狡猾的李军师李善长啊,原来他还留了这么一手,连连说:"李大人果然了解!这一招儿行,因为纳哈出就听蒙德儿的,只要他出面,就能天衣无缝地办成此事,而且纳哈出连做梦都想不到。"

于是,事情就这么定下来了。

再说,山海关兴城一战,纳哈出彻底败北,回到金山,他就病了。今后怎么办?而且徐达大元帅、马云和叶旺的大军压境金山。他的老寨,不日便可被明军夷为平地,纳哈出冥思苦想,没有出路。

而在暗处,明廷的打算他却不知,朱元璋等人并不想立即灭他,换句话说,并不想明着灭他,而是逼他就范,这样可以一举多得,于是按计所施。这样,朝廷派出人,由李善长去接触蒙德儿的夫人吴莲,让她传信儿,奉劝纳哈出彻底放下武器,继续投靠南明,朝廷会视他往日的功劳,还会如过去一样待他。

吴莲也是一个有心计的女人。她劝丈夫蒙德儿,完全是向丈夫敞开了心扉,述说了自己的真实处境,蒙德儿听后,大吃一惊。

蒙德儿说:"想不到,你竟是暗中与南明相通!好,我现在就杀了你!"

吴莲说:"大人哪,你可以杀了我,纳哈出不是杀了彩彩吗?可是正像你忠于太尉一样,奴婢我是忠于你的。你想想,我不像彩彩一样出卖夫君,甘心为南明去监视纳哈出,我是在暗中保护你,尽量不卷入刘伯温和李善长的矛盾和纠纷之中,所以眼下才想出今后你我的出路。硬碰硬,太尉必死无疑,如果重投南明,也是顺理成章,挽救太尉不再走极端。"

夫人吴莲的肺腑之言,终于说通了蒙德儿,蒙德儿决定说服纳哈出,放弃抵抗，去南明拜见朱元璋，请求宽恕。蒙德儿的话，使纳哈出想起古时庄周鼓盆于大道的历史典故，这真是：

　　　　生前个个说恩深，

　　　　事后人人欲扇坟。

　　　　画龙画虎难画骨，

　　　　知人知面不知心。

第二十四章　去不复返

明，洪武二十年秋。天，大寒。

关东大地冰封雪冻，风雪狂扫不止，许多鸟儿无处觅食，冻得在天空飞着飞着，"吧嗒——！"一声就从天上掉下来，冻死在严寒里了。

夜里，山林子里"嘎巴——！嘎巴——！"巨响，那是朔风刮折了大树，野兽也冻得"嗷嗷"地叫，山海关以外，奇寒无比。

徐达的大军逼近了金山，马云、叶旺的大军左右夹击，金山不日便可拿下。纳哈出派人从东海弄来几车象牙，又从北海弄来几车鲸鱼睛、海狗肾，还特意从长白山里选出二十多棵八两以上的老山参，准备运往南京，进贡朱元璋，求他宽宏大量，收留自己。

还是在头几天，已传出消息，朱元璋不计前仇，在南京迎请纳哈出太尉回归京师，许多野叟都来劝纳哈出，说："太尉呀，我看你不要去，你此去，定会凶多吉少！"

有的说："他朱元璋是傻子吗？你反他，他还能这么好的待你？这分明是计。"

有的说："太尉，万万不能前往。咱们就守住金山，与他叫板，想来他明军攻打金山也会两败俱伤！不行咱就跑，咱退路多宽广啊。"

还有的野叟说："太尉，不如咱们放弃金山，往北撤往东撤都行，那里天高地远，你可重新图谋大业，以后再与他南明对峙也不迟！"

大家说啥的都有，但是，纳哈出归意已决，别人说什么他已经完全听不进去了。因为那时，一是已有大兵压境，二是又有内线吴莲的托保，纳哈出决意要归。于是，那些一直跟在他左右的野叟和他们的后代们，都很伤心，也都心灰意冷，他们一个个告别金山，离开纳哈出，孤独地走了，有的往北，有的往东。

那日，当狂暴的风雪喘息的片刻，在金山大寨前的场子上，纳哈出出门受降。

历史上说法不一。有的说纳哈出当时是被徐达大元帅的人马五花大绑押上囚车，头在外头露着，押往京师；有的说不是，来人还给纳哈出带来一顶轿，让他上轿，抬着去京师的。

到底是押去还是抬去的，谁也说不清。

也有的说，人都埋伏在轿里呢，当纳哈出一进去，立刻五花大绑，纳哈出束手就擒。

但史书记载，朱元璋怜惜他在辽东做了许多好事，辛辛苦苦建了大量驿站，发展了经济，对明朝廷接管辽东大有裨益，便封他为海西候，并于洪武二十一年派他随傅有德征云南，途中卒于武昌舟中，葬南京，其子察罕，改袭沈阳候。

纳哈出在辽东的全部遗产和所有传递站及人等，皆由大明朝统一接管。这位接管人就是朱元璋第四子朱棣。朱棣于洪武三年被封为燕王，洪武十三年坐藩北平，时年二十岁。洪武三十一年朱元璋逝，孙朱允炆继位，为建文元年，建文四年壬午，朱棣攻破南京，正式即位。

朱棣，明成祖，史称永乐大帝，是历史上的重要人物，对东北辽东，对北方疆域贡献巨大。他生得一表人才，体健宏伟，美髯，心有大志，承传了辽东纳哈出多年所开拓之大业，而且心胸坦荡，推诚任人，完全巩固和沿袭了纳哈出留下的北土驿站。

他称帝后，定北平为北京。

他重视辽东的发展和那些重要的建筑，不许空废、闲置。当年他就召见保定候孟善说："孟善哪，你快速去往辽东，办一件重要大事……"

孟善说："请圣上指示。"

朱棣说："你听说'驿'之含意了吗？"

那孟善也不是一般人，祖辈读书，深得家传，他知道"驿"乃为车、马所安歇之处，是军事与社会的重要连通环节，但他不敢在朱棣面前班门弄斧，于是说："臣不甚知之，还望圣上指教。"

于是，朱棣便对孟善详细讲解了关于"驿"的来历。朱棣又加重语气说："一国之强盛，在内是正人心，使之心地坦荡，诚实做人；在外就全靠'驿'了。'驿'可使政令通达，顺往，传递方便，人便可一呼百应。而你此去辽东，就是要将辽东的各驿重新修复、启动，不可有误。"

孟善答曰："臣已记下。"

据说当时，孟善是带着当年纳哈出命野叟写下的《北土窝棚录事》《打尖窝棚图册》等"皮书""桦皮书"走的，那可是一些珍贵的自然文献、历史文献哪!

朱棣派孟善镇守辽东,二月,又设北京为顺天府。永乐四年正月,朱棣在辽东开原设马市,发展辽东经济,女真人的生活从此有了大改善。

当年,在纳哈出多年的经营下,金山已变得格外富裕、繁华。纳哈出打通了四方的要道后,人们就以开原金山为中心,来往车辆,人众,都是有吃有喝,有宿有卧,这才能让一个地方发展起来,所以朱棣才能在开原设马市。马市这种地方,其实就是繁华的标志,马市一般是春、冬两季。那时,开原马市是北方最大的马市,在华北就是山西的清凉山——五台山马市,而这开原马市,就与那五台山马市一样,规模宏大,出名。五台山有马市,那是因为五台山是佛教中心,山西、陕西、甘肃、宁夏的马贩子,都源源不断地向这儿靠拢,所以形成了五台山马市。一到马市开市,那五台山的黄土高坡、沟谷、河滩上,到处都是人,人都搭帐篷睡在野外。

而开原马市,更是红火无比,来自四方东海、北海、草原、岗林各处的马贩子,把马都拴到住家的窗户框子上了!那时候在开原,家家都是马贩子。因为一到马市大集,你不参与都不行,也不可能。

马贩子,又称马经纪人,他们把马成群地赶来,在集市上出卖或换成别的物资,如粮食、特产、皮毛、杂货,然后再转手卖出,这使得当年的开原,家家都是"仓库"或叫"场子"。所有来到开原的老客,不用找客栈、店铺,就因家家都是"客栈""店铺",你就不干这一行,马市上的马也都拴到了你家了,何乐而不为呢?

所以那时,马市经济促使开原金山越来越繁华、红火,家家开"马店",接待南来北往的老客、马经纪人。有的农人一到春天种地前想换换马,开始时是到马市上转换一下牲口,可是架不住马多,可以随便挑、换,有的农人开始老实巴交的,可是一匹马从集市的这头儿牵到开原马市的那头儿价格就变了,他们一看有利可图,于是就当起了"混集头子"。

混集头子,属于牙行,即帮助买卖双方品评马的成色、讨价还价,协助促成交易从中收取佣金,是专门吃马市这口饭的。

马市的兴旺直接带动了旅店(客店、马店、车店)、饭店、饲草饲料、兽医、钱庄(大宗交易买卖双方都把钱打入钱庄)等业的发展,也间接带动了其他各业的发展。马市,实际成了以牲畜交易为主、各种商品聚集的贸易集市。

开原金山的发展与号称开原王的纳哈出相关联，而促成开原金山发展原因，便与这里的交通便利直接相关。

纳哈出开辟的这些"歇脚窝棚"，最得其益的是明成祖朱棣。在朱棣大力倡导之下，东北继元末纳哈出之后，设立驿站。这驿站之名，比纳哈出叫什么"传递所"更进一步，"传递所"仿佛光是传信递报，"歇脚窝棚"也仿佛只是歇歇腿脚，"打尖窝棚"更仿佛只是供吃吃饭、打打尖、喝喝水，但"驿站"之名，就更加正规化了，并正式定为官方的文书传递、人马休整的处所和接待上峰的重要场合，是要员出行的必待之关口。

永乐七年，在黑龙江特林地方，连接出海口设立奴儿干都司，向内有大宁都司、辽东都司和卫所。在黑龙江、乌苏里江流域设立有一百三十一处著名的卫所，成为地方行政机构，发挥了巨大作用，统辖东北全境。

朱棣对元末辽东的一切成就中甚为称赞的就是这些卫、所、驿、站，他通过这些处所干成了数件大事，其中通过这些驿站发现人才、起用人才是他觉着特别欢悦的事。

朱棣特别钦佩他的内官女真后裔。著名的北疆船王亦失哈，在纳哈出时代的基础上，开发松阿里进入出海口直抵库页岛的水路驿站，这又是朱棣时代的重大贡献，这便是前边提到的众多卫所和奴儿干都司，巩固了漠北疆域，载入史册。

亦失哈走这段水道进入奴儿干都司，前后数十次经过这些卫所、驿站、兵站，见到了许多当年纳哈出开站时的野叟和他们的后人，如在底卜失、星星泡、哈尔套、双雄、八面锣、蟒吉塔、黑瞎子岛，都曾见到过，一提起从前的太尉纳哈出，他们都表示怀念，并打听他的下落。

在京师，亦失哈对朱棣提起此事。朱棣一听，便将此事记在了心里。

明永乐四年丙戌夏，在朱棣关怀之下，决定让这些野叟聚一聚，地点就设在金山和依兰两处。

亦失哈得令，立刻操办。

那时，往昔为修建"歇脚窝棚"而奔波劳碌的兴安野叟，在世的已经寥寥无几，有的虽然仍在却难以出行了，有的由儿孙搀扶着参加在金山、依兰两地举办的兴安野叟宴，其人数也就一百人左右。宴会分两批、两处，东海一带的召至金山，北海一带的召至依兰，设皇宴待承，由亦失哈来代朱棣请他们。人数虽然不多，其情景却令人万分感慨，野叟们互相见了面，相拥着一顿哭泣。席间，皆以怀旧为话题，叙说当年建驿时经历的艰难险阻，亦失哈听了为之感动。离别时，亦失哈代表朱棣向他们赐布帛、金钱为念。这次兴安野叟宴虽然没有当年卜奎千叟宴规模大，但在民间传得很广，成为佳话。

东北乃满族发祥地。

清世祖福临入关，迁都北京，仍以沈阳盛京为留都。辽宁新宾为清王朝崛起之地，自顺治元年甲申开始，开辟了以盛京为中心，向各地辐射的驿道。其中，包括从盛京到山海关、盛京到开原、盛京到凤凰城、盛京到法库、盛京到兴京、盛京到金州六条路线。

驿路之中，大的干线是以北京为中心，出山海关，经盛京（沈阳）、吉林，而达黑龙江省城瑷珲，这始建于清康熙初年，其目的是为了抗俄抵御罗刹入侵。总之，清代的瑷珲经吉林、盛京到北京这条干线，称为"御路"，或"进贡路"，称为"大站"，共六十七站，四千余里。在发挥政治、军事作用的同时，也极大地便利了东北各族人民经济文化的交流，对东北地区的开发、发展，都产生了重要的影响。驿路商贾往来，人车马队络绎不绝。

清代北土的水陆交通和管理建制是对元、明两朝对东北开发的承继，在此基础上有了更大发展。特别是清康熙帝，年轻有为，康熙二十一年，三藩之乱平定后，为向祖陵告祭，他决定东巡盛京、吉林，这是康熙帝的第二次东巡，他是来检验他的抗俄决策落实情况，亲自赴东北巡视。

他早在第一次东巡时，就召见了黑龙江将军巴海、副都统萨布素，并一再嘱咐，可要精修盛京去吉林、吉林去瑷珲的运送军备辎重的栈道，即各线驿站，要求甚细，一定要好过元、明时代，各站要修、建驿站房舍，要能住人，不能空着，房子越空烂得越快，里边要住人，而且冬季要备木柴，以防风寒，有过路的要烤烤手，烧烧炕。各地官府要派人常到驿站察看，每站务必要有专人驻扎，要有笔帖式管理，要有"档师"管档。各驿之老档，务必留存好，如前朝的驿所图册，样样保管好，不可失毁。要有站丁经常"蹓站"，做好日常驿站的事务，以及上下站的文书、急件的传递，接待公差等。至于军备物资转运、犯人押送以及尸体的存放、掩埋等特殊事务，都要按律办理，不得另起规范。

各站要备有充足的马匹，称为驿马。又要养驿犬，养鸡鸭，改善站丁生活。为了使各站丁安心事务，要为他们多着想，光靠当地老百姓不行，站丁事务最辛苦，繁忙，一天不知要风雨无阻地送多少遍文书，有的连过年三十晚上都吃不上一顿年夜饺子，所以站丁要由年轻力壮者为之，这样就必须让站丁安心驿务，得为他们安家。

康熙帝嘱咐巴海、萨布素："你们有家了，可是那些站丁们都孤身无助吧？"

巴海说："他们大都无家，哪有媳妇。"

萨布素说："北土女子也少，很多人不愿嫁站丁，还是以往说的那句话：有女不嫁驿丁郎，日日夜夜守空房，有朝一日回家转，扔下几件破衣裳……"

康熙帝点点头，说："越是这样，你们越是要当红娘，要设法给站丁成家立业，给他们找媳妇，让他们也过上有家的日子，屋里头有老、有小、有媳妇才像个家呀！这样，才能牵住他们，挂住他们，不想逃离这苦差，才能稳定驿站。"

巴海、萨布素连连称诺。

这之后，北土清廷地方官员，便把给驿站站丁安家立业之事放在了心上。一次，萨布素去额穆巡防山务，发现一处发大水，一家人全都溺水而亡，剩一个女儿无家可归，便被萨大人带回，并由他亲自做媒人，给站丁当了媳妇。

当年，在萨布素当任时，他亲自操办过的站丁婚礼不下数十次，站丁都叫他红媒萨大人。站丁都是最底层的人，老实，又苦，难找到媳妇，何况有的驿站是中转站，远离集镇、村落、人家，男人上哪儿找女人哪！

选建北方的驿站其实更加不易。

明清两世，为了防范北土罗刹入侵，驿站都在荒寒的山林、野甸、河沟、草塘，无有人烟人迹，都是在黑龙江畔一带设驿。往昔那里是渔场、猎场，一年九个月是苦寒时光，冬日的冰雪就是到了盛夏都融化不尽，人家都不愿意搬来居住。

最初，瑷珲至北安，茂林通往吉林、盛京的驿站站丁都是从逃难人中截下来选定的，没有一个是情愿干这种苦差的。萨布素就是依据自己身边的中军参领、师爷安查海大人的建议才一步步落实，把北黑线驿站建立起来的。安查海之祖上就是明代的女真人完颜氏，曾随亦失哈去过黑龙江出海口和苦兀，在那儿建水上驿站。所以安查海让萨布素以江湖之法组织驿站站丁，这才有了一套完备的驿站驿路之规。

入驿站者，先要祭祀，在祭坛前立誓。首拜天地爷，再拜土地、山神、江神、树神、草神，然后才能入驿成丁。接着要由驿站师爷管理驿站，维系驿站的运行，倡导"驿站乃神家，神助，违犯驿规，则遭神之谴"，为此，人人记得。这种驿规其实是凝聚驿丁献身之志。

清高士奇《扈从东巡日录》中详载，康熙帝东巡的重要驿道甚细，东北驿站何其艰险，沿途山高林密，相去远近不一，或百里或百余里，或七八十里，然所谓七八十里者，三九月间，亦必靠走马，竟日乃得到。

冬日昼短夜长，出行驿丁行动稍迟缓，不是错过宿头，就是露宿荒林，饥饿干渴时时俱在。而露宿必傍山依林，近水草，以备人吃马嚼，多少站丁在外，持斧伐木，燎火自卫，或聚石为灶，出铜锅做粥，人持一木碗啜之。雨季至，无从避，披裘冻坐而已。

东北处处林密，令人畏途难行，俗称"窝集"。"窝集"为满语，即密林。树木参天，阴森恐怖，树根盘错，乱石坑遍布。秋冬则冰雪凝结，不受马蹄。春夏高处泥淖数尺，低处兀为波涛，或数日或数十日不得走。蚊虻白蛉之类，攒啮人马，马畏之不前，傍黑乃焚青草，聚烟以驱之，驱散复来，入夜不能寐。山魈野鬼啸呼，坠人的心胆。馁者咽干粮，或射禽兽，烧而食之，粮尽又无所得，久之水不涸则死矣。

东北驿道、驿站，留下了无数的故事，它是一种语言，是东北古老的"土语方言"，以浓重的东北腔，述说着东北嗑。如果追溯起来，北土之人还是不能不提及一个人，那就是纳哈出。当年他出关北土，本想另立山头与南明叫板，苦心经营，联合无数野叟，修建了一处处"歇脚窝棚""打尖窝棚"，于是也才有了后来的驿站与驿道。

修完建完，他就走了，走到岁月深处去了，该留下的留下来了，可是纳哈出，却一去不复返了。这些遗存把岁月凝固下来，岁月把一个故事留存下来，而故事和记忆就这样把一种传奇留在北方的土地上并使它成为一种永恒的遗产。

讲到这里，《兴安野叟传》的故事也就收尾了。